与謝蕪村考

中村稔

Nakamura Minoru

青土社

与謝蕪村考

目次

I

II

III

与謝蕪村考

I

百姓の句について

百姓という言葉は現在では死語になったかのように思われる。たぶんそれは百姓という言葉には農民に対する侮蔑的なニュアンスを感じるからであろう。だが、蕪村の時代には百姓という呼称が通常であり、農民という言葉は用いられていなかったようである。蕪村は農民を「百姓」と呼んで、当時の農民を詠った句を相当数遺(のこ)しているので、これらの句を読むこととする。

＊

宝暦八（一七五八）年、蕪村四十三歳のときの作に、

去られたる身を踏(ふん)込(ごん)で田植哉

の句がある。蕪村自筆句帳（以下、「自筆句帳」という）、几董編『蕪村句集』（以下、「句集」という）

に収められている句である。(「自筆句帳」は蕪村が自ら選んだ句集であり、会心の作に合点が付されていることなどからみて、以下、「自筆句帳」に収められている句はその旨を記すことにする。また、「句集」はもっとも広く普及している蕪村句集であり、たとえば、正岡子規などホトトギス同人の『蕪村句集講義』(東洋文庫、全三巻)は「句集」収録句のすべてについて論評しているので、「句集」に収められている句はその旨を記すことにすることは有意義であると考える。その他の蕪村撰句集に収められているかどうかは、注記しない。また、句会にさいしあらかじめ出されていた兼題、あるいは句会当日の席題など、出題に応じた作であるか、蕪村自身の発意による作であるかどうかも、できるかぎり、書き加えることにしたい。句の引用はすべて講談社版『蕪村全集』第一巻「発句」(以下「全集」という)による。)

この句の本文の注に、再三にわたり、初五「離別れたる」と表記しているとある。「田植」という季題を与えられて詠んだ句かもしれないが、全集にはその旨の記述はないので、蕪村自らの発意による句と思われる。

田植は村落ないし集落のムラ共同体の共同作業である。そこで、離別された妻が、婚家の共同作業の責務を果たすために、心ならずも、覚悟をかためて、田植に出かけた、という句意である。女のいじらしさ、けなげさを「踏込で」がよく表現している。

『蕪村句集講義』中、この句の解釈について、高浜虚子が次のとおり発言している。

「元来田植の時候は百姓の最も多忙な時で、秋の刈取の時などよりは一層多忙なのである。さういふ時候であるから人手の不自由な上に、田植といふやつは時候の極つたやつで、丁度其時分に降雨でもあるとか、又川上から順に植つけて来るので水の都合があるとか、種々な事情の下に一村殆ど同日位に植付をすますことがある。従て自分の田を植ゑるのに、自分の家内のみでやるやうな事は全く無い。村中で互いに助け合つて、十人・二十人の一団体を作ってまたゝく内に或田を植ゑてしまふ、次の田に移つて植ゑる、又其次といふ様な風に植付をやるのである。中には又早乙女専門の一団体があつて、富豪のうちなどはそれを傭ふて田を植ゑさすこともあるが、併し中百姓以下では、今いつた様に手伝合つて植ゑるのが普通である。」

この高浜虚子の発言は愛媛県松山近郊の慣行を説明したものであろうが、全国的にみても田植がこのような共同作業により行われていたことは間違いあるまい。そこでどの家で何人の人手を出すか、というようなこともあらかじめ届け出ておき、決まっているので、離別される以前に、婚家から出す人手の一人に届けられていた嫁が、離別されたからと言って、田植に参加しないと、婚家としてはムラ共同体に不義理になる。その婚家の面目を立てるために、離別された妻が、一歩、踏みこんで、田植に参加して、田に足を踏みこんだわけである。「踏込で」に、このような二重の意味を持たせている技巧は巧みだが、それよりも、女のけなげさ、いじらしさが胸に迫る句というべきであろう。

＊

明和三（一七六六）年、蕪村五十一歳のときの作に、

百姓の生キてはたらく暑（あつさ）かな

の句がある。同年六月二十一日付召波宛と推定される書簡に、他の三句と併せて、「右、此（この）ほど仕候（つかまつりさうらふ）。あしく（悪）候得共（さうらへども）書付（かきつけ）候」として送った四句の冒頭の句である。他の三句は兼題による句とみられるが、この句は出題に応じた句という記述は全集には見当たらないので、蕪村自らの発意による句と思われる。

この句には、炎天下に働く百姓に注いでいる作者の感嘆といたわりの気持ちがこめられている。百姓は生きるために働くというよりも、働くために生きている。あるいは、生きることと働くことが同義であるほどにその労働は苛酷なのである。その苛酷な労働をしている百姓の感じる暑さは、百姓以外の、町人などが感じる暑さとは違う暑さなのだ。そういう百姓の苛酷な生態に作者が感動しているから、この句が生まれたのである。作者は百姓が感じている厳しい暑さをわが身のように感じとっている。

この句については、『郷愁の詩人 与謝蕪村』（岩波文庫）の中で、萩原朔太郎が次のとおり鑑賞している。

「「生きて働く」という言葉が、如何にも肉体的に酷烈で、炎熱の下に喘ぐような響を持っている。こうした俳句は写生でなく、心象の想念を主調にして表象したものと見る方が好い。したがって、「百姓」という言葉は、実景の人物を限定しないで、一般に広く、単に漠然たる「人」即ち「人間一般」というほどの、無限定の意味でぼんやりと解すべきである。つまり言えばこの句において、蕪村は「人間一般」を「百姓」のイメージにおいて見ているので、読者の側から鑑賞すれば、百姓のヴィジョンの中に、人間一般の姿を想念すれば好いのである。もしそうでなく、単なる実景の写生とすれば、句の詩境が限定されて、平面的のものになってしまうし、かつ「生きて働く」という言葉の主観性が、実感的に強く響いて来ない。ついでに言うが、一般に言って写生の句は、即興詩や座興歌と同じく、芸術として軽い境地のものである。正岡子規以来、多くの俳人や歌人たちは伝統的に写生主義を信奉しているけれども、芭蕉や蕪村の作品には、単純な写生主義の句が極めて尠く、名句の中には殆んどない事実を、深く反省して見るべきである。詩における観照の対象は、単に構想への暗示を与える材料にしか過ぎないのである。」

いかにも萩原朔太郎らしい卓抜な鑑賞である。「「生きて働く」という言葉が、如何にも肉体的に酷烈で、炎熱の下に喘ぐような響を持っている」という表現はまさにこの句の暑さの中の労働の息苦しいほどの辛さを言い当てているという感がある。また、これが実景ではない、ということも萩原朔太郎の卓見と思われる。これは実景に示唆されたかもしれないが、実景の特定の農民を普遍化して、百姓と捉えて詠ったものと考える。ただ、萩原朔太郎がここで飛躍して「百姓」を「人間一般」と捉えるのは句意に反する。この句はあくまで百姓の身に寄りそった作者の感慨と見るべきである。私は萩原朔太郎の天才、見識に甚大な敬意を払っているけれども、この句の「百姓」を「人間一般」と読むことには賛成できない。

*

明和六（一七六九）年、蕪村五十四歳のときの作に、

ことしより蚕(かひこ)はじめぬ小(こ)百姓(びやくしやう)

の句がある。同年三月十七日付無宛名の書簡に、「廿九日御会承知仕(つかまつり)候」と述べて四句記載した最終、四句目に書かれた句であり、「右わづかに案じ見申(まうし)候。いづれも廿九日可得寛話(くわんわをうべく)候」とある。講談社版『蕪村全集』第五巻「書簡」のこの無宛名書簡の頭注によれば、三月に該当する句会の記録は見当たらないようである。それ故、「蚕」が兼題であるかどうか、確かでないが、他の三句も

それぞれ異なる季題の句であるので、この句も蕪村が自ら発意して詠んだ句と思われる。
小百姓であるから最下級の百姓であり、耕作する農地も生きていくのに辛うじて足りるか、といった危うい境遇である。そこで、少しは収入の足しになろうと、資金を工面して、蚕をはじめた、というのである。これも貧しい百姓のけなげさに共感した句に違いない。

同じ年に、

苗代（なはしろ）にうれしき鮒（ふな）の行衛（ゆくへ）哉

魚（うを）ひとつ苗代（なはしろ）水（みづ）を掬（きく）すれば

苗代（なはしろ）や浮世の塵（ちり）の中に又

の句がある。いずれも兼題「苗代」による作か、と思われる。

「苗代に」は、思いがけず、苗代田に鮒を見つけた、ささやかな愉しさを詠った句であり、「魚ひとつ」も同様の感興の句であろう。「苗代や」は俗塵の中にあって、苗代田が俗塵を離れた別天地のようだ、とその美しさを詠った句に違いない。

同じ年、

新田に家ひとつ建（たつ）暑さ哉

の句がある。六月十五日、不夜庵にて八文舎興行、兼題「苦熱」による句か、と全集に注されている。この句は、この兼題による三句挙げられている中の最後の句であり、他の二句は百姓とは関係ない。「苦熱」という季題を与えられて、百姓を詠うこととしたのは蕪村自身の発意に違いない。ようやくの思いで、新田を拓き、家を建てたものの、木陰もない家の厳しい暑さに耐えなければならない百姓の嘆きを作者はやさしく見守っている。家を建ててほっと安堵しても、その暑さにとまどう百姓の気持ちを作者は思いやっている。作者のやさしい眼差しを思うべき作である。

同じ年の冬に、

凩（こがらし）や畠の小石目に見ゆる

の句がある。「自筆句帳」に収められ、「句集」にも収められている句である。全集には「木枯」の兼題による作か、という趣旨の注が付されている。

木枯しが吹き荒れ、それまで目立たなかった小石まで目に見える、という。ここに描かれているのは、小石まじりの痩せ地を耕作する百姓の暮らしの貧しさである。ふだん、耕地が小石まじりの痩せ地であることは目立たないのだが、木枯しがすさまじく吹き荒れて小石があらわになる光景を描いて、貧しい百姓の暮らしに思いを寄せている句である。

　全集には、この句の前に、

　　凩や小石のこける板びさし

の句が収められている。百姓家と明らかに書かれてはいないけれども、これも貧しい百姓家の光景であろう。板作りの庇に小石をおいて、重しとしている家を見ることがある。このような貧しい農家の板作りの庇の小石が木枯しに吹き飛ばされて転げ落ちる、悲しく哀れな光景をこの句は描いている。作者が貧しい百姓の暮らしに思いを寄せている、読者の胸に迫る佳句と思われる。

この句よりも前に、「自筆句帳」にも、「句集」にも収められている、知られた、

　　凩やひたとつまづくもどり馬

の句が全集に収められている。辛い農耕を終え、あるいは、重い荷物を運び終えて、厩へ戻る馬が、木枯しに「ひたと」躓くのに寄せた、いたわりの眼は、馬を曳く百姓にも注がれているに違いない。

「ひたと」が実感のこもった、卓抜な表現であることは言うまでもない。

これらの作が百姓の生態の現実を冷静、客観的なレアリズムで描いた句であることに注意しておきたい。

＊

明和年間（一七六四〜一七七二）の作として全集に収められている句の中に、「自筆句帳」、「句集」のいずれにも収められている、

麦蒔（むぎまき）や百まで生（いき）る皃（かほ）ばかり

の句がある。百姓たちの健康そうな様子を祝福した句に違いないが、句意は、百姓たちだから、百まで生きそうだ、という駄洒落である。駄洒落としては気が利いている句といってよい。この句は季題を与えられて作った旨の記述は全集に見当たらないので、蕪村の発意による句と思われる。

＊

安永元（一七七二）年、蕪村五十七歳のときに、

三椀の雑煮かゆるや長者ぶり

の句がある。「自筆句帳」に収められ、「句集」にも収められている句である。出題に応じた句である旨の記述は全集に見当たらないので、蕪村自らの発意による句と思われる。

　初案は「三椀の雑煮かゆるや亭主ぶり」であったと全集の本文の注にある。また、『岩波新漢語辞典』に「長者」は、①福徳のすぐれた人、金持ち、富豪、②氏族の統率者、③地位や徳の高い年長者、長老、という語義を記載している。ここでは①の意味であろう。雑煮の椀を三回代えるだけで金持ちになった気分になる百姓の暮らしぶりのいじらしさを詠った句である。雑煮の椀を三回代えたからといって長者を気取っている、というように、百姓を冷やかした句と解するのは誤りとしか思われない。蕪村は百姓の生態を冷笑したり、嘲笑したり、侮蔑的な眼で見ることはなかった。彼はいつも百姓の身に寄りそって、その生態に覚えた感慨を詠っていたのである。

＊

　安永二（一七七三）年、蕪村五十八歳のときに、

菜の花や油乏しき小家がち

の句がある。「自筆句帳」に収められている句である。「菜の花」の題詠による作か、と全集に注されている。

「小家がち」の「がち」は『岩波古語辞典』に、名詞に付いて「多いさま」をいうと記されている。同じ辞書には「小家がち」について「小家が多くならんでいるさま」という語義を示している。この句は、多くの貧しい農家が菜の花畠を作りながら、菜種油にも不自由しているのだ、という、社会の仕組みに対する怒り、憤りの句と解されるのではないか。さりげない句だが、作者の思いは重い句である。時は田沼意次の時代、商業の発展により農民の窮乏が逼迫していった時期であった。同じ年に、「自筆句帳」に収められ、「句集」にも収められている、

落穂拾ひ日あたるかたへ歩みゆく

の知られた句がある。出題に応じた句である旨の記述は全集に見当たらないので、蕪村自ら発意して詠んだ句と思われる。

全集の頭注は「落穂」について「稲刈り跡にこぼれた稲穂。落穂拾いは、農村の老幼女子の仕事

だった」と記しており、『日本古典文学大系』（岩波書店）の『蕪村集・一茶集』における暉峻康隆は落穂拾いについて「封建時代、稲を刈ったあとにこぼれる落穂を拾うことは、生活力の無い農民の寡婦や老人にのみ許されていた」と記している。知られた句であり、先学の注釈も多いが、必ずしも私の解釈と同じではない。

私は、落穂を拾う老人たちの歩みが自ずから日のあたる方へ、寒さに凍える日陰から少しの暖かさを求めて、自然と日当たりの良い方へ向いてゆく、と解し、貧しい百姓の老人たちの侘しい暮らしを描いた作と考える。侘しい暮らしの風景が「日あたるかたへ」と結ぶことにより、僅かな明るさを添えているように思われる。

先学の多くはミレーの絵画を想起しているが、ミレーの作は一八五七年の作、この句は一七七三年の作だから、落穂拾いの生態に同じく興趣を見出したにしても、蕪村の方がほぼ一世紀近く早い。ミレーの作は静的であるが、蕪村の句は動的である。「日あたるかたへ歩みゆく」と、落穂を拾う人々の歩みが自ずから陽ざしを求めていくことを目にとめた、そのこまやかな観察は瞠目に値する。

ミレーの作との比較はともかくとして、この句はしみじみ心を打つ秀句である。蕪村は貧しい百姓の身に寄りそってこの情景を詠っているのである。

＊

安永三（一七七四）年、蕪村五十九歳のとき、

麦刈に利(と)キ鎌(かま)もてる翁(おきな)哉

の句がある。「自筆句帳」に収められ、合点ヽが付されている句である。老人の経験と知識によって、よく鎌を研いできたので、麦刈りに切れ味がよいのである。年老いた百姓の知識と経験による知恵を礼賛した句と思われる。

同じ年、

夜水とる里人(さとびと)の声や夏の月

の句がある。「自筆句帳」に収められ、「句集」にも収められている句である。全集本文の注によれば、五月九日、紫狐庵、兼題「夏月」による作か、という。

まず夜水について私見を記しておきたい。河川の流水を農業用の灌漑に利用する権利は慣行的に

村落とか集落とかのムラ共同体に帰属していたので、この慣行的水利権にもとづいて自分の田に水を引くのであれば、昼間堂々と引けばよいわけである。ことさら夜にわが田に水を引くのは、炎天続きでわが田が干上がりそうなので、他の水利権者に隠れて、やむなく、こっそりと水を引くのである。それ故、人目をはばかって、里人がひそやかに会話を交わしている、そういう情景を夏の月が照らしている、という句である。「夜水とる」を、炎暑を避けて、涼しい夜に水を引くとする解釈が多いけれども、水争いの深刻さを知らない研究者の冒している誤りと考える。また、この句の初案において中七が「里人ひとり」とあったことから、この「里人の声」の里人も一人であろう、という見解が見られるが、水利権がムラ共同体に属することを考えると、こっそり夜になって水を引くのも、同じ共同体に属する複数の人々と考えるべきではないか。

一見、風雅に見えるが、実はきわめて深刻な状況を詠って心に迫る句であり、読み捨てがたい句である。

同じ年に、

里人はさともおもはじ女郎花(をみなへし)

の句がある。「自筆句帳」に収められ、「句集」に収められている句である。兼題「女郎花」による作か、と全集に注されている。「里人」と「さとも」の音を掛けたことに趣向のある句であり、所詮は野草なのに、私たち、町の住人は何故女郎花を珍重するのか、といった自省の句である。「さと」の音を重ねた趣向を別にすれば、やはり野における女郎花、という常套句の域を出ない作と思われる。

やはり同じ年に、

異夫(ことづま)の衣うつらん小家(こいへ)がち

の句がある。兼題「碪(きぬた)」による作か、と全集に注されている。異夫は他人の夫の意、小家がちは貧しい小さな多くの家々の意。「砧を打ちつつ遠征の夫を思う心情を詠じた李白の「子夜呉歌」(唐詩選巻1)を転じた俳諧」と全集の頭注は記しているが、この句の小家の妻たちは遠征の夫を思っているわけではない。この句は他人の夫のために賃仕事に精出す、貧しい百姓の妻たちの憐れさを、彼女たちに寄りそって詠っているのである。李白の詩興とはまるで関係ない。

＊

安永五(一七七六)年、蕪村六十一歳のときに、

鶯に終日遠し畑の人

の句がある。「自筆句帳」に収められている句である。季題を与えられて詠んだ句である旨の記述が全集に見当たらないので、蕪村自らの発意による句と思われる。

鶯を聞く余裕もないほど畑仕事に終日うちこんでいる、百姓の憐れを詠った句である。たんに百姓の生態を客観的に叙述した句ではない。百姓の身に寄りそってその境遇に篤い心情を注いでいる句である。

同じ年に、

耕や五石の粟のあるじ皃

の句がある。「自筆句帳」に収められ、「句集」にも収められている句である。全集では次の「畠うつや」の句の本文の注に、この句と「同題による作か」とあるので、「耕し」または「畑打」の季題による作かもしれないが、全集の注も推量であって、確実な資料にもとづくものとは思われないので、むしろ蕪村自身の発意による作である可能性が高いように思われる。

粟（ぞく）とは『日本国語大辞典・第二版』には、粟（あわ）、また、日ごろ食する穀類や官吏に与えられる扶持米をいう、と語義を説明している。『蕪村句集講義』では、内藤鳴雪が、「粟とは米のことである。米の搗（つ）いてないものを粟（ぞく）といふ」と発言している。おそらく搗いていない米を、この句では「粟（ぞく）」といったのであろう。

そうとすれば、時代小説から学んだ知識によれば、たとえば二十石の武士は、最下級の、生活が成り立つかどうかの武士であるから、五石の収穫しかない百姓の暮らしが極度に貧しいことは間違いあるまい。しかし、この百姓は、五石の収穫のある農地の主人であることを誇っているようにみえる。この百姓を作者は揶揄、軽蔑しているのではない。作者は、この百姓の勤勉な働きに見合う自負心をいじらしく感じているのである。「三椀の雑煮かゆる」の句と同じような眼差しで百姓を見ているのである。なお、耕す、は季語、穀物を植えるため田畑の土を打ち返すこと、をいう。

次の句も同年の作である。

　　畠うつや鳥さへ啼（なか）ぬ山陰に

この句も「自筆句帳」、「句集」のいずれにも収められている句である。この句が季題を与えられて詠んだ句かどうか確かでないが、前の「耕や」と同様に蕪村の発意による句である可能性が高いと思われる。

鳥さえ啼ぬ山陰とは、想像を絶するほど、辺鄙な、荒蕪（こうぶ）の地である。このような土地にしがみついて畑打ちする百姓の労働の苛酷さに作者は目を向けている。これほどに百姓の生活、境遇が追い詰められていることを作者はこの句で訴えている。「鳥さへ啼ぬ」が真実であるかどうかは、問うところではない。「一鳥不啼山更幽」（王荊公「鐘山即事」）の詩句を『蕪村句集講義』において正岡子規が引用し、この詩句を「翻訳したものとして、さへの語に値がある」と述べている。以後、この句の解釈にさいして王荊公の詩句を研究者は必ず引用しているが、百姓の暮らしの窮乏に目を向けている者がいるかどうか、疑わしい。これは、山更に幽、といった風雅な景色を詠った句ではない。


この句については萩原朔太郎が『郷愁の詩人 与謝蕪村』の中で、次のとおり鑑賞を記している。

「山村の白昼（まひる）、山の傾斜に沿うた蔭の畠で、農夫が一人、黙々として畠を耕しているのである。空には白い雲が浮（うか）び、自然の悠々たる時劫（じこう）の外、物音一つしない閑寂さである。」

萩原朔太郎の鑑賞はすぐれているが、それでも、やはり、百姓の窮乏には目を向けていない。自然に溶けこんだ農民の景色に閑寂という興趣しか覚えていない。

＊

ここで安永六（一七七七）年、蕪村六十二歳のときに刊行した俳諧句文集『新花摘』所収の句を読むことになる。これらの句はすべて蕪村が自ら発意して詠んだ句である。まず四月十日の項に、

麦秋や鼬啼なる長がもと

麦秋や遊行の棺ギ通りけり

の二句がある。「麦秋や鼬啼なる」の句は、文字どおり、麦の刈り取りに忙しく、人が出払った村の長者の深閑とした家に鼬が啼いている、というだけの句である。麦秋の繁忙、長者の広壮たる家、場違いな鼬の啼く声、という三者の取り合わせの趣向だが、余情には乏しいように思われる。

「麦秋や遊行の棺」の句は、諸国行脚の時宗の僧侶が行き倒れて、その棺が通り行く、という、麦刈りに多忙な百姓の生とはかない遊行僧の死の対照に、無常観を覚えた感慨の句である。作者の冷徹な眼差しを見るべき句であろう。

続いて、『新花摘』の四月十一日の項に、次の句がある。

麦秋や狐のゝかぬ小百姓

狐憑きという現象は現在では見られないが、一時的精神異常であろう。諸般の状況のために精神に異常を生じるかもしれないが、貧しい小百姓のばあいは、困窮をきわめた暮らしのために、精神に異常を来し、狐が憑いた、と周囲の人々は考えているものと思われる。小百姓の惨めで哀れな生態に心を動かされて詠んだ句に違いない。狐憑きの小百姓を作者が現実に見なくても、話に聞いただけでも、このような句は生まれるであろう。

次の句も、同じ『新花摘』四月十一日の項に前の句に続いて収められている。

麦の秋さびしき皃(かほ)の狂女かな

作者は狂女に関心がふかかったらしく、他にも狂女を詠った句がある。狂人に限らず、障害のために満足に社会生活を送れなくなった脱落者に対して作者はいつも暖かな、やさしい眼差しを注いでいた。麦刈りに村中が忙しくしているのに、ひとり狂女だけが寂しい面持ちで、ぼんやりしている、といった光景である。涙ぐましいといえば、涙ぐましい景色と思われる。

さらに同じ『新花摘』四月十一日の項に、

麦刈(かり)て瓜(うり)の花まつ小家(こいへ)哉

の句がある。麦を刈り終えて貧乏な百姓は瓜の花を待つばかりという文字に表れた以上の趣向も余情もない句のようにみえる。ただ、瓜の花はあまり聞かない花である。瓜は胡瓜、西瓜、真桑瓜などを指すようだが、その花をまさか鑑賞用に栽培しているわけではあるまい。花が咲けば、やがて実がなるので、さしあたりは花の咲くのを待っている、という趣旨であろうか。私には句意が分かりにくい句である。

四月十五日の項に、

麻(あさ)を刈レと夕日このごろ斜(ななめ)なる

の句がある。全集の頭注に、麻は土用の初めの晴天に刈り取る、とある。なかなか麻を刈らないので、夕日が早く麻を刈れといって、ご機嫌斜めだという趣旨の句と思われる。なお、麻刈りについては後に「あふみのや」の句に関して検討する。

同じ月、二十三日付の作に、

水古き深田に苗(なへ)のみどりかな

の句がある。ふだんは見捨てられている深田に田植がされて早苗の緑が眩しいばかりだ、といった句であろう。深田は泥深い田をいうと『岩波古語辞典』に説明されている。泥田が田植でよみがえったようになった、そのための百姓の苦労を祝福した句と解する。

続く『新花摘』所収の句は同じ日の、

けふはとて娵（よめ）も出（いで）たつ田植哉
泊（とま）りがけの伯（を）母（ば）もむれつゝ田うへ（ゑ）哉

である。田植がムラ共同体の共同作業であることは、本項冒頭の「去られたる」の句について記したとおりである。田植となれば、嫁だからと言って、お客あつかいはできないので、田植に出ることになり、という、繁忙の状況を描いた句である。「泊りがけの伯母」は嫁入り前の生家の田植に泊りがけで手伝いに来た、ということだから、嫁入り前から手慣れた仕事である。田植とはそんな一家総出の繁忙な仕事なのだ、という感慨を読みとるべきであろう。

上記の二句に続いて同じ四月二十三日の項に、

おそ(を)の住む水も田に引ク早苗哉
参河なる八橋もちかき田植かな

の句が載せられている。「おそ」はかわうそ。「おその住む」の句は、かわうその棲む気味悪いような沼の水も田植となれば引いて来る、早苗のみどりが美しい、といった句意であろう。田植となれば、引いてくる水が、怖いとか、気味悪いなどとは言っていられない百姓の切実な気分を詠った句と思われる。

「参河なる」の八橋は伊勢物語の歌枕、伊勢物語9段「水行く河の蜘蛛手なれば、橋を八つ渡せるによりてなむ八橋といひける」に由来する。三河国八橋も近く、いまは田植の最中だ、というだけの句であろう。名所よりも田植の方が大事な季節だ、といった句意であろうか。いずれにしても採るべき句ではないように思われる。

『新花摘』の発句は、四月二十四日の項で終わるが、同日、次の句が載せられている。

午の貝田うた音なく成にけり
おそ(を)を打し翁も誘ふ田うへ(ゑ)かな
鯰得てもどる田植の男哉

葉ざくらの下陰たどる田草取
早乙女やつげのおぐしはさゝで来し

「午の貝」の句は、正午になって、法螺貝が鳴り、田植え歌がはたと歌うのを止めたので、静かになった、という句である。田うたは田植え歌、ムラの共同作業である早乙女の田植の間、男たちが豊作を祈願して歌ったのが起源と言われる。共同作業だから、正午になって法螺貝の音が鳴り渡るのであり、法螺貝の鳴り渡るのを合図に、田植え歌も止み、田植も休憩に入るわけである。その静けさのあわれ、情ないし詩を捉えた句と思われる。

「おそを打し」の句は、かわうそを退治した老人まで田植に誘った、という。人手がよほど足りなかったのであろうか。解釈に苦しむ句である。

「鯰得て」の句は、田植の最中に、はからずも鯰をとった男が鯰を提げて家に帰る、というのだが、得意げに見せびらかしている、とも解されるし、こっそりと持ち帰る、とも解される。田植のときには河川や沼から田に水を引いて一面に水を張るので、鯰がまぎれこむこともあるかもしれない。この男の僥倖の顚末を叙述しただけの句と思われる。

「葉ざくらの」の句は、田の草取りは炎天下の辛い作業なので、葉ざくらの下陰の、日陰、日陰と求めて、草を取る、という田の草取りの苦労を詠った句である。蕪村はこのような光景を見たことがあったのだろうか。想像ではこのような句は生まれないと思われるので、蕪村の百姓の暮らしに寄せる思いのふかさに驚異を覚えさせる句である。言うまでもないが、「落穂拾ひ」の句と共通する心情である。

「早乙女や」の句は、「芦の屋の灘の塩焼きいとまなみつげの小櫛も挿さで来にけり」という伊勢物語87段の記述を受けた句であることを多くの先学が指摘している。ただ、この伊勢物語の和歌でも、塩焼きが暇のないほど忙しいということが黄楊の小櫛を挿さないで来たことの理由にはならないように思われる。塩焼きは忙しいため、大事な黄楊の小櫛を失くすと困るので、挿さないで来た、というだけのことではないか。この黄楊の小櫛は亡母の形見か何か大切なものに違いない。そこで早乙女として田植に出るときはこの黄楊の櫛は挿さないで来た、という句であろう。乙女心のこもった佳句と思われる。

こうして読んでみると、『新花摘』に収められた百姓の句は、牡丹の句や鮓の句と匹敵するほど多い。蕪村の百姓の生態に対する関心の深さを見るべきであろう。

＊

同じ安永六（一七七七）年に、『新花摘』に収められていない、

あふみのや麻刈（かる）雨の晴間かな

の句がある。『新花摘』四月十五日の項の「麻を刈」と同じ日の作と思われる。古代から麻を衣料に用いたことは登呂遺跡からも知られているが、蕪村の時代にもまだ麻が栽培されていたようである。全集の頭注に、近江は細布（さいみ）衣地・高宮布の産地として麻畑が多かった、とある。この句は、近江の百姓が雨の晴間にいそいで麻を刈りとっていることを叙述した作であり、それ以上に余情も何もない句と思われる。

同じ年に、

山畑やけぶりのうへのそば畠

の句がある。「自筆句帳」に収められている句である。七月二十日、「百題発句」による作、と全集に注されている。

里の農家の炊事、囲炉裏の煙などの届かぬ山の頂の痩せ地に蕎麦の畑を耕作している百姓のけなげに勤勉な生態を描いた作である。この百姓のいじらしい労働を思いやらねば、句意を見落とすことになるであろう。

同じ年に、また、

稗(ひえ)刈(かり)て夜粟(あは)を刈(かる)めでたさよ

の句がある。全集には出題による作という記述は見当たらないので、蕪村自身の発意による句と考える。

昼には稗を刈り、夜には粟を刈ることができるだけで、この百姓はめでたいと思っているのだ、何というけなげさだ、と百姓の貧困に遣る瀬ない思いを作者は寄せているのである。

同じ年、貧しい百姓の句が続く。

小百姓鶉(うづら)を取(とる)老(おい)と成(なり)にけり

「句集」に収められている句である。出題に応じた作である旨の記述は全集に見当たらないので、蕪村自らの発意による句と思われる。

老境に入って、農作業もできなくなった貧しい百姓が遊んではいられないので、鶉を取るのに精を出している、という、これも貧乏な年老いた百姓の境涯に感慨を覚えた作である。鶉はいくらかの値で売れるに違いない。

さらに同じ年に、

早稲(わせ)の香や聖(ひじり)とめたる長(をさ)がもと
早稲(わせ)刈(かり)て能(よき)め(飯)しくろ(ら)ふ老夫婦

の句がある。全集の注に、七・八月「二百題発句」中の作か、とある。

前者の「聖」は、『岩波古語辞典』の記述を要約すれば、元来は神聖な霊力を左右できる人をいうが、近世では、遁世廻国の僧、特に時宗の念仏行者の僧をいうことが多い、という。村の名主の家でも、早稲を刈り終えた後なので余裕ができて、ふだんは泊めることもない念仏行者を泊めて早稲の新米をふるまっている、という句である。早稲を刈り終えた時節の余裕のある気分を詠った句である。

後者は、年老いても働ける限りは働かねばならない老夫婦が、早稲を刈り終え、その報酬として、新米の飯を食べている光景を祝福した句だが、米の飯を食べることが特別なことである百姓の貧しさに、作者は暖かい眼差しを注いでいるのである。

さらに同じ年、

霜あれて韮(にら)を刈(かり)取(とる)翁(おきな)かな

の句がある。「自筆句帳」、「句集」のいずれにも収められている句である。「自筆句帳」に合点○が付されている句である、と全集は注している。蕪村の会心の作である。「十月廿日（百題発句）」、「十一月十四日　夜半亭十題」に的確な対応を見出しがたいと全集の本文の注にあるので、蕪村の自ら発意した句と思われる。

霜で土も荒れた畑に、わずかに韮だけが残っている。この韮をとるよりほかにすることもない、追い詰められた百姓の老人の落莫(らくばく)、荒寥たる情景を詠った痛切な句である。このような情景に「詩」を、「情」を見た作者の心境に敬慕の思いを禁じ得ない。

『蕪村句集講義』で、正岡子規は、韮は、葱と違って淋しい感じであると発言、「翁」は「女」と言い換えてもよい、という内藤鳴雪の説に反対して、「翁」でなければならないと主張している。子規の説に同感である。

この句については、安東次男がその著書『与謝蕪村』（講談社学術文庫）において、後に読むつもりの、

水深く利鎌鳴らす真菰刈

の句の鑑賞に関連して「蕪村の句を眺めると、芭蕉にくらべて、季語の使用が自由になっているのに気がつく。むろん、使われている季語の数もふえている」と記し、「あるいは日常の生活に即し嘱目ふうに、あるいは呼名のイメージに興じて文人ふうに、いろいろと工夫をこらしている。そこにとどまらず、韮にも作句の欲望は及んでいる。それも生えている韮、韮雑炊というふうにである」と書き、「霜あれて」の句を引用して、「芭蕉の句の季題は、とうていそこまでは拡らない。蕪村の好奇心がつよかったからとも、画人であったからとも、明和・安永ごろの市民生活に工夫の幅が生れてきていたとも考えられるが、直接には、当時の句会が芭蕉の時代のような連句会にかわって、題詠による発句会を主とするようになっていたことが、原因であろう。そういう現代ふうの句会にいち早く目をつけ、明和年間から熱心に月例句会を開いたのが、蕪村である」と結論している。そういうものか、と教えられたが、安東は蕪村の百姓の生態に対するふかい関心に気づいていなかったようにみえる。

なお、真菰の「ま」は接頭語、「こも」はイネ科の草の一種、浅い水中に群生、その芽を食用とする、と『岩波古語辞典』に記述がある。

同じ年、

冬木立北の家かげの韮を刈

の句がある。「霜あれて」と同じく、蕪村の発意による句と思われる。荒寥たる光景、無残な百姓の追い詰められた生態を描いた作である。冬枯れの蕭条たる木立、日当たりの悪い北の家陰に細々と残っている韮を刈るまでに百姓の暮らしは窮乏している。

この句と同じ時期の作、

冬ざれや小鳥のあさる韮畠

冬ざれや韮にかくるゝ鳥ひとつ

の二句も、この一連の作に違いない。これらの句も「自筆句帳」に収められており、「小鳥のあさる」の句は「句集」にも収められている。いずれも蕪村の発意による句であると思われる。これらの句から韮を刈る百姓は小鳥に等しいことが理解され、ことさらに無常、悲惨の感をつよくするのである。

＊

安永七（一七七八）年、蕪村六十三歳の年に入ると、

麦蒔の図両長き夕日哉

の句がある。題詠である旨の記述が全集に見当たらないので、蕪村の発意による句と思われる。中七に「影法師長き」と表記した別案がある旨、全集本文に注がある。頭注に「図両」は、本来、影の周囲にできる薄い影のことで、冬の弱い日の影の意を利かせた、と解説している。日が落ちかかり、影法師が長く伸びるまで麦蒔きに精出す百姓の辛苦を詠った句である。

＊

安永八（一七七九）年、蕪村六十四歳の時に、

ひらく田の地の利も得たり春の水
種蒔もよしや十日の雨の（の）ゝち

の二句がある。これらの前書に「微雨楼があらたに舗(みせ)をひらくを賀す、二章」とあり、門弟、寺村百池のきせる商新舗開店を寓して、田をひらく、といったものと頭注に記されている。それ故、百姓を詠った句ではないが、時は田沼意次の治政下、新田の開発がしきりに行われていた時代であった。挨拶の句にも時代が反映されているので、採り上げておく。「種蒔も」の句の「十日の雨」は「五風十雨」の意、五日に一度風が吹き、十日に一度雨が降る、天候の順調なことを言う。二句とも挨拶を出るものではないし、句意も平明であり、格別に言うべきほどのことはないと考える。

*

安永九（一七八〇）年、蕪村六十五歳のときに、

秕(しひな)多き稲をとく刈(かる)翁(おきな)哉

の句がある。全集の注に、九月二十五日、金福寺、兼題「秋田」、とある。秕は殻ばかりで実の入っていない籾をいう。年老いた百姓が秕の多い稲を急いで刈り取る、というのだが、老人だから気が短いのか、刈り取った後に菜種や麦を植えたいためと全集の頭注は解している。秕の多い不作

に焦慮する老いた百姓の嘆きを聞く感がある。ここで思い起こすことだが、蕪村の百姓の句には年老いた「翁」の句が多い。百姓の貧困、窮乏は年老いるに従い、いっそう惨めな境遇になることに作者は気づいていたのではないか。

同じ年に、

稲かれば小草に秋の日の当る

の句がある。「自筆句帳」に収められている句である。前の「秕多き」の句と同じく、兼題「秋田」による句か、と全集は注している。稲を刈ったあと、稲の陰に隠れていた草にも日が当たる、という穏やかな風景を描いた作である。日陰にいた草に日が当たる、という情景には、日の当たらない場所にいるものへの愛執が感じられ、格別の趣向はないかもしれないが、着眼に共感し、しみじみした情感を覚える句である。

*

天明元(一七八一)年、天明二(一七八二)年には、百姓を詠った句は見当たらない。天明三(一七八三)年、蕪村六十八歳、まさに蕪村の歿年には百姓の句が少なくない。知られた作に、

畑うちや法三章の札のもと

の句がある。「句集」に収められている句である。「畑打」が季題の句であろう。全集の頭注に、「法三章」について、漢の高祖が、秦の苛政を改め、法はわずか三章、すなわち殺・傷・盗のみを罪とした故事（史記・高祖本紀）、をいうと解説されている。法三章のもとで農耕した時代は何と羨ましいことか、と現時の治政を慨嘆した句と解すのが常識に合致するであろう。ただ、『蕪村句集講義』に内藤鳴雪が、「幕府時代には実際法三章の立札あり。キリシタンを禁じ、一揆およびてうさん（逃散をかく仮名に書いてありし）を禁じたる等の立札ありたり」と発言している。キリシタン禁制はともかく、一揆によって苛酷な農政に苦情を申し立てることも許されず、逃散することも許されず、土地に縛り付けられていた百姓の悲惨な境遇を、高札が示していたという内藤鳴雪の説は興味ふかいが、伊予松山藩だけのことかもしれない。私の調べた範囲では、内藤鳴雪のいうような高札が全国的に掲げられていたという証拠はない。

なお、この句の初案は「耕（たがやす）や法を約する札のもと」、再案では「畠打（はたうつ）や法を約する札のもと」であったのと比べ、「法三章の札のもと」が雄勁（ゆうけい）で、ひきしまっていることを指摘した先学が多い。

畑打や耳うとき身の只一人

もこの一連の作の一句である。全集には「畑うちや」の句と同題による作か、とある。季題「畑打」による句であろう。「畑打ち」は鍬などで畠の土を掘りかえすことをいう、と『岩波古語辞典』に記されている。年老い、耳が遠くなっても、誰の助けもなく、ただ一人、畑打ちを続けなければならない百姓の身の上に寄りそって、その境遇を詠った、まことに切実な句である。

耕や細き流れをよすがなる

も一連の作の中の一句である。「耕」は「畑打ち」と同義と解されている。この句から思い浮かぶのは、小川のほとり、わずかに聞こえる小川のせせらぎだけを心の慰めとして、鍬を使って畑土を掘り返す百姓の孤独な姿である。貧しい百姓の孤独な生態を詠った、悲しく辛い句である。

畠打や峯の御坊の鶏のこゑ

もやはり百姓の孤独に働く生態を詠った句である。「畑打や耳うとき」と同題の句か、と全集の本文に注がある。季題「畑打」による句であろう。百姓が黙々と耕している。すると、山の上の寺院の鶏の声が聞こえて来る。こういう取り合わせの趣向によって、百姓の悲しく辛い暮らしぶりが描かれているのである。前の句の「細き流れ」と、「鶏のこゑ」が対応している。鶏の声を耳にして、ふと立ち止まって、わが身をふりかえった後、また、畑打ちに精出すに違いない。

中村草田男はその著書『蕪村集』(講談社文芸文庫)において、「芭蕉時代にも去来には有名な

動くとも見えで畑打つ男哉

の作があるが、蕪村にいたってこの季題はその独特の情趣をいくつもの作品によってハッキリと規定された感がある」と記している。

しかし、蕪村が発見したのは、新しい情趣というより、「畑打」という作業の苛酷な労働の生態であった、と私は考える。

畠(はた)打(うつ)や鍬(くは)の柄も朽(くつ)るばかりにぞ

もこの一連の作の中の句だが、全集の頭注は、「鍬の柄も朽る」について、「「爛柯」の故事(述異記)の転化。晋の木こり王質が山中二童子の棋を観戦したが、それは自分の斧の柄がボロボロにな

るほどの長い時間だったという」と解説している。鍬の柄が朽ちるかと思われるほどの長い時間、百姓が畑打ちに精魂こめて働いている、その姿に感嘆し、感慨を覚えた句である。

畠打の目にはなれずよ魔爺が嶽

全集の本文に「野望」という題のある句である旨の記載があり、「魔爺」は「摩耶」の誤記という指摘がある。これも季題「畑打」による句であろう。頭注に、摩耶山は神戸市葺合・灘両区の境にそびえる山、という説明がある。「細き流れ」「鶏のこゑ」に代わって、この句では「摩耶が嶽」を取り合わした趣向の句である。

＊

全集は天明三（一七八三）年の項の後に、安永七（一七七八）年から天明三（一七八三）年まで、蕪村六十三歳から六十八歳までの間の作ではあるが、この間のどの年の作とも確定できない作を収めている。

この期間内の作に、

畑うつやうごかぬ雲もなくなりぬ

の句がある。「自筆句帳」に収められ、「句集」にも収められている句である。全集の注には「『句集』に「芭蕉庵会」と前書。春季の芭蕉庵会より、あるいは天明元年二月の芭蕉庵会（蕪村欠座。二・一六 几董宛）の兼題による作か」とある。全集の頭注は、参考として、李白「衆鳥高飛尽 孤雲独去閑」（唐詩選巻6）と去来「動くとも見えで畑打つ男かな」を挙げている。句は李白、去来に触発されたかもしれないが、句意ないし句の情感はまったく異なる。

無心に畑打ちをしていた百姓が、ふと気づいてみると、さっきまであった雲が見えなくなっていた、という畑打ちに専心する百姓の生態に感慨を覚えた作であり、たんなる叙景の作ではない。『蕪村句集講義』で、正岡子規が、「春の雲は最も能く動くものなり。されば畑打と其の畑打つ頃の雲の有様とを配合したるにて、うごかぬ雲は無いやうになつた、即ち悉く皆動いてゐる雲許りであるといへるなり」と発言している。このような配合の趣向の句に違いないとしても、やはり百姓の無心、専念の畑打ちに眼を注いでいることに、蕪村の「詩」の発見があったと考える。

同じ時期の作に、

畑打よこちの在所の鐘が鳴

の句がある。これも「自筆句帳」ならびに「句集」に収められている句である。全集の本文の注に「畑うつや」の句と同じ兼題による作か、と記されている。また「自画賛」に「山々惟落暉（ただらつき）」と前書があると記されている。樹々に秋の気配が濃く、山々も落陽に赤く染まっているのに、まだ畑打ちを止めない百姓に、在所の鐘も鳴る時刻だから、もう引き上げたらどうか、と呼びかけた句である。時刻も忘れて働く百姓の生態に心を寄せた句であって、たんなる叙景の句ではない。入相（いりあい）の鐘の鳴るのにも気づかずに畑打ちに専心している百姓の憐れな暮らしに思いを寄せなければ、この句の余情を見落とすことになる。

同じ時期に、

畑（はた）打（うち）や木（こ）の間（ま）の寺の鐘（かね）供（く）養（やう）

の句がある。「自筆句帳」に収められ、「句集」にも収められている句である。これも前掲「畑うつや」の句と同じ兼題による作か、と全集本文に注されている。鐘供養は寺で新しく梵鐘を鋳造した時に行う供養のことという。木の間越しに見える寺で鐘供養しているのに、鐘供養にも気づかず、畑打ちに精出している百姓の惨めで、勤勉な生態を詠った句である。黙々と畑を打つ百姓と華やかな鐘供養の取り合わせの趣向の句だが、作者の眼差しは百姓に暖かく注がれている。

同じ時期の作に、

畑打や我家も見えて暮遅し

の句がある。「自筆句帳」に収められている。この句も「畑うつや」の句と同じ兼題による作か、と全集本文に注されている。日の暮れるのが遅くなり、わが家が見えてもまだ畑打ちを続けなければならない、百姓の嘆息を聞くかのような思いを感じさせる句である。これも百姓の労働の辛苦を詠った句だが、畑打ち、遅い日暮れ、百姓が見ているわが家、という取り合わせに趣向が認められる。とはいえ、この趣向はあまりに平凡という感がつよい。

＊

全集は最後に「年次未詳」として制作年次を推定できない句を収めている。その中に、

畑うつや道問人の見えずなりぬ

の句がある。全集には出題による作である旨の記述はないので、蕪村の発意による作と思われる。黙々と畑打ちをしている百姓に道を尋ねた人は軽い気持ちで道を尋ねたのであろう。百姓は畑打ちの手を休めて道を教えたのだが、また、黙々と畑打ちを続け、道を尋ねた人の姿が見えなくなっても、まだ畑打ちを続けているのである。この句には長い時間がこめられている。その間、百姓の労苦が続いている。これは余情、含蓄の豊かな佳句というべきではないか。

同じ「年次未詳」の句の中に、

畑(はた)に田に打出(うちで)の鍬(くは)や小槌(こづち)より

の句がある。この句についても、全集には出題による句である旨の記述がないので、蕪村の発意による句と思われる。「打出の小槌」は、財宝を何でも思うままに打ち出すことのできる不思議な小槌、蓬萊の鬼・大黒天などが持っていると信じられていた、と『岩波古語辞典』に解説がある。畑打ちの鍬こそが収穫という財宝をもたらす小槌なのだ、という意の句であろう。

種俵ひと夜は老(おい)がまくらにも

も同じ「年次未詳」の句である。この句も全集に出題による句である旨の注がないので、蕪村の発意による句と思われる。ただし、「題老農」（老農に題す）という前書があると本文の注にある。「種俵」は、種もみを入れた俵や袋、また特に、発芽を促進するため種もみを入れたまま、井戸、池、川などにつけておく俵、と『日本国語大辞典・第二版』に解説がある。そういう大切な種俵を一夜、老人が枕もとにおいて長寿にあずかり、豊作を祈願する、といった趣旨であろう。

水深く利鎌（とき・かま）鳴らす真菰（ま・こも）刈（かり）

も同じ「年次未詳」の句の一である。この句は「句集」に収められている。全集に出題による句である旨の記述がないので、蕪村の発意による句と思われる。

「霜あれて韮を刈取翁かな」の句にふれて、安東次男が、蕪村が韮のような季題を選んだ所以を説いていることを紹介したが、真菰刈も同様の新しい季題であったようである。安東は、「『万葉集』に「まこも刈る大野川原の水隠（みこもり）に恋ひ来し妹が紐解く吾は」と詠まれ、枕ことば（刈薦の―乱れる）ともなり、連歌の夏の季題としてすでに採上げられている伝統的なことばでありながら、古俳句に真菰刈を詠んだものは少い。むろん芭蕉の句には見当たらない」と書いているが、蕪村の百姓の生態に対する深く、広い関心にふれていないことが残念である。安東はさらに、次のとおり鑑賞している。

「炎天下、水中深く鎌をさし入れて、身の丈ほどの真菰を刈る。岸辺からか、あるいは小舟を乗入れてか、句中に六度も使われるカ行の無声破裂音が、句の情景にふさわしく鳴るところがなかなかよい。「水深く」と感覚の底に分入りながら、「利鎌鳴らす」と輪廓鮮明に捉えたところが、蕪村らしい離俗浅見の工夫であるが、現代の成功した水郷吟行句でも見るような佳句である。」

きわめて行き届いた鑑賞と思われ、学ぶところが多いが、なお、安東が、この百姓の辛苦に思い到っていないことがふしぎに思われる。

＊

これらの句が、私の見落としが若干あるにしても、蕪村が百姓を詠った句のすべてと言ってよい。こうして百姓を詠った句を読んできて、痛切に感じられることは、百姓の労働の辛苦、暮らしの貧困、窮乏に向けられた冷徹ともいうべきレアリストの眼差しであり、しかも、百姓に対する暖かな、ヒューマニスティックな眼差しである。このレアリストであり、しかもヒューマニストであることが、蕪村の本質なのではないか、とさえ思われる。これらの句を読んで、あらためて気づくことは、百姓の生態を詠った句の中のかなり多くの句が、蕪村の発意で詠まれた句であるという事実である。このことからも蕪村の百姓の辛苦、窮境に対する関心のふかさが窺われるように思われる。

これらの句には『郷愁の詩人 与謝蕪村』において萩原朔太郎が指摘している、蕪村の「浪漫的の青春性」とか「色彩の調子（トーン）が明るく、絵具が生々（なまなま）しており、光が強烈である」とかいうような特徴はまったく認められない。萩原朔太郎が指摘したこのような特徴は、蕪村の学識と想像力による化粧であって、蕪村の素顔は、別に存在するのではないか、という思いに駆られるのだが、結論を急ぐ必要はない。さらに蕪村の句を読みつぐことにしたい。

境涯詠について

本項では、蕪村がその生涯にわが身の境涯について詠った句を読んで、その軌跡を辿ってみたい。

宝暦元（一七五一）年、蕪村三十六歳のときに、

秋もはや其蜩（そのひぐらし）の命かな

の句がある。「花洛に入（いり）て富鈴房（ふれいぼう）に初而向面（はじめてかうがん）」と前書がある句である。富鈴房は望月宋屋、巴人門の先輩、と全集の頭注に記されている。「蜩」と「その日暮らし」を掛けた語呂合わせに趣向のある句である。前途に光明を見ていなかった時期の切実な境涯句のようにみえるが、先輩との初対面のさいの挨拶の謙抑（けんよく）の気持ちがこめられているであろう。

＊

明和五（一七六八）年、蕪村五十三歳のときに、

苦にならぬ借銭負ふ(う)て冬籠（ふゆごもり）

の句がある。全集の本文の注によれば、十月二十三日、山吹亭、兼題「冬籠」による三句の中の一句である。

文字どおりに受けとれば、苦にならぬほどの僅かな負債を抱えて冬籠りしている、という趣旨だが、苦にならぬ、と思うことにして、という作者の負け惜しみが暗に隠されている、と受けとるべきであろう。負債を苦にするか、しないかは、気持ちの問題である。この複雑な気持ちに、作者は、いわば「詩」を、あるいは「情」を、見出したのである。

この句に続いて、

売（うり）喰（ぐひ）の調度のこりて冬ごもり

の句がある。前句と同じく十月二十三日、山吹亭、兼題「冬籠」による作である。全集の本文の注に、「自筆句帳」に合点○が付されている、という。蕪村会心の句である。

必要最小限の調度だけを残し、それ以外の調度を売り払い、その代金で暮らして、冬籠りしている、貧窮の生活をむしろ愉しんでいる、悠々自適の心境を描いた作と解する。この句については、大魯宛、安永三（一七七四）年十一月二十三日付書簡に「此句(このく)「売喰」、けやけき物ニ候へども、かゝる事もいたし置(おき)候が能(よく)候。晋子(しんし)ニも多く此格有之(これあり)候」とある。理解しにくい文章だが、「けやけし」は、変わっているさまである、特別だ、すぐれているの意、として、①特別だ、希有だ、②妙だ、変わっている、という意味の用例が示されている（『岩波古語辞典』）。晋子は其角を指す。そこで、この句は少し変わった句だが、このような経験をしておくのもよいことであり、晋子すなわち其角にもこのような一風変わった句がある、とでもいうのであろうか。売り食いの暮らしを風雅と捉えるのも、俳諧なのだ、といった趣旨であろうか。

勝手(かつて)迄(まで)誰(たれ)が妻子ぞふゆごもり

もこの一連の「冬籠」の中の一句である。この句は「自筆句帳」、「句集」のいずれにも収められている。「勝手」については、『日本国語大辞典・第二版』に、台所、また、台所がある方向から、裏口やふだんの居間をいうこともある、と語義を説明している。それ故、台所まで、誰か来たらしい、と主人は隣の居間で声を聞いているのだが、誰か分からないので、もどかしい思いをしている、という句である。台所のほかには茶の間だけか、もう一部屋、主人のいる居間があるか、といった狭い、おそらく貧しい長屋暮らしである。そういう冬籠りの暮らしの中の一情景を描いた作として境涯詠と見なし、ここに採り上げておく。勝手の人声が気になるのだが、さりとて誰かと確かめることも憚られて、もどかしく感じている。そうしたもどかしさに「詩情」を見て、この句になったと考える。このもどかしさを王朝期には、ゆかし、と言ったのであった。

『蕪村句集講義』の中で、正岡子規は、「此趣向、太祇・几董抔の多く作る処なり。（中略）蓋し複雑したる趣向を善く言ひ得たる処、技倆驚くべき者あり。蕪村ならでは到底言ひをほせずと信ずればなり」と発言している。まことに子規の言うとおり、小説の一情景を見るような、ふくらみをもった句である。ただ、貧しく、狭い住居だからこその情景であることに注意しなければならないと考える。

同じ明和五年、蕪村五十三歳のときの作に一連の紙子の句がある。

縫ふ（う）てゐる傍に紙子待身哉

がその一句である。十一月二十四日、召波亭、兼題「紙子」による、と全集の注にある。「紙子」は「紙衣」とも表記され、「紙製の着物。厚紙に柿渋を塗り、日干しにした後、夜露にさらし、揉み柔らげて作った衣服。もと僧が着用。後に一般貧民の防寒用となり、元禄頃には肩・襟などに金襴・緞子などを用い、種種染込みなどした奢侈品も作られた」と『岩波古語辞典』に語義が説明されている。貧乏なので妻に紙子を縫ってもらっている。早く着て町へ出かけたいので、妻の傍で縫いあがるのを待っている、という情景を描いた句である。縫いあがるのを待つ、じれったさに「詩情」を作者が見出した句と解する。あるいは妻の傍で紙子が縫いあがるのを待つ、貧しい暮らしの憐れさに「詩情」を見出したのかもしれない。

めしつぶで紙子の破れふたぎけり

前句と同じ兼題による句である。この句は「自筆句帳」に収められ、「句集」にも収められている。「ふたぎ」は「ふさぎ」である。貧乏暮らしなので、飯粒で紙子の破れをふさいだ、という句である。貧乏暮らしを達観し、愉しんでいる、と解することもできる。兼題による作でもあり、これらが蕪村の経験にもとづく句であると断定するのは危険かもしれないが、たんに見聞による作と見るには、現実感が横溢していることからみて、他人が紙子を着ている様子を詠ったものではなく、かなりに蕪村の実生活が反映している境涯詠と考える。

うばかゝも見知る紙子(かみこ)のあるじ哉

もこの一連の作の一句である。「うば」は、祖母、すなわち父母の母の意と、姥、すなわち老婆、および乳母の意があると『岩波古語辞典』が説明している。「かか」は母を親しんでいう小児語の意、また、自分の妻、あるいは遠慮のいらない他人の妻をいう語の意と、やはり『岩波古語辞典』が説明している。この句のばあいは、老婆も妻も、の意であろう。老婆も妻もよく見知った間柄なので、紙子を着ても、貧乏所帯の中だから、恥ずかしいこともない、という意味の句であろう。蕪村が妻と女の子と同じ所帯で暮らしていたことは知られているが、老婆も見知った仲、ということは、蕪村自身ではありえない。虚構の作と思われる。

此(この)ふゆや紙衣(かみこ)着よふ(う)とおもひけり

も同じ兼題による一連の句の中の一句である。「自筆句帳」および「句集」に収められている句である。貧しいので、この冬は紙子を着て過ごそう、という意味の句と考えるが、前の句についても、この句についても、酔狂で紙子を着るのだ、とか、物好きで紙子を着ようと思うのだとか、紙子を着る動機については諸説がある。たとえば、『蕪村句集講義』において、正岡子規は、「紙衣は侘(わ)びて年よりじみたる者なれば、若き間は伊達の心ありて着たくもなかりしが、此冬は紙衣着る気になりたりとなり。身の老境に近づきて世上の名利に疎き心持なるべし」という見解を述べている。しかし、私は素直に、貧乏だから、が動機と解する。

紙子着て用そこ〳〵に出にけり

も同じ兼題による句である。紙子は通常の衣服より破れやすいので、用件を終えるとすぐに辞去することになった、その憐れさに作者は「詩情」を感じたものと解する。

半壁の斜陽紙子の袖の錦哉

の句は、この一連の兼題による句の最後になる。兼題により、あらかじめ想をめぐらしていたにせよ、驚くべき豊かな発想である。この句の「半壁の斜陽」を全集の頭注は、夕日が壁の下半分を照射するさまを漢詩調で表現した、と説明している。壁半分に夕日が差し込むと紙子も錦のように立派にみえる、という。紙子も状況次第で錦のように見えるのだから一概に軽蔑してはならない、といった教訓じみた句である。生活感に乏しい句のようにみえる。

＊

明和六（一七六九）年、蕪村五十四歳のときの作に入る。

壁隣ものごとつかす夜寒哉

の句がある。「自筆句帳」に収められ、「句集」にも収められている句である。八月十四日、召波亭、兼題「夜寒」による作か、と全集の本文に注がある。夜寒だから、静寂の中、長屋の隣家の物音がよく聞こえる。何をしているのか、聞き耳を立てるのだが、分からない。そのもどかしさ、じれったさに詩情を感じた句である。

この句については、中村草田男がその著書『蕪村集』に、芭蕉の「秋深き隣は何をする人ぞ」の句を引用し、芭蕉の「句が「意味」の世界であるとすれば、これは「現象」の世界である。芭蕉が広く人間の生活相そのものの上に愛情にかられた想いを馳せているものとすれば、蕪村は庶民生活そのものの中に調和ある位置を占めつつ、賦与された現実へ過不及なく情感を反応せしめているのである」と書いている。芭蕉の句が「意味」の世界、蕪村の句が「現象」の世界、というのは、芭蕉の句は、隣は何をする人ぞ、と疑問を投げかけて、問題の「意味」を問うているのに、蕪村は

「ものごとつかす」という「現象」だけを捉えている、ということであろう。それ以下の文章は理解しにくいが、芭蕉は、疑問を投げかけて「人間の生活相」そのものに思いを寄せているのに反し、蕪村は与えられた現状の情感を汲みとって句にしている、といった趣旨であろう。中村草田男の言うところは結局、蕪村は「現象」から情感を汲みとっている、ということであると理解して、一応、この考えに賛成する。しかし、この句と似た趣向の句に、すでに読んだ、

勝手迄誰が妻子ぞふゆごもり

の句があり、境涯詠ではないが、安永六（一七七七）年の佳句、

市人の物うちかたる露の中

がある。これらは、いずれも声は聞こえるのだが、はっきり何を話しているのかは分からぬ、もどかしさ、じれったさに詩情を感じた句であり、このことを中村草田男は見落としているように思われる。

同じ明和六年に、

冬ごもり妻にも子にもかくれん坊

ひとり行(ゆく)徳利(とくり)もがもな冬籠(ふゆごもり)

の句がある。いずれも「冬籠」の兼題による作と思われる。

「冬ごもり」の句は「自筆句帳」に収められている句であり、この句は、自分だけが書斎に閉じこもって妻からも子からも隠れて狭い空間を愛惜しているのだが、そういう自分を見ているもうひとりの自分が、つまり作者であって、自らの愛惜を客観視した句であろう。

「ひとり行」は、勝手に燗をつけてくる徳利があればいいなあ、という虫のいい願いをふざけて言った句である。酒飲みとはそういう人種のようである。

＊

明和七（一七七〇）年、蕪村五十五歳のときに、

めしつぎの底たゝく音(オト)やかんこ鳥

の句がある。「自筆句帳」に収められ、「句集」にも収められている句である。「閑古鳥」の季題による句と思われる。

「めしつぎ」は飯次、飯継と表記され、飯櫃（めしびつ）の意、木・金属・陶器製などの種類があった、と『岩波古語辞典』に語義が記されている。飯櫃の底を叩いてもカンカンという音がするだけ、閑古鳥の啼き声と同じだ、という、飯櫃の底を叩く音と閑古鳥の啼き声を取り合わせた趣向であり、侘しく、貧しい暮らしの悲哀を詠った句である。

同じ年に、

老（おい）を山へすてし世も有（ある）に紙子哉

の句がある。「自筆句帳」、「句集」のいずれにも収められている句である。出題に応じた句である旨の記述が全集に見当たらないので、蕪村の発意による作と思われる。

老人を姨捨山に捨てた昔もあったが、いまの貧しい老人は値段の安い紙子を着て冬を過ごすのだ、という意味の句であろう。老人が紙子を着て過ごすことを天下泰平の幸せと見るか、天下泰平でも貧しい老人は紙子を着て過ごさなければならないと見るか、説が分かれるし、これが離俗の心境を詠った句であるかどうかも意見が分かれるところである。私は、天下泰平でも貧しい老人は紙子で過ごさなければならないのだ、という窮乏の暮らしを嘆いた句と解するので、離俗の隠者の心情とは遠い作と考える。

同じ年に、

埋火（うづみび）や我（わが）かくれ家（が）も雪の中

の句がある。「句集」に収められている句であり、季題「埋火」による作と思われる。『蕪村句集講義』において、正岡子規が、「此句は家の外から家を見たのでは無く、家の内に在りて我家が雪深き中に埋れて居る様を思ふたのであらう。埋火とあるは埋火にかぢりついて寒さを凌（しの）ぎながら、我家の雪に降り埋まる様を思ひやるので、此家も隣無き一軒家の侘（わ）びた感じがする」という見解を示し、内藤鳴雪が、子規の解釈は大いに我が意を得たものと発言、さらに「是れ多少滑稽的趣向なり」と付け加えている。

この句を境涯詠と読めば、蕪村の孤影蕭然たる姿を思い浮かべることになるであろう。しんしんと雪の降りつむ日、家の中に、埋火をたよりに暖をとる、侘しく、寂しい初老の人を思い描けば、自ずから蕭々たる思いに駆られる。灰に埋もれた埋火と雪に埋もれたわが家との類似の興趣、趣向が、鳴雪のいう「滑稽」であり、俳諧の諧謔であると思われる。しみじみとした感興に誘われる佳句と思われる。

*

明和八（一七七一）年、蕪村五十六歳のときに、

かづらきの紙子脱ばや明の春

の句がある。「歳旦」あるいは「明和辛卯春」の前書のある旨が伝えられているが、出題に応じた句である旨の記述は全集に見当たらないので、蕪村の発意による句と思われる。

かつらぎの神とは『日本国語大辞典・第二版』に「奈良県葛城山の山神。特に、一言主神。また、昔、役行者の命で葛城山と金峰山との間に岩橋をかけようとした一言主神が、容貌の醜いのを恥じて、夜間だけ仕事をしたため、完成しなかったという伝説から、恋愛や物事の成就しないことのたとえや、醜い顔を恥じたり、昼間や明るい所を恥じたりするたとえなどにも用いられる」と語義を説明している。

それ故、新春になったので、見苦しい紙子を脱ぎ捨てたいものだ、という趣旨の句であり、それ以上でも、それ以下でもない句と思われる。なお、葛城神の「かみ」と紙子の「かみ」を掛けてい

ることは自明であろう。

同じ年に、

貧乏に追（おひ）つかれけれけさの秋

の句がある。「自筆句帳」に収められ、「句集」にも収められている句である。七月三日、高徳院、兼題「立秋」による作である。

「けさの秋」は立秋の日の朝、秋立ちそめた朝、と『日本国語大辞典・第二版』に語義の説明がある。稼ぐに追いつく貧乏なし、という俗諺をふまえて、ずいぶん稼いだつもりだったが、やはり貧乏神に追いつかれてしまったらしいぞ、という。それまで意識しなかったのに、秋立ちそめた朝を迎えて、あらためて貧乏を実感した句である。

同じ年の句に、

みのむしのぶらと世にふる時雨（しぐれ）哉

の作がある。「自筆句帳」に合点○が付されている、蕪村会心の句だが、境涯詠の中でも屈指の秀句と思われる。
全集本文の注によれば、十月三日、高徳院、兼題「時雨」による作、という。全集の頭注に、「みのむし」について素堂「声おぼつかなくて、かつ無能なるを哀れぶ」（蓑虫説）を引用、「ふる」は「経る」と「降る」を掛ける、と説明、宗祇「世にふるもさらに時雨の宿りかな」（新撰菟玖波集）、芭蕉「世にふるもさらに宗祇の宿りかな」（虚栗）の句があることを指摘している。

蓑虫のように無為無能に世を渡ってきた身の上を顧みるとき、しめやかに時雨が降りすぎていく、という自戒を込めた感慨を詠った句であり、沈静な心情が胸をうつ作である。全集の頭注は、この年、蕪村は俳友太祇・鶴英を失った無常の思いの中で老懶（ろうらん）の境地に居直った、蕪村自身の自画像、という解釈を示している。「老懶の境地に居直った」という見解には同意できない。無常観を見るべきかどうか、についても疑問をもつ。そこまで言わずとも、秀逸の作であることは間違いない。

＊

安永元（一七七二）年、蕪村五十七歳のときに、

頭（かしら）へやかけん裾（すそ）へや古（ふる）衾（ぶすま）

の句を、几董との両吟歌仙に掲出した。「自筆句帳」に収められ、「句集」にも収められている句である。出題に応じた句である旨の記述は全集に見当たらないので、蕪村の発意による作と思われる。

蕪村が大魯宛書簡に「愚老三十年前の作に「かしらにやかけむ裾にやふるぶすま」とわび寝の床に屈伸をさだめかね候」と書いていることから、全集では、延享四（一七四七）年の項と安永元（一七七二）年の項との二回、掲載している。初五「かしらにや」が初案、「頭へや」が改案、後者が自然であるように思われる。

貧乏暮らしの情景が目に浮かぶけれども、余情を認めるのは難しい作と思われる。

*

安永二（一七七三）年、蕪村五十八歳のときに、

身の秋やこよひをしのぶ翌も有

の句がある。「自筆句帳」に収められ、「句集」にも収められている句である。蕪村の発意による句のようである。全集の頭注が引用しているとおり、藤原清輔「長らへばまたこのごろや偲ばれむ憂しと見し世ぞ今は恋しき」（新古今集）の感懐と同じ心情の句であり、清輔の和歌の境地を出ていな

いようにみえる。ただ、清輔の和歌が、王朝期の貴族の憂愁を詠っているのに対し、この句は、満目蕭条たる秋を迎えた江戸期の庶民の暮らしの辛苦を詠っている境涯詠と読めば、かなり興趣がある句と言えるのではないか。

*

安永三（一七七四）年、蕪村五十九歳のときに、

いとまなき身にくれかゝるかやり哉

の句がある。全集本文の注に、「自筆句帳」に合点〵、四月二十一日、几董庵、兼題「蚊やり火」による作か、との記述がある。

全集の頭注には、「かゝる」について、日の暮れかかると、蚊遣りの煙が降りかかるを掛ける、と解説している。休む間もなく働いていると何時か日も暮れかかり、蚊遣りの煙が身に降りかかってくるのだ、という句である。悲しい身過ぎ、世過ぎの状態を自嘲したものであろう。

同じ年に、

老が恋わすれんとすればしぐれかな

の句がある。几董会、当座「時雨」の題による句である。門弟・大魯宛同年九月二十三日付書簡に「しぐれの句、世上皆景気のみ案じ候故、引違候而いたし見申候。真葛がはらの時雨とは、いさゝか意匠違ひ候」とある。この真葛がはらの時雨について、全集の頭注は、慈円「わが恋は松を時雨の染めかねて真葛が原に風騒ぐなり」（新古今集）の歌を指す、と記し、慈円の時雨が熱い恋の悲涙を象徴しているのに対し、これは淡い欲情を象徴している、と注釈し、蕪村の「秋のあはれ忘れんとすれば初時雨」の類似句を引用している。全集の頭注は、巫山の雲雨の故事を利かせる、と言うが、果たしてそうであるか、雲についての言及があるわけではないので、疑問を感じる。

蕪村は遊興が好きであった。明和五（一七六八）年、蕪村五十三歳のときに、

羽織着て綱もきく夜や河ちどり

の句がある。この句には、「一条もどり橋のもとに柳風呂といふ娼家有。ある夜大祇とゝもに此楼にのぼりて」と前書されているが、この綱は柳風呂の娼妓である。その翌年の明和六（一七六九）年にも、

春雨や綱が袂に小挑灯

の句があり、綱という娼妓と一度ならず、馴染んでいたことが分かる。

そんな蕪村が、年老いても、恋情に身を焦がすことがなかったわけではない。この時点より六年ほど後の安永九（一七八〇）年四月二十五日付の道立宛、蕪村の筆跡でないが、写しの可能性があるという理由で、参考として、全集に収められている書簡に、道立が蕪村の青楼（妓楼）通いの度が過ぎることを諫めたのに対して、蕪村が反省、「青楼の御異見、承知いたし候。御尤の一書、御句ニて小糸が情も今日限ニ候。よしなき風流、老の面目をうしなひ申候」と書き送っている。この後、五月二十六日付で、佳棠宛の、蕪村真筆の書簡において「小糸かたより申こし候は、白ねり（練）のあはせ（袷）ニ山水を画きくれ候様ニとの事に御坐候。これはあしき（悪）物好きとぞんじ（存）候。我等書き候ては、こと（殊）の外きたなく成候て、美人ニは取合甚あしく候。（中略）小糸、事ニ候ゆへ（ゑ）、何をたの（頼）み候ても、いな（否）とは申さず候へども、物好きあしく候ては、西施ニ黥いたす様成物にて、美人之形容見劣り可申と、いたはしく候」と書いている。小糸は蕪村が贔屓にした芸妓で、講談社版『蕪村全集』第二巻「連句」所収の十二句「いとによる」（天明二年春）の連衆にも加わり、

盃(さかづき)にさくらの発句(ほく)をわざくれて　几董

表うたがふ絵むしろの裏　小いと

の句などを載せている。几董の句を花見に見立て、表裏も紛らわしい絵むしろをその道具立てに出したもののようである。才気見るべき芸妓のようである。小糸との関係が何時ごろ始まったか明らかでないが、蕪村はかなり遊興が好きで馴染みの芸妓も多かったようである。

こうした状況を見れば、蕪村に恋情が萌(きざ)したとしても、まったくふしぎでない。ただ、「老が恋」の句は、萌した恋情に、この歳になって、何ということか、と踏みとどまり、恋情を忘れようとし、忘れかね、外に眼を向けると、時雨が、この恋を忘れられるのか、と囁くように降っている、という情景の句と解する。小糸との関係であっても、別の女性との関係であっても、未練が絶ち切れず、燠(おき)のように燻る老人の恋心を詠って、心に迫る、艶麗の趣のふかい佳句というべきであろう。

この句については、安東次男にすぐれた鑑賞文があるので、紹介しておきたい。以下がその一部である。

「蕪村が置いた「わすれんとすれば」の「とすれば」は、動しがたい重みをもつ。一句の中に、徐々に昂(たかま)ってくる恋心がまず読者に感じられ、ついでそれを抑えやや心の平静を取戻しかけたところで、時雨は作者の心を宙吊りにしてしまっているらしいとわかる。「しぐれかな」とは、恋心にもいちど火を点すといっているのではない、恋心を消してしまってくれるといっているのでもない。恋というものを、それまで眺めてきたのとはまったく別の貌(かお)で示すのである。作者は、こんな恋が今まで自分の経験の中にあったろうか、と改(あらため)て考えている。と同時に、こんな艶な時雨もあるものか、とあらたな発見をしている。」

かなりに思い入れがつよいという感もあるが、行き届いた解釈である。

同じ安永三年、冬ごもりの句がある。十一月、几董庵、兼題「冬籠」による句である。

冬ごもり母屋(もや)へ十歩の椽(縁)伝ひ

冬ごもりするなら、母屋とは十歩ほど離れ、しかも、縁続きの離れが不便でなくて、理想的だ、といった気分を詠った句だが、このような心境の境涯句と見ることも許されるであろう。

冬ごもり仏にうときこゝろかな

も同じ兼題による句である。この句は「自筆句帳」に収められ、「句集」にも収められている。この句の「仏にうとき」について、全集の頭注は、兼好法師の「後の世のこと心に忘れず、仏の道疎からぬ、心憎し」（徒然草4段）を引用している。心憎し、にはいろいろの意味があるが、ここでは、奥ゆかしい、という意味であろう。冬ごもりの暮らしでは経典を読むことも怠りがちになり、兼好法師が奥ゆかしいといった「仏の道疎からぬ」日々とは程遠くなるのだ、といった意味の句だが、開きなおって、そんな日常もまた趣きがあるのではないか、という趣旨を寓しているように思われるし、また、仏の道に疎くなった自分を反省した句とも受けとることもできるだろう。どうとでも理解することができる句だが、情感に乏しい句である。

この年、「貧居八詠」の句がある。八句すべて「自筆句帳」に収められ、「句集」にも収められている。荻由宛書簡に「これは旧臘之偶成ニて候。愚老面目之風調ニ而(て)ハ有之(これあり)候」と記している。蕪村の発意による一連の句と思われる。その第一句、

愚に耐(たへ)よと窓を暗(くらう)す雪の竹

前書に「貧居八詠」とある。蕪村には貧窮を訴えた書簡が多い。一例を挙げれば、安永五（一七七六）年六月二十八日付の門弟・霞夫宛書簡に「愚老義(儀)、去年中より当春へかけ長病(ながわづらひ)、既ニ黄泉(くわうせん)之客と存(ぞんじ)候程之仕合(しあはせ)にて、当春へ至り候ても一向画業打(うち)すて置(おき)候故、家内物入、其外、生涯之困窮、御察可被下候(おさつしくださるべく)」と書いている。もう一例を安永六（一七七七）年の書簡から挙げれば、五

月二十四日付の正名・春作宛の一節に「愚老も只〳〵画ニせめられ候へども、只々疎懶ニ打くらし、筆をとり候事甚うとましく、それ故画もはかどり不申、びんぼう神の利生いちじるしく、有がたく奉存候」という。

この句の「雪の竹」については、全集の頭注に、晋の孫康が雪明かりで読書した故事（蒙求・孫康映雪）による、と解説している。愚かであっても愚かな自分のままで生きるしかないのだと、雪をかぶった竹が書斎の窓を暗くするのに任せて、雪明かりで書物を読んだ故人に見習うことなく、書物を読まないことにしている、といった趣旨の句と解する。

萩原朔太郎は『郷愁の詩人 与謝蕪村』の中で、この句を次のとおり評釈している。

「世に入れられなかった蕪村。卑俗低調の下司趣味が流行して、詩魂のない末流俳句が歓迎された天明時代に、独り芭蕉の精神を持して孤独に世から超越した蕪村は、常に鬱勃たる不満と寂寥に耐えないものがあったろう。「愚に耐えよ」という言葉は、自嘲でなくして憤怒であり、悲痛なセンチメントの調を帯びてる。蕪村は極めて温厚篤実の人であった。しかもその人にしてこの句あり。時流に超越した人の不遇思うべしである。」

萩原朔太郎ならではの評釈であり、彼自身の不遇感、憤怒の表現のように思われる。私には「愚に耐よ」が世の風潮に対する憤怒の表現とは思われない。

なお、「愚に耐よ」の愚を、文字どおり、愚、と解するか、愚直、と解するか、説が分かれているが、愚直に耐える、という言葉に馴染めないので、私は「愚直」説には同意できない。

かんこ鳥(どり)は賢にして賤(いや)し寒苦鳥(かんくてう)

が「貧居八詠」の第二句である。「寒苦鳥」は「インドの雪山(せっせん)に住むと伝えられる裸の鳥。自分で巣を作らず、夜は寒さに苦しみながら、夜が明けたら巣を作ろうと鳴くが、朝になると昨夜の寒苦を忘れて遊び暮らして、世は無常、今日死ぬか明日死ぬか分からない身だ、巣を作っても意味はないなどと鳴き、空しく一生を送るという。雪山の鳥」と『岩波古語辞典』に説明がある。閑古鳥は賢いが賤しい、自分は無常を知って巣を作らぬ寒苦鳥に惹かれるのだ、という意であろう。巣ともいえない貧居に住む自分は寒苦鳥と似たような身だ、だから、貧居が自分にふさわしいのだ、という句と解する。何故、閑古鳥が賤しいのか、理解が難しいが、巣を作るので賢くもあり、賤しくもある、という意味と解することにしておく。理屈だけで余情に乏しい句のように思われる。

我のみの柴(しば)折(をり)くべるそば湯哉

「貧居八詠」の第三句である。全集の本文の注に、佳棠宛に「閑居之句」という前書を付している、とある。佳棠宛書簡は講談社版『蕪村全集』第五巻「書簡」に参考として収められ、「用語・用字に不審な点が多いが、参考として掲出する」と記載されている書簡である。蕎麦湯は、蕎麦粉を熱湯でとかしたもの、また、蕎麦をゆでたあとの湯、いずれも飲用とする、と『日本国語大辞典・第二版』に解説されている。自分独りで蕎麦湯を作って飲むために、囲炉裏に柴を折りくべて蕎麦粉をとかす湯を沸かしている情景である。風雅だが、孤独な姿に、しっとりした、ひそやかな情感がこもっている。蕎麦湯はもっとも廉価、手製の嗜好品である。いわば貧者の愉しみである。貧しいから、体を温めるのに蕎麦湯を飲むしかない境遇の愛憐が身に沁みるような佳句である。この句が、詠われた当時の蕪村の暮らしの一情景であるか、かつての暮らしを回想した作であるかは、説が分かれると思われる。「貧居八詠」のすべての句について、同じ疑問があるが、画業により報酬を得ることに必ずしも熱心ではなかった、当時の句作と考える。回想であれば、それなりの表現がどこかに見出せるはずだと思うからである。

紙ぶすま折目正しくあはれ也

「貧居八詠」の第四句である。「紙衾」は、「紙子で作った粗末な夜具。紙の間にわらしべを入れることもある。紙のふすま。かみぶとん。天徳寺」と『日本国語大辞典・第二版』に説明がある。

江戸時代、江戸の芝西久保巴町の天徳寺の門前で売られていたので、天徳寺という異名がある、と言われる。布団であれば、畳むと、折目が正しくつくことはあり得ないのに、紙衾だから、折目が正しくついていて、きちんと見えるのが、かえって哀れだ、という句である。普通の布団には折目がないのに、紙衾には折目があることを見出したことに俳諧の趣向があるが、それ以上の興趣はない作である。

糊（のり）ひきて焚火（たきび）得させむ古ぶすま

この句は「貧居八詠」の中の句ではない。この「古ぶすま」は紙衾のことだと全集の頭注が説明している。使い古した紙衾が破れたので糊を引いて繕い、焚火で乾かそう、という趣旨の句である。作者の「貧居」の身の回りの物品に寄せる痛切な思いが伝わってくるように思われる。

氷る燈（ひ）の油うかゞふ鼠（ねずみ）かな

「貧居八詠」の第五句である。行燈（あんどん）も凍るような真冬の夜、行燈の油を嘗めようと鼠が覗（うかが）っている光景を詠った句である。寒夜、読書にふける孤独な主人にとって鼠も親しい友というべきかもしれない。写実的だが、情感のこもった句である。なお、『新潮日本古典集成』（新潮社）の『與謝蕪村集』の清水孝之による頭注に、「氷る燈」は漢詩の「寒燈」の転、寒夜の孤燈、と教えられたので付記しておく。

炭取のひさご火桶に並び居る

「貧居八詠」の第六句である。瓢箪の果実の内部をくりぬいてつくった炭取が火桶と並んで、侍者のように控えている、と炭取と火桶を擬人化した表現が、いかにも俳諧の可笑しさであり、一読、忘れられない句だが、ふかい余情のある句ではない。

なお、『蕪村句集講義』において、河東碧梧桐が、「並びゐるといふと並びけりといふと、幾何の相違あるやは疑問なり」と発言したのに対して、正岡子規が、「ゐるといふは大きなる瓠が火桶に並んでゐるを擬人法にて現したるものなるべし」とその見解を述べている。卓見と思われる。

我を厭ふ隣家寒夜に鍋を鳴ラす

「貧居八詠」の第七句である。全集の頭注は、参考として、其角「何となく冬夜隣を聞かれけり」

（五元集）、「夢なほ寒し隣家に蛤をかしぐ音」（五元集拾遺）を示している。
侘しく貧しい暮らしは隣も同じなのに、私を嫌って、聞こえよがしに、鍋を鳴らして、自分が物を食べていることを知らせる、人間関係の悲しさ、あさましさ。そのあさましさに情を見、「詩」を見た句と思われる。

『新潮日本古典集成』の『與謝蕪村集』の清水孝之の解釈が独自である。すなわち、「平素から私を疎んじ嫌う隣家である。寒夜もふけて何か暖かい夜食を作ったらしく、聞こえよがしに鍋を鳴らしている。小憎（こにく）らしい俗物どもめ」と解釈を示し、「「隣家」は世俗、「我」は反俗の象徴である。第五詠の鼠から、ここに至って劇的な葛藤を思わせる構想力の妙味がある」と解説している。さらに、隣家は世俗、我は反俗の象徴、に関して、『新花摘』の「我（わが）水に隣家の桃の毛虫哉」「鮓を圧（お）す我（わ）レ酒醸（かも）す隣（となり）あり」の句を参照するように示唆している。『新花摘』の二句を考慮しても、この句の隣家が世俗、我が反俗、という解釈は筆者の思いこみと思われるが、異色の説であるので、ふれておく。

萩原朔太郎は『郷愁の詩人 与謝蕪村』の中で、この句について次のとおり評釈している。
「霜に更ける冬の夜、遅く更けた燈火の下で書き物などをしているのだろう。壁一重（ひとえ）の隣家で、夜通し鍋など洗っている音がしている。寒夜の凍ったような感じと、主観の侘しい心境がよく現れている。「我れを厭ふ」というので、平素隣家と仲の良くないことが解り、日常生活の背景がくっきりと浮き出している。裏町の長屋住(ずま)いをしていた蕪村。近所への人づきあいもせずに、夜遅くまで書物(かきもの)をしていた蕪村。冬の寒夜に火桶(ひおけ)を抱えて、人生の寂寥と貧困とを悲しんでいた蕪村。さびしい孤独の詩人夜半亭蕪村の全貌が、目に見えるように浮(うか)んで来る俳句である。」

萩原朔太郎が彼自身を投影させたような評釈であり、そういう意味で興趣ふかいが、「我を厭ふ」隣家が「鍋を鳴らす」ことの意味を問い質していない、したがって、この句の句意を解していないことは明らかである。

歯豁(アラハ)に筆の氷を噛(か)ム夜哉

「貧居八詠」の第八句である。全集の本文の注に「詠草に「ともし火に氷れる筆を焦(こがす)哉」の大魯の句をあげ、「愚老前年、〝歯あらはに筆の氷をかむ夜かな〟と貧生独夜ノ感をつぶやき候。子も又寒夜に狸毛を焦したる、あはれ云(いは)んかたなく、よき兄弟と存(ぞんじ)候」と評記」とある。全集の頭注には「歯豁」について、歯がまばらに欠け落ちた衰老の形容、韓退之「冬暖而児号寒、年登而妻啼飢、頭童歯豁、童死何裨」（古文真宝後集巻2・進学解）と記し、脚注によれば、上記の大魯の句についての感想は、安永六（一七七七）年十二月二日付大魯宛書簡においても述べられている。

貧しく、老いを感じながら、寒夜、筆の穂を噛みつつ、筆を運んでいる境涯を詠った句である。

ここで「貧居八詠」を読み終えたことになる。「貧居八詠」以前の句から「貧居八詠」に至るまで、萩原朔太郎が『郷愁の詩人 与謝蕪村』にいう「浪漫的の青春性」も「色彩の調子が明るく、絵具が生々しており、光が強烈」というようなことも認められない。これらの句に認められるのは冷徹なレアリズムである。冷静、客観的に現実を凝視する眼差しである。

*

「貧居八詠」と同じ、安永三（一七七四）年、

　　等閑に香炷く春のゆふべ哉

の句がある。「自筆句帳」に収められている句である。出題に応じた句である旨の記述は全集に見当たらないので、蕪村の発意による句と思われる。この年十二月二十六日付の正名宛と推定される書簡に、この句について、蕪村は「春宵の姿情、所を得たる歟」と書き送っている。

　等閑は、なおざり、おろそか、の意だが、白居易（白楽天）に「秋月春風等閑に度る」の句があり、ひとしなみに閑却する意、と『岩波新漢語辞典』にある。全集の頭注は、白楽天「等閑消一日」（白氏長慶集巻20・晩興）を挙げている。

貧しい日々の暮らしの中、夕べの一刻、貧苦、窮乏を忘れて、とりとめもなく、香を焚いて高雅な気分にひたって、心を癒す、といった意味であろう。

中村草田男は『蕪村集』において、「沈香・白檀などの高貴の材を炷くことが、春の夕べの艶麗、豪華な感じにふさわしく、また一方、その煙や薫りのありつつもありと定かに本体をとらえ難いところが、春の夕べのものうさと共通するのである。「なほざり」(等閑のこと――引用者注)という一語が、その語感をもって「とりとめのなさ」の気持を運んでいる」とその見解を述べている。物憂さとりとめなさを指摘したのが草田男独自の着眼と思われ、わが意を得た感を覚える。

この句は、境涯詠の中で稀有の抒情性をもつ句である。

*

安永四(一七七五)年、蕪村六十歳のとき、「あらたに居(きょ)を卜(ぼく)したるに」と前書した、

一日のけふもかやりのけぶりかな

釣(つり)しのぶ嚊(かや)にさはらぬ住居かな

の二句がある。いずれも出題に応じた句である旨の記述は全集に見当たらないので、蕪村の発意に

よる句と思われる。前書の「卜す」は、本来、うらなう、物のきざしを見て吉凶を判断することを意味し、居を卜する、は、土地のよしあしをうらなって住居を定めることをいい、転じて、居所を定めることを意味することになった、と『岩波新漢語辞典』にある。

前者は、夕暮れになって蚊遣りを焚き、その煙に見入って、煙のように今日という一日も終わったのだ、と空しい生の一日の感慨を詠った句である。

後者は、新しい住居について、釣しのぶが風に揺れても蚊帳に障らないほどに、広くもあり、狭くもある、住まいだ、という意味の句である。「釣しのぶ」について、『日本国語大辞典・第二版』は、忍草を集めてその根をたばね、いろいろの形につくり、軒先などにつるして涼感をそそるもの、と説明している。広くはないが、さりとて狭いとも言えない、新居に自足している、貧しく、つましい暮らしの心情を詠った句である。

同じ年の作に、

茨老すゝき痩萩おぼつかな

の句がある。「自筆句帳」、「句集」のいずれにも収められている句である。八月二十四日、几董庵、題「荒苑」による句である。

『蕪村句集講義』において、内藤鳴雪が、「野道か何かで、茨や薄や萩や其他の秋草の生えて居るのを見た景色で、早や秋も末になつて淋しさもだん〴〵まして来たと見える。茨は夏花の咲くものであるが、まだ多少葉も茂つて居つたのも追々(おひおひ)枯れかけ、薄も盛りは過ぎ、萩の花も心細く散り残つて居る、といふので、皆それ〴〵にその淋しい風情を叙したのである」という解釈を述べている。叙景の句と見るかぎり、この内藤鳴雪の解釈に付け加えるところはない。だが、『新潮日本古典集成』の『與謝蕪村集』の頭注に、清水孝之は、「茨はとっくに花時過ぎて老残の醜さをさらけ出し、傍の痩せ薄の穂は貧相きわまる。その陰に一本の萩があるが、まだ若木のせいか、これも株は小さく、いかにも心もとなげに咲いているよ」という解釈を示した上で、「荒地の嘱目吟(しょくもくぎん)のようだが、安永初年婚期の近づいた一人娘を中心とする家庭状況の不安を暗示する。「茨」はいらいらする老境の作者、「痩せた薄」はおろおろするばかりの老妻、「萩おぼつかな」はうぶな娘の頼りない姿である。父親蕪村のうめきが聞えるような切実な境涯句として注目されよう」と解説し、「おぼつかな」は心細そうに見えるさま、不安な様子、と説明している。

この清水孝之の解釈は独特であり、このように境涯詠と見たばあい、まことに切実な心境を描いているように思われる。しかし、こじつけという批判を免れることはできないのではないか。一人娘くのの結婚はこの句の当時より一年後の安永五（一七七六）年の暮であり、離婚はその翌年の春であるから、この時点で、蕪村の家庭事情が、清水孝之がこの句の解釈によって示したほどに不安であったと断言してよいだろうか。したがって、この句は境涯詠ではなく、よく観察したことによる、すぐれた、叙景句と解する方が無難ではないか、と思われる。ことに、この句が「荒苑」という季題による作であることを考え、蕪村のこの前年の作に、すでに読んできたように、

老（おい）が恋わすれんとすればしぐれかな

というような艶麗な句もあったことを想起すると、清水孝之の解釈に魅力を感じながらも、やはり、この解釈に同意することには躊躇せざるを得ない。

冬ごもり壁をこゝろの山に倚（よる）

も同じ安永四年の句である。「自筆句帳」に収められ、「句集」にも収められている句である。十一月二十日、夜半亭、兼題「冬ごもり」による作と全集の本文に注がある。全集の頭注は、芭蕉の、「冬ごもりまた寄り添はんこの柱」（曠野）、「屏風には山を描いて冬ごもり」（句選拾遺）の二句を挙げている。蕪村がこれらの句を念頭においていたに違いない、という趣旨であろう。

屏風に山を描くまでもない、壁を心の中で山と見立てればよい、その壁に寄りそって冬ごもりす

るのだ、という句意と解する。質素な暮らしの中のつましい冬ごもりの心境を吐露した、好ましい作である。清水孝之は、この句を離俗の句、と解釈しているが、そこまで読みこむのは、どうか、と思われる。

＊

安永五（一七七六）年、蕪村六十一歳のときの作に、

中〳〵にひとりあればぞ月を友

の句がある。「自筆句帳」に収められ、「句集」にも収められている句である。季題「月」による作の改案のようである。この句には「良夜とふかたもなくに訪来る人もなければ」という前書のあることを全集の本文の注は示している。八月二十七日付几董宛書簡に、「〝月の友〟よりはまさりたる心地し侍り」と記している。全集の頭注は、西行の「ながむるに慰むことはなけれども月を友にて明かすころかな」（新後撰集）を引用している。

『蕪村句集講義』では、内藤鳴雪が、「良夜は中秋のことで、十五夜の名月にも別に訪ふて行く人もなく、又た自分を訪ねて呉れる人もない、といふ前置。なか〳〵には却つてといふ意味で、誰も

来なければ行きもせず、一人居ればこそ却て名月を友として面白く楽しむことが出来たといふに過ぎぬ」という解釈を示している。

訪ねる人もなく、訪ねてくる人もない、孤独の身の上でも、かえって月を友として良夜を楽しむことができる、という孤独をむしろ閑雅に愉しんでいる心境を詠った句である。

同じ年、

さびしさのうれしくも有(あり)秋のくれ

の句がある。「自筆句帳」に収められている句である。兼題「秋暮」による作である。全集の頭注に、西行「訪ふ人も思ひ絶えたる山里の寂しさなくは住み憂からまし」(山家集)、芭蕉「憂き我を寂しがらせよ閑古鳥」(嵯峨日記)を挙げているのは、参考として挙げているものと思われる。寂しさを頼りに生きている、というなまじの寂寥を超えた心情を詠った句である。

さらに同じ年に、「老懐」と前書した、

去年より又さびしひ(い)ぞ秋の暮

の句がある。これも「自筆句帳」に収められ、合点○が付されている句であり、兼題「秋暮」による句と思われる。

『蕪村句集講義』で、高浜虚子が、「さびしいぞ」という強い語が面白いと言っている。『新潮日本古典集成』の『與謝蕪村集』の頭注に、清水孝之が、「「去年」に眼目がある。夜半叟の別案に「再唫（さいぎん）　秋のくれ去年よりまた淋しくて」（安永丙申秋九月の小刷物もこの句形）とある」と解説している。年齢を重ねるにしたがい、心身は衰え、知人、友人が次々に他界し、寂しさが募るのだが、去年と比べても、よほど寂しくなったなあ、という孤独、老残の心境を詠った、痛切な句と解する。

起（おき）て居てもう寝たと云（いふ）夜（よ）寒（さむ）哉

同じ年の句である。「自筆句帳」に収められ、「句集」にも収められている句である。九月十四日、几董庵、兼題「夜寒」による作である。全集本文の注に、正名宛に「近来の流行、めつたニしさいらしく句作り候事、無念之事ニ候。それ故、折々はかくもいたし見せ申候」と書いた旨、また、頭注には、参考として、其角「あいせばや夜寒さこその空寝入り」（五元集）を挙げている。なお、正名宛書簡は九月二十二日付である。

『新潮日本古典集成』の『與謝蕪村集』の清水孝之は、「「寝る」の持つ、睡眠と横臥（おうが）の二つの意味を使った言葉の洒落（しゃれ）のようで、実は早く眠りたいが夜寒で寝つかれぬ状況の俳諧化」という解釈を示している。清水孝之の解釈は往々独特で、教えられることも多いが、この解釈はうがちすぎの感がつよく、賛成できない。素直に、寒夜、寝てしまっているので、声をかけられても起きる気はしない、というだけの句であろう。

*

安永六（一七七七）年、蕪村六十二歳のときに入り、

更衣（ころもがへ）身にしら露のはじめ哉

の句がある。『新花摘』四月八日の項の句である。

「ころもがへ」とは「季節によって衣服・調度を改めること。四月一日と十月一日とに行った。近世では、四月一日に綿入を袷（あわせ）に着替えることをいい、十月一日に袷を綿入に替えるのを、「後の衣更へ」といった」と『岩波古語辞典』に説明がある。全集の頭注は、其角「身にとりて衣がへ憂き卯月かな」（花摘）を参考として挙げている。

衣替えの季節になると、人生の無常迅速を思い知るのだ、という感慨をはかなく、巧みに詠った、

読み捨てがたい句である。

同じ年に、

身にしむやなき妻のくし（櫛）を閨（ねや）に踏（ふむ）

の句がある。「句集」に収められている句である。「几董『丁酉之句帖』中「閨怨」と同題による作か」と全集の注にある。この当時、蕪村の妻は健在であったから、これは虚構の句であり、境涯詠とは言えない。日常の些末に微妙な夫婦愛を描き出した手腕の妙が捨てがたいので、ここに挙げておく。

『蕪村句集講義』において、正岡子規が、「こんなつまつた句がめつたにあるものではない。櫛を踏むといふ位の趣向はいへるとしても、亡妻の櫛といひ、閨に踏むといふやうに言葉をつめていふ事は、蕪村でなければ出来ぬことだ。蕪村集中でも珍らしい句だ。特によい句といふわけではないが、他に比類のない句として、且つ俗な趣向を俗ならしめざりし句として、一言して置く」と発言している。この子規の解釈は行き届いた解釈と考える。この句は亡妻の櫛を、夫婦の睦み合った閨で踏んでしまった、粗忽さへの悔いと亡妻への懐かしさとで、胸がしめつけられるような思いをした、そういう情景と心情を描いて秀逸な作である。

同じ年に、

木曽路行ていざ年寄ん秋独り

の句がある。全集には兼題「秋の旅」による作か、と注されている。全集の頭注は、木曽路の旅について、芭蕉の、「送られつ送りつ果ては木曽の秋」（曠野）、「椎の花の心にも似よ木曽の旅」（韻塞）を参考に挙げ、さらに、「年寄ん」について芭蕉「今日ばかり人も年寄れ初時雨」（笈日記）を参考に挙げ、また、几董「一句のからびたるさまは、老杜が粉骨を探り、西行の山家に分け入りし芭蕉翁の口質ならんと申せしかば、先師もしか思へりなどうち笑まれしが、滅後予に与へよとて、この句の下に自らの像を描き置かれしなり」（新雑談集）を参考として挙げている。

独り木曽路を旅して、老いをかみしめ、芭蕉の志に倣うことをこころがけよう、といった意の句と解する。老境、孤独の真情を窺うに足る作である。几董の感想にいう「からび」とは、枯れて物さびる、枯淡の趣を呈する、という意味が『岩波古語辞典』に③として記載されているので、この意味と解する。

なお、『新潮日本古典集成』の『與謝蕪村集』の頭注において、清水孝之は、この句は、宝暦元年秋、中仙道経由上京の時、江戸の友達に示した留別吟、と書いている。宝暦元年は一七五一年、蕪村三十六歳のときの作ということになる。

同じ年に、

我骨のふとんにさはる霜夜哉

の句がある。「自筆句帳」に収められている句である。蕪村の発意による作と思われる。これは老人の実感に違いない。老齢になると肉が落ちて骨がじかに蒲団に触る感を覚えるのは多くの人が確実に体験するところである。前掲「木曽路」の句が観念的であるのに対して、この句は具体的に体の衰えを詠っているので、どちらがすぐれているかは、はかりがたいと思われる。痩せて肉が落ち、骨が蒲団にじかに触ることから、老いを痛切に感じた述懐の句である。

同じ年に、

埋火やありとは見えて母の側

の句がある。全集の頭注は、「ありとは見えて」について、坂上是則「園原や伏せ屋に生ふる帚木のありとは見えて会はぬ君かな」（新古今集）を参考として挙げている。

埋火が灰の下に埋れていても、埋火のあることがそのぬくもりから分かるように、記憶の中に埋れていても、いつも亡き母のぬくもりが感じられ、母の側にいるような懐かしさを覚えるのだ、といった意味の句と解する。老境、亡母を偲ぶ、哀切をきわめた作である。

*

安永八（一七七九）年、蕪村六十四歳のときに、

襟巻の浅黄にのこる寒さかな

の句がある。浅黄は浅葱、薄い青色をいう。残る寒さ、余寒とは、寒が明け、立春を過ぎても残る寒さをいう。老人の敏感な肌が、立春を過ぎてもなお、寒さを感じて、浅葱の襟巻をきつく首筋に巻きつける、そんな情景である。老いの哀しさを詠った句だが、寂寥の中に、華やぎ、抒情性を感じさせる、佳句である。萩原朔太郎が『郷愁の詩人 与謝蕪村』において指摘した「若々しいセンチメント」はないにしても、抒情性があり、また、「色彩の明るく印象的な」性格ももっている。ただ、この句の意は、余寒の微妙な気温の変化を感じとった感慨にあり、この感慨が、抒情的で、色彩鮮明な光景として表現されたという事実を看過してはならないと考える。

同じ年に、

洟（はな）たれて独碁（ひとりご）をうつ夜寒かな

の句がある。蕪村の発意による句と思われる。老残、夜寒に独り碁をうつしかない、孤影蕭然たる、人生の晩年の自画像である。「洟たれて」と自己を突き放して見ている、強靭な精神がこの句を境涯詠の中でも屈指の秀作としている、と思われる。

＊

安永九（一七八〇）年、蕪村六十五歳のときに、

鋸（のこぎり）の音貧しさよ夜半（よは）の冬

の句がある。「自筆句帳」に収められ、「句集」にも収められている句である。全集の本文の注に、十月二十一日、檀林会、題「冬夜」（連句会草稿）、とある。真冬の夜更け、寒さが厳しくなり、火鉢の炭が尽きたので、鋸で炭を引く、その音が貧しい身に沁みる、という句である。貧しいからこ

そ、炭を引く鋸の音が身に突き刺さるように感じられるのである。題を与えられて、これに応じた句だが、体験なくしてはありえない、痛切な作である。この鋸の音を、炭を引く鋸の音と解したのは清水孝之が提唱した説のようである。私もこの説によっている。『新潮日本古典集成』の『與謝蕪村集』の、この句の頭注に、清水孝之は、「冬の夜もふけ寒さが身にしみる。炭もなくなったので薄暗い土間へおりて鋸で炭をひく。ギーギーというその鈍い音がいかにも貧寒なひびきだ」という解釈を示し、「「冬の夜」「夜半の冬」は「寒夜」よりも、深夜を強調する季語。隣家から聞えるではなく、作者自身の動作だから、「貧しさよ」と愛憐の情を詠嘆した」と鑑賞している。

行き届いた解釈と考えるが、境涯詠と見ていないことが物足りない。境涯詠と解してこそ、この句の痛切な感懐を理解できると考える。

＊

天明元（一七八一）年、蕪村六十六歳のときに、

花鳥の中に妻有（あり）もゝの花

の句がある。蕪村の発意の句のようである。珍しく妻の登場する句である。全集の頭注は、「花鳥

風月に遊ぶ生活の中に現実には妻というものがあり、詩画三昧に浸ることもできずにいることです。折しも桃花美しい弥生三月という時に」という解釈を示し、妻のあらわれることを否定的に解しているが、むしろ、桃の花の咲く三月、花鳥風月の暮らしの中に、妻がいるからこそ、現実、なのだ、と解釈したらどうか。私には、この解釈の方がよほど暮らしの厚みを表現しているように思われる。

うたゝ寝のさむれば春の日くれたり

の句がある。「自筆句帳」に収められ、「句集」にも収められている句である。季題「春の暮」による作か、と全集の本文に注されている。老境、のどかな春の午後、思わず、うとうとしていると、目覚めた時には、もう夕暮れになっていた、という句である。年老いたからこそ時のうつろいを切実に感じた句と解する。

*

天明二(一七八二)年、蕪村六十七歳のときに、

淋し身に杖わすれたり秋の暮

の句がある。「自筆句帳」に収められ、「句集」にも収められている句である。兼題「秋暮」による作のようである。全集の本文の注に、几董宛書簡に「秋のくれなどは、深く案(あんじ)候はゞ(ば)よき句も可在之候(これあるべく)へども、病中叶ひがたく候」と書いている、とある。この書簡は天明二年八月二十四日付である。

杖を忘れることは老人ボケの一現象であろう。友人、知己にも先立たれ、寂しい身の上なのに、生きていくための頼りとする杖を忘れたとは、どうしたことか、と自らを責め、責めても仕方のないことだ、とも思う老人の感懐を詠った句である。

同じ年に、

　いさゝかな価乞(オイメ)はれぬ暮の秋

の句がある。「句集」に収められている句である。「秋暮」の兼題による句か、と全集の本文の注にある。

借金、負債は、何時になっても蕪村にとって親しい、身についた経験であったようである。画業でかなりの収入を得るようになっても、歌舞伎見物のほか、遊興について蕪村は浪費癖があったのではないか。些少の金額の負債の取り立てに会うのはきわめて不本意であった。そんな不本意な思いがこの句になったと思われる。画業の収入から見ると、借金の額は些少であったのであろうが、些少でも借金したことに変わりはないし、その返済を催促されることも当然なのだが、蕪村は、なんだ、僅かの金を催促するとは、と、理不尽に、怒っているのである。秀句と言えないにしても、興趣ふかい作である。

　限りある命のひまや秋の暮

も同じ年の句である。兼題「秋暮」による作のようである。限りある命だから、つかの間の時もいとおしく大事なのだ、と日暮れの早い秋の夕暮れ、切実に感じるのだ、という思いを述べて、しみじみと心を打つ句である。

やはり同じ年に、

　頭巾(づきん)着てともし吹(ふき)消すわび寐(ね)哉

の句がある。季題「頭巾」による句のようである。寒さに耐えかねて頭巾を脱げない。充分暖を取るすべもないから、頭巾をつけたままで燈火を消すことになる、貧しく、侘しい暮らしの光景である。全集の頭注は、ものぐさく頭巾をかぶったままで、という解釈を示しているが、そうではあるまい。

これはイメージくっきりと侘び寝を描いた句として感銘ふかい作である。

＊

天明三（一七八三）年、蕪村死歿の年に入る。この年、

草の戸に消（きえ）なで露の命かな

の句がある。「草の戸」は、粗末な家の戸、粗末な住居、と『岩波古語辞典』にある。粗末な住居に露のような命の果てるのを待つばかり、という句意であろう。しんみりと蕪村最晩年の心境を聞くような句である。

冬鶯（ふゆうぐいす）むかし王維（わうゐ）が垣根哉

うぐひすや何ごそつかす藪（やぶ）の霜

しら梅に明る夜ばかりとなりにけり

は、知られた蕪村の辞世三句である。「しら梅に」の句について、全集の頭注は、臨終三句の絶吟、と記し、几董の「この三句を生涯語の限りとし、眠れるがごとく臨終正念にして、めでたき往生をとげたまひけり」(から檜葉・夜半翁終焉記)を参考として引用している。また「冬鶯」の句については、王維「花落家僮未掃　鶯啼山客猶眠」(王維詩集巻4・田園楽)を引用している。この三句は月渓筆画賛に併記した旨、全集に注記されており、前二句を承けて「しばらく有て暁の頃」と画賛に書かれているという。

この臨終三句については、安東次男が次のとおり記している。一部は頭注の記述に重複するが、全文を示す。

「天明三年九月半ば、宇治田原の門人奥田毛条に招かれて茸狩に遊んだ蕪村は、そのあと十月初めごろより腹痛にくるしみ、十二月二十五日未明、六十八歳でついに不帰の客となった。几董の「夜半翁終焉記」によれば、病中も震えを押して、亡友召波の追善撰集『五車反古』のために序文を草したり、また伽の者に「かうやうの病に触つゝも好る道のわりなくて、句案にわたらんとするに、夢は枯野をかけ廻るなどいへる妙境、及べしとも覚えず。されば蕉翁の豪傑なる事、今はた感に堪ざるは」などと語りながら筆を執らせたりしているが、十二月半ばごろより、一時は「病毒下痢して」気分もすこし良くなったものの、食欲なくとみに心身疲労の色が濃くなった。二十二、二十三の両日の夜はことにくるしみ、それとなく妻子門人たちに別れを告げている。しかしおそるおそる遺言をひき出そうとする門人たちに、「よしあしやなにはの事も観念の妨なるはと、物打かつぎて」答えず、多くを語ろうとはしなかった。つづく二十四日の夜は、

病躰いと静かに、言語も常にかはらず、やをら月渓（げっけい）をちかづけて、病中の吟なり、いそぎ筆とるべしと聞るにぞ、やがて筆硯料紙やうのものとり出る間も心あはたゞしく、吟声を窺ふに、

冬鶯むかし王維が垣根哉

うぐひすや何こそつかす藪の霜

ときこえつゝ猶工案（くあん）のやうすなり。しばらくありて又、

しら梅に明（あく）る夜ばかりとなりにけり

こは初春と題を置べしとぞ、此三句を生涯語の限とし、睡れる如く臨終正念（しょうねん）なして、めでたき往生をとげたまひけり。

とある。その間、出戻りの一人娘に対して「世づかぬ娘が行末など、愛執なきにしもあらねども、なからん後はそこら二三子が情もあるらん」という世間ありきたりの親が子に対する心配もないではなかったが、まずは「愚老が本懐足る事をしれり」と彼自らいうごとき大往生であった。」

このように書いた後、安東は、こう書いている。

「夏の深山鶯は、晩秋初冬の候ともなると、餌を求めて親子して里近く降りてくる。「冬鶯」は、親鳥であるかもしれないが、ようやく啼音を覚えはじめたばかりの笹子の、チチ、チチという不確な音であろうか。いずれにせよ、そうした冬の鶯を、蕪村は病床に聴いたか、それとも、聴いたと思った蕪村の幻聴であったかもしれない。二句目の「何こそつかす」という表現から考えると、家人や門弟たちが何かをこそこそと取片付けている物音でも、うつらうつらとする老詩人の耳に入って、そこに生れた冬鶯の幻想であったようにも思われる。いかにも病床の夢幻の間にあって、不安定な心理、混濁した意識をよく出している二句目である。」

二句目の鑑賞が行き届いていることは間違いあるまい。ただ、このようなもどかしさを詠うことは、明和五（一七六八）年、蕪村五十三歳のときの、

勝手迄誰が妻子ぞふゆごもり

の句まで溯ることができる、同じ趣向の最後の句ということが言えるであろう。安東は、ついで、王維の垣根について、詳細な探索、考証をしている。全集の頭注が引用している王維の「田園楽」の一篇「花落家僮未掃　鶯啼山客猶眠」をふくむ多くの王維の詩を検討し、王維の垣根はその詩には見当たらず、王維の別墅、輞川荘を描いた「輞川図巻」には印象的な垣根が随所に描かれている

ので、蕪村が思い描いたのはこの「輞川図巻」に描かれた垣根であったろう、という。この探索、考証はおそらく蕪村の研究者としての安東の業績とみられるものであろうが、この探究に見られる安東の執念は驚くばかりである。

安東は「しら梅に」の句についてはほとんど触れていない。もっぱら「冬鶯」の句の王維の垣根の探索に筆を費やしているのだが、次のとおりの一文がある。

「郭忠恕臨の「輞川図」を念頭に置くことなしには、「冬鶯」の句の「王維が垣根哉」は、想像としてもいささか唐突に過ぎる。「輞川図」には、江戸の画人橋本雪渓（号宋紫石）が万暦石拓本を模写した画譜もあり、蕪村はこれをも知っていたと思われるが、彼の詩想を養ったのは、万暦刊画巻の方であったろう。そこに「田園楽」の一首を重ねて眺めれば、王維への慕情に蕪村の待春の心はおのずと浮び出てくる。眠りつづけながら、これは病ではない、春意の動くしるしだ、と自らにいきかせようとしている蕪村の姿が、目に映るようである。そこに、「しら梅」の句の「初春」の題も生れた。あるいは、これらの句のうしろには、王維の「帰輞川作」や「送別」の詩もあったかもしれない。」

こう書いて、安東は王維のこれらの詩を引用しているのだが、この鑑賞の文章の最後に次のとおり書いている。

「「冬鶯」以下の三句は、生命燃焼の余燼（よじん）ではない。この混濁の中の欣求浄土の光は、「宇治行」

の三句を得た者にして、はじめて捉え得た光である。」

したがって、安東の真意は「宇治行」三句の彼の鑑賞を読まなければ解し得ないわけだが、「宇治行」の句意を探ることは本項の趣旨ではないので、省略する。ただ、これら三句に、安東が、混濁の中に欣求浄土を求める光を見ていることは間違いない。

三句の中、何と言っても「しら梅に」の句が絶唱というべき作である。もはや臨終のとき、私に残っているのは白梅がひらく夜明けばかりだ、という単純、素朴な解釈で足りるのではないか。清浄な気分に満ちた句と思われる。

＊

全集は天明三年の句の次に、安永七（一七七八）年から天明三（一七八三）年までの間の句であるが、どの年の句とも定められない句を収めている。この期間中の作に、

舎利となる身の朝起（あさおき）や草の露

の句がある。「自筆句帳」に収められている句である。朝早く起きても、どうせ舎利となる、草の上の露のような身の上なのだ、とはかない命を達観した心情を吐露した句である。「舎利」は、

仏・聖者の死体または遺骨をいう語、後、一般に人の遺骨にもいう、と『岩波古語辞典』にある。言うまでもなく、この句では遺骨の意である。

同じ時期に、

しら露の身は葛(くず)の葉の裏(うら)借家(がしや)

の句がある。「葛の葉の」は、葛の葉が風に吹かれると裏返って白く目立つので、裏・裏見の意から「心(うら)」「恨み」などにかかる枕詞、と『岩波古語辞典』にあり、同辞典は「葛の葉の恨みてもなほ恨めしきかな」（古今集）、「葛の葉のうらさびしげに見ゆる山里」（後拾遺和歌集）を例示している。裏借家は路地裏の借家、と全集の頭注は記している。露のような、はかない身の上で、恨みがましく、路地裏の借家で命を終えるのだ、という、蕪村晩年の貧しい裏長屋住まいの落莫たる心情を詠った句である。

*

こうして蕪村がその生涯に遺した境涯詠と目される句を読んできた。私が見落としている境涯詠があるに違いないが、おおよそ、蕪村がその境涯をどう見ていたか、それをどう表現したかは、これまでの検討からかなり明らかになったように考えている。

安永三（一七七四）年、蕪村五十九歳のときの「貧居八詠」を境に、貧困、窮乏を詠うことはほとんどなくなり、その後は寧ろ老い、老境の無残な生を凝視した句がその多くを占めることになったことは、見やすいところである。

「貧居八詠」までの作の中から、選ぶとすれば、

みのむしのぶらと世にふる時雨哉

を卓越した句と考える。また、

埋火や我かくれ家も雪の中

が私の好みであり、「貧居八詠」中では、

我のみの柴折くべるそば湯哉

が私の好みである。また、その後の句の中では、

洟(はな)たれて独碁(ひとりご)をうつ夜寒かな

しら梅に明(あく)る夜ばかりとなりにけり

を秀逸の作と考え、

鋸(のこぎり)の音貧しさよ夜半(よは)の冬

も私の好みである。

ただ、私がどのような句を秀句と考え、また、好んでいるかを別にして、ここに見て来た境涯詠には、例外が稀にあるにしても、共通した特徴として、ロマンティシズムもなければ、抒情性もない。西洋絵画の豊かな色彩感覚もない。あるのは、客観的に、冷静に、自己と自己の生態を凝視するレアリストの眼差しである。蕪村を論じるばあい、このレアリズムを見落とすことは許されないと、私は考える。

小家がちなど、家のある風景の句について

安永六（一七七七）年、蕪村六十二歳のときに、

さみだれや大河（たいが）を前に家二軒

の知られた句がある。全集は本文の注に、五月十日、夜半亭、兼題「五月雨」による作と記している。「自筆句帳」に収められ、「句集」にも収められている句である。

この句によって蕪村が何を訴えようとしたかについて、私は関心を持っている。だが、その関心を究明するより前に、さしあたり、この句をどう解釈すべきか、検討したい。およそ蕪村を論じた先人の中で、この句を論評しなかった者はいないように思われる。

この句の解釈にさいして、五月雨により、大河の水量が増している、という情景を思い描くことはほとんど誰もが同じである。この大河を前にした二軒の家と河との間に堤防があると解する説や、

二軒の家が堤防の上にあるという説があるが、堤防があるかどうか、堤防の上に家二軒があるかどうかは、問うところではないと私は考える。

「大河を前に家二軒」という中七、下五について、「「大河の前の家二軒」では「大河の前に在る家二軒」といふだけ位なことだが、「大河を前に」だと「大河を前に控へてゐる」といふ位の強い意味になる」と『蕪村句集講義』で高浜虚子が発言しており、阪本四方太が「大河の水増し、家二軒が何だか危うさうに見える」という意見を述べている。

この「大河を前に控えている」という解釈は、中村草田男の『蕪村集』の解釈に引き継がれ、『完訳 日本の古典』（小学館）の『蕪村集・一茶集』における、栗山理一の「「大河を前に」とした語法には、いかにも大河と対峙するかのような緊張感がある」という解釈に発展している。

また、「家二軒」については、中村草田男が『蕪村集』の中で、「なぜ一軒でも三軒でもなく二軒に限るかといえば――「二」という数は本来相互に扶助し励まし合う気持を含んでいる、それがこの場合かえって、共に空しく危険にさらされ共に孤立無援の状態にあることを強く印象せしめるのに有効なのである」と記している。『新潮日本古典集成』の『與謝蕪村集』の清水孝之も「五月雨の増水した大河のすさまじさ。対岸には今にも押し流されそうな二軒の小家が、寄りそうように傾いてみえる」という解釈を示し、「家二軒」については「一見客観的だが、孤立無援の不安感を表現する構図上の均衡が意識される」と記している。

ただ、この句の背景として、さらに清水孝之は、「一人娘の離婚という悲痛な家庭状況を暗示するか」という、疑問を留保しながらではあるが重大な発言をしている。この「家庭状況」とは、前年十二月に結婚した一人娘、くのを、おそらく五月下旬に、婚家の三井の料理人、柿屋伝兵衛から取り戻した、という事実があったことを意味する。同年五月二十四日付正名・春作宛書簡に、「むすめ事も、先方爺々専ら金もふけの事ニのみニ而しほらしき志し薄く、愚意ニ齟齬いたし候事共多候ゆへ、取返申候。もちろんむすめも先方の家風しのぎかね候や、うつ〳〵と病気づき候故、いや〳〵金も命ありての事と不便ニ存候而、やがて取もどし申候。何角と御親節ニ思召被下候故、御しらせ申上候」と書き、書簡の末尾に三句書き添えているが、その冒頭が、この「さみだれや大河を前に家二軒」の句である。

しかも、この前日の五月二十三日付几董宛と推定される書簡において、「むすめの病気又々すぐれず候て、此方へ夜前引取養生いたさせ候。是等無拠心労どもニ而、風雅も取失ひ候ほどニ候。老心御照察可被下候」と書いているが、この書簡に八句書きつけているにもかかわらず、この「さみだれや」の句は書いていない。ただ、几董は五月十日の夜半亭における句会に出席して、この句を承知していたので、あえてこの句を書き送る必要を認めなかったのかもしれない。そうとすれば、くのを離婚させ、取り戻すべきか、五月十日の時点では蕪村はなお不安に迷い、懊悩していたのではないか、と想像することができるだろう。そうとすれば、この「家二軒」は蕪村その人とその娘、くのを暗示し、五月雨で水量の増した大河は、社会ないし世間の金儲け至上主義の滔々たる風潮を暗示していると言えるかもしれない。あるいは、この句の情景を考えていた蕪村の脳裏には、くのとわが身とが助け合って世間の荒波を渡って行かなければならない、という思いが刻みつけられていたので、このような情景が思い浮かんだのかもしれない、とも思われる。

ところで、中村草田男は、前掲書において、「「大」と「小」を対照せしめている点、「季題」と「配合物」と「その状態」との三要素から成立している点、しかもその状態が未来を暗示する途次の姿で示されている点、「家二軒」という数の限定をなしている点——すべて、蕪村の句作方法としては常套を踏んでいるに過ぎない。しかるにそれらの条件がこの句にあっては渾然と一致し成功しているがために、彼の代表作中でも尤なるものとして喧伝されているのである」と書いている。「大」と「小」の対照とは、五月雨の大河の「大」と家二軒の「小」の対照をいうのであろう。「季題」と「配合物」と「その状態」とは、季題の五月雨に対する、大河と家二軒の取り合わせを言い、その状態とは家二軒が水量の増した大河を前に、危ういながら対峙している状態、を言うものと解され、これらが未来を暗示する途次の姿で示されている、というのは、この景色がどのように将来変わっていくか分からぬ状態で描かれている、ということを意味すると思われる。この句を叙景句と解する限り、この解釈は行き届いたものと言ってよい。中村草田男は、続けて、次のとおり書いている。

「芭蕉にも、

さみだれをあつめて早し最上川

の句があって、同じく五月雨の豪壮味を詠った秀作であるが、これの方は最上川の姿ではなくて最上川そのものの命が、五月雨の命と一つになって、リズムのとうとうたる流れとなっている。我々は蕪村の五月雨の濁流の景を眼前に見ることが出来るが、芭蕉の濁流の音は心の耳で感得しなければ聞き得ない。蕪村と芭蕉とは、各自の五月雨の句によって、芸の世界における「二種類の力の美」を我々に提示してくれている。」

これも芭蕉の最上川の句との対比として、行き届いたものと解されるであろう。

また、栗山理一は、前掲書の脚注において、芭蕉の「五月雨の雲吹き落せ大井川」(笈日記)、「五月雨をあつめて早し最上川」(おくのほそ道)の躍動する調べに対して、蕪村の句が絵画的な視覚を特徴とするのは、両者の詩質の相違を示していよう、と書いているのも妥当と思われるが、几董の「つばくらや流れ残りし家二軒」が安永二(一七七三)年の吟で、蕪村のこの句よりも早い、と記しているのは、はたして妥当か、疑問がある。蕪村には、後に見るとおり、

こがらしや何に世わたる家五軒

の句があり、これは明和五（一七六八）年の吟であるから、几董の句はこの蕪村の句に触発されたものと解することができるので、几董にこの句のあることが、蕪村の句の価値を貶めることにはならない。

このように、先人による、この句の解釈を検討して、趣向、声調の指摘や絵画的視覚の特徴など、尤もと思うけれども、すべて叙景句としか見ていないこと、この風景のどこに蕪村が感動しているのか、この叙景によって蕪村は何を訴えようとしているのか、という視点がまったく欠落していることに私は失望している。

私は、この句において、五月雨によって水量が増して滔々と流れる大河に二軒の家が、心細そうに見えながらも、助け合うかの如くに、対峙している、けなげさ、いじらしさこそが蕪村がこの句で訴えようとした「情」であり、彼が見出した「詩」であると考える。この二軒の家はいずれも貧しい。堅固な邸宅ではない。川沿いの低湿な土地に、寄りそうように、二軒だけが立ち並ぶ、陋屋（ろうおく）である。この陋屋に住む人たちへのいたわりもまた、この句に秘められた「情」と言ってよい。

蕪村は、この句に見られるように、貧しく、侘しい風景を詠う多くの句を遺した、と私は考えている。これらの句を本項で読んでいきたいというのが私の心づもりである。

＊

明和三（一七六六）年、蕪村五十一歳のときに、

雷に小家（こや）はやかれて瓜の花

の句がある。「自筆句帳」に収められ、「句集」にも収められている句である。蕪村の発意による句と思われる。

「小家」という文字から見れば、小さな貧しい農民の家を意味すると解される。その貧しい農民の小さな家が落雷のために焼けてしまった。その傍らには瓜の花が無心に咲いている、という取り合わせの趣向の句である。ささやかな住居を焼かれた不運な農民に対するいたわり、無言の励ましこそが、この句の「情」であり、「あわれ」であり、「詩」であると思われる。

ただ、この句の「小家」について検討しておく必要があるかもしれない。「小」という接頭語は、①イ、物の小さいことを表す、「─家」、ロ、年齢の小さいことを表す、「─姫君」、ハ、身分・地位などの低いことを表す、「─侍」、②イ、程度の少ないことを表す、「─風」、ロ、身体を動かす意の句に冠して、ちょっとした動作であることを表す、「─腰をがめ」、ハ、形容の語句に冠して、その状態がちょっとしたことではあるが、妙に気にさわったり、心に残ったりする事についていう、「─ざかし」、③ある数量・状態に少し足りないが、それに近いことを表す、「─一日」、というさま

ざまな使い方があることを『岩波古語辞典』は示している。蕪村は多くの句において「小」という接頭語を用いているが、「小家」とあるときは、小さな家と解するのが常識的な解釈と考える。小さな家とは通常は貧しい家を意味するであろう。ただ、蕪村はすべて対象を小さいものとして見る眼差しをもっていたことを安東次男が指摘しているので、このことは後に考える。

*

明和五（一七六八）年、蕪村五十三歳のときに、

月天心貧しき町を通りけり

の知られた句がある。「自筆句帳」に収められ、「句集」にも収められている句である。八月二日、召波亭、兼題「名月」による作である。

家を詠った句ではないが、貧しい家々が軒を連ねる町を描いた作として、本項で採り上げることとする。全集の頭注は、「天心」について、月が天の中心、頭上に懸かっているさま、と説明し、邵康節「月到天心処　風来水面時　一般清意味　料得少人知」（古文真宝前集巻1・清夜吟）を引き、「月は中天に澄んでいる。夜もすっかり更けて貧しい町の家々は寝静まり、自分の足音だけがしじ

まに響く。傾いた屋根、低い軒、それらすべてが月光に照らされ、不思議に美しい明暗をなしている。月光に浄化された貧しい町のこの清意を人は知らぬだろう」という訳を示している。

頭注に引用された邵康節の清夜吟は、「月天心に到る処　風水面に来る時　一般清意の味　料得(はかりえたり)人知るを少なきを」と読むようである。この句は蕪村の句の中でももっとも広く知られた句の一であり、蕪村を論じて、この句を論じない者はいないほどであり、論じるさいに、この邵康節の清夜吟を引用しない者はいない、と言ってよい。ただし、この句作にさいして蕪村がこの清夜吟を思い起こしていたとしても、清夜吟の詩想に示唆されたかどうかは、大いに疑問である。清夜吟はこの句の「貧しき町を通りけり」という中七下五の情景とはまるで関係ないからである。ただ、全集の頭注の翻訳が、この清夜吟につよく影響されていることも見やすいところである。

『新潮日本古典集成』の『與謝蕪村集』の清水孝之の頭注も、邵康節の清夜吟の「用語を活用して成功した。「天心は更(ふけ)たるけしき、月更てとありては俳諧なし」（乙二(おつに)『蕪村発句解』）は名評である。月光による俗界の美化がねらいで、これも離俗の句」と解している。離俗論は蕪村の俳諧理論として知られているけれども、この句が俗界の美化がねらいという見解には同意できない。

数多い注釈の中で、異色と思われるのは、いつものことだが、萩原朔太郎の『郷愁の詩人 与謝蕪村』における彼の論評である。以下に引用する。

「月が天心にかかっているのは、夜が既に遅く更けたのである。人気(ひとけ)のない深夜の町を、ひとり足音高く通って行く。町の両側には、家並(やなみ)の低い貧しい家が、暗く戸を閉(とざ)して眠っている。空には中秋の名月が冴えて、氷のような月光が独り地上を照らしている。ここに考えることは人生への或る涙ぐましい思慕の情と、或るやるせない寂寥とである。月光の下(もと)、ひとり深夜の裏町を通る人は、だれしも皆こうした詩情に浸るであろう。しかも人々はいまだかつてこの情景を捉え表現し得なかった。蕪村の俳句は、最も短かい詩形において、よくこの深遠な詩情を捉え、簡単にして複雑に成功している。実に名句と言うべきである。」

この句から、読者は、人生への涙ぐましい思慕の情とやるせない寂寥を覚えるだろうと、萩原朔太郎は言う。そのように言われれば、そんな感慨を覚えるようにも思われるのだが、いかにも独断的で、論理的な説明が不足しているように思われる。そういっても「町の両側には、家並の低い貧しい家が、暗く戸を閉して眠っている。空には中秋の名月が冴えて、氷のような月光が独り地上を照らしている。ここに考えることは人生への或る涙ぐましい思慕の情と、或るやるせない寂寥とである」という鑑賞はやはり萩原朔太郎ならではの天才的な直観がこの句の神髄を捉えているのではないかという感をふかくするのである。

私の目に留まった範囲の先学の解釈の中では、安東次男の『与謝蕪村』における、この句の評釈が私の理解にもっとも近いので、これを紹介したい。

安東次男ははじめに、この句の上五が始め「名月や」であったことなどの経緯、出典を記し、邵康節の詩を引用、この詩に「ヒントを得たのでもあろうか。天心の月といっても、月が頭の真上に来るということは、天文学的にはありえない。真南に最も高く位置したときをいうのだが、蕪村はそこまで厳密に考えたわけではあるまい。清夜の印象をいっそう強調したくて、「名月や」を「月天心」に改めたようにも思われる。しかし私には、いま一つの思がある。「名月や」といえば、あくまでも下界から眺めている月であるが、「月天心」といえば、月を仰いでいるというよりも、天心の月から俯瞰されている感じがある。この巨視の目の中に、蕪村は人界の営みを包みこみたくて改案したのであろう。当然、くまなく照し出された家並の下には、微視的に見れば月の光の届かぬ生活の気配がある。どんな名月の句も、この複眼は持ちえない。暗い町裏の軒下をひたひたと歩いてゆく蕪村の足音と、月明の屋根の上を音もなく過ぎてゆくもう一人の蕪村の気配が、同時に伝ってくるところが面白い。清夜の月を強調するというよりも、むしろ、夜も更けた町のさまざまな生活の気配を、活々と描出するための工夫である。」

ここまでが安東次男の評釈の前半だが、彼の存命中に機会があれば、この句の鑑賞について話し合ってみたかったという思いが切である。上五の「名月や」について言えば、「名月や」を上五に置いたばあい、仲秋の名月を愛でることが句の主眼にならざるを得ない。この句においては、天心にある月と、月明下の貧しい町とが、同様の重みをもって描かれていなければならない。それ故、上五に「名月や」と置くことは、蕪村にとってありえない選択であったと私は考える。また、天心にある月と月明下の貧しい町を脳裏に描いている蕪村がいる。これが実像としての蕪村である。一方に、貧しい町をひたひたと歩いて通り過ぎて行くのは、虚像としての蕪村である、と私は考える。このような解釈は安東の見解を少し正確に言いかえたにすぎない。そこで私が私の解釈を安東に告げたとしても、彼がどう反応したかを想像すれば、私は彼が私の考えに賛成したであろうと信じている。なお、この「暗い町裏の軒下をひたひたと歩いてゆく」という表現に私は同感である。「自分の足音だけがしじまに響く」という全集の頭注の解釈のように、周囲の静寂に響くほどの音を立てて歩くことや、萩原朔太郎がいうように、人気のない深夜の町を足音高く通って行く、というように歩くことは、この句の趣意ではあるまい。

さて、安東次男の「月天心」の句の評釈に戻ると、以下の評釈の後段に私は賛成できないのだが、まず安東の評釈を聞くことにする。

藪入の夢や小豆のにへ(え)る中

春雨や人住ミてけぶり壁を洩る

安東次男はこれらに始まる数十の句を引用した後、次のとおり述べている。

「手当り次第に四季の句から抜いてみたが、これらの句に限るというわけではない。また、すべてが秀句であるというのでもないが、蕪村の生活意識の一端をうかがうことができよう。「月天心」の句の「貧しき町」の実態は、これらのさまざまな生活模様が織りなす庶民の哀歓であって、とくに貧民街ということではあるまい。晩年画用がいそがしくなってからも、日々の暮らしにこと欠くことも間々あったらしい蕪村は、「貧しき町」といったとき、あるいは己の心をそこに映していたかもしれない。あてにしていた画が売れなかったとか、金策がつかなかったとか、そうしたある日の帰途であったかもしれぬ。すでに町は殆ど寝についている、その暗い町裏の軒下を通りながら、蕪村の心は、その静まった屋内に繰りひろげられる営みのあれこれに、想像の翼を伸している。それは大凡(おおよそ)、先に挙げた諸句に現れている性質のものと見てよかろうが、その想像を深刻な生活苦に落していないところが蕪村らしさである。「貧しき町」と眺める彼の目には、深夜のまずしげな鋸の音も、年増女の閨怨(けいえん)の涙も、さらに、鍋釜を打鳴らす壁越の抗議も、あさましいもの、うとましいものとしては映っていない。それらの人々も、昨日は七夕の糸に願を掛け、明日は夜も白むまで踊り呆ける酔狂人の一人であろう。」

この後段に述べられた安東次男の見解に私は同意できない。「貧しき町」は貧しい家々が軒を連ねている町である。蕪村がその想像を深刻な生活苦に落していない、などというのは安東の放言としか思えない。「貧しき町」の実態は、「これらのさまざまな生活模様が織りなす庶民の哀歓」である、ということまでは私も安東に賛成である。ところが、「とくに貧民街ということではあるまい」

と安東次男が言うのは間違いとしか思われない。蕪村の貧しい人々に寄せる思いが人一倍つよかったことに安東次男が気づいていなかったと、私は考えている。この句の作中、貧しき町を通っていった人物は、すなわち、虚像としての蕪村は、貧しい家の一軒からは夜なべ仕事に忙しい物音を聞き、また別の一軒からは嬰児が夜泣きするのを聞き、またその他の家々が寝静まっていることに気づいたのである。そして、天心にある月がそれらの貧しい家々に、貧富の格差なしに、やさしい光を注いでいたのである。

「月天心」の句が展開するのは、貧しい人々の生活模様の哀歓である。その哀歓に情を覚え、詩を感じて、この句となったと私は考える。あるいは、萩原朔太郎のいう「人生への或る涙ぐましい思慕の情と、或るやるせない寂寥」もこの哀歓と言い換えてもよいのかもしれない。ただ、萩原朔太郎も、安東次男も、この「哀歓」を「貧しい人々」から人間一般に普遍化して捉えていることが、私には何としても納得できないのである。

なお、安東次男は、この句の評釈の最後にシャガールについて「二次元の平面の外へ出てゆくその複眼への移行を考えることは、私にはじつにたのしい。それを蕪村のこの句についていえば、ある夜更(よふけ)の町をふと「貧しき」と感じるにいたった彼の歩々のなかに、飛翔の目を探してわれわれもいっしょに歩くということだが、その歩みは蕪村晩年の水墨「夜色楼台」図にまで続いていて、万家(ばんか)の雪のあの濡色の詩情は、たしかにそこに生れたと思わせるものである」と書いている。この句から「夜色楼台」図を連想することは自然でもあり、愉しいけれども、「貧しき町」はつねに貧しく、決して楼台ではあり得ない。この句と「夜色楼台」図とを結びつけるのは誤りと私は考える。

同じ年に、

野分止んで戸に灯のもるゝ村はづれ

の句がある。八月十四日、山吹亭、兼題「野分」による一連の句の中の一句である。全集の頭注は、参考として、蕪村の、

初秋や余所の灯見ゆる宵のほど

の句を挙げている。似た趣向の句という趣旨と思われるが、「初秋や」ははるか後年、安永七(一七七八)年、蕪村六十三歳のときの作である。

この「野分止んで」の句は、烈しい野分が通り過ぎて、村外れの一軒家にも灯がともった、ああ、一家無事だったのだな、という安堵感を詠った句である。農民の身の上に寄りそった作と思われる。

「野分」は、言うまでもないが、野の草を吹き分ける風の意で、二百十日・二百二十日頃に吹く激

しい風、と『岩波古語辞典』はその語義を記している。

同じ明和五年に、

　　こがらしや何に世わたる家五軒

の句がある。「自筆句帳」に収められ、「句集」にも収められている句である。全集の本文の注によれば、十月二十三日、山吹亭、兼題「木枯」による句と思われる。

『新潮日本古典集成』の『與謝蕪村集』の頭注に、清水孝之が、「木枯しが吹き抜ける寒村に、数えてみると家は五軒のみ。いずれも古びたあばら屋で、田地も僅か、山林も豊かではない。一体、何を以て生計を立てているのであろうか」という解釈を示し、「「何に世わたる」により、荒寥（こうりょう）たる寒村を強調した。この句には水辺の感じはない。「家五軒」は中国の隣保組織に学んだ五人組制度により、何とか助けあって暮してゆける限界を暗示する。「家二軒」では少なすぎ、七八軒では孤立感が弱い」と記し、「大河を前に」の句に比較して「作為性が目立たぬのがよい」と評している。

これがこの句の解釈の典型的な例だが、五軒の家が、いずれも古びたあばら屋で、田地も僅か、山林も豊かではない、というような思い入れで、風景を飾り立てているが、この句で蕪村が何を訴えようとしたのか、この句のどこに蕪村は「情」を見、「詩」を見ていたのか、まるで検討がなされていないようにみえる。

この句における「家五軒」が何によって生計を立てているのか、不審に思い、いぶかしく感じたことは間違いないのだが、一方で、生計が立っているからこそ暮らしているのだということも作者には分かっていた。そこで、木枯しに耐え、木枯しに似た世渡りの辛さに耐え、よく暮らしているのだなあ、という五軒の家に住む人々のけなげさ、いじらしさに作者は感動して、この句が生まれたのである。ここにこの句の句意があることを看過してはならないと私は考える。

この句について、萩原朔太郎は『郷愁の詩人 与謝蕪村』において、「木枯しの吹く冬の山麓に、孤独に寄り合ってる五軒の家。「何に世渡る」という言葉の中に、句の主題している情感がよく現われている。前に評釈した「飛弾山（ひだやま）の質屋（しちや）閉（とざ）しぬ夜半（よわ）の冬」と同想であり、荒寥とした寂しさの中に、或る人恋しさの郷愁を感じさせる俳句である。前に夏の部で評釈した句「五月雨や御豆（みず）の小家（こいえ）の寝醒めがち」も、どこか色っぽい人情を帯びてはいるが、詩情の本質においてはやはりこれらの句と共通している」と評釈している。

「荒寥とした寂しさ」はよいとしても、「或る人恋しさの郷愁を感じさせる」というのは萩原朔太郎の独断である。ただ、この句の「情感」を見ようとしていることに彼の天才を認めるべきであろう。「飛弾山の」の句、「御豆の小家」の句（正しくは「美豆の小家」の句）については後に検討するが、萩原朔太郎の見解は間違っていると思われる。

同じ年の句に、

宿かさぬ燈影や雪の家つゞき

の句がある。十一月四日、田福亭、兼題「雪」による句と全集本文に注がある。「自筆句帳」に収められ、「句集」にも収められている句である。

『蕪村句集講義』において、正岡子規が、「雪の夜にある家に就きて宿りを乞ひしに許さず、又其次の家にも乞ひしが許さず、それより二、三軒乃至五、六軒に宿を乞ひしも皆許されず。已むを得ず其家のある処を離れて進み行きしが、ふと振り返りて見ると先に宿をかさゞりし家の灯がいくつか並びて見ゆる、其景色をいひしなり。故に此句にはいくらか恨めしく悲しく思ふ余情あり」という見解を述べ、その後、現在に至るまで、多くの注釈者がこの解釈にしたがっているように見られる。言いかえれば、宿を借りようとして断られた旅人の眼で、この風景を見ているのである。これはこの句の背景に蕪村の奥羽遊歴の辛かった体験があると解するかぎり、正しい解釈と言えるだろう。

しかし、この次に検討する句も同じ兼題「雪」による句であり、次の句は明らかに農家の側に立って農家の在り様を詠っている句であるから、この句も農家の側から見る解釈もあり得るように思われる。そもそも雪に降られて難渋しているからと言って、宿屋ではない農家に宿を借りたいと頼むことは、ずいぶん身勝手であり、普通の農家であれば、不意の客を泊めるための用意もないから、断るのが当たり前である。何軒かの農家に断られて、ふりかえってみると、それらの農家に灯がついて団欒の様子が想像できるといったことであれば、旅人の身勝手な恨みを詠った句ということになる。そこで、なまじ見知らぬ旅人に宿を貸すことを断って、家族の団欒を大事にすることを選んだ、これらの農家の自立心こそが、仄々と暖かい農家の人々の心情といえるのではないか。私は、このような見方もあり得る、という立場、すなわち、通説が唯一の正解ではないかもしれない、という立場で、このような解釈を提示しておきたい。

同じ兼題「雪」による句として、

雪国や粮(かて)たのもしき小家(こいへ)がち

がある。これも「自筆句帳」に収められている句であるが、「句集」には収められなかった句である。

「がち」が名詞に付いて、「多いさま、目立つさま」をいうことは『岩波古語辞典』の教えるところである。小家であるから、貧しい家に違いない。長い間、冬ごもりする雪国、そういう雪国の貧しい農家の家々で食糧を充分に蓄えている、たのもしさ、けなげさを詠った句である。だが、雪国だから、充分な食糧の蓄えがなければ、冬を越せない危惧、厳冬の日々、餓える危惧があるから、貧しいからこそ、その備えが必要なのである。貧しい農家への励ましの心持ちもこめられていると も見られるであろう。

同じ年に、

夜泣する小家も過ぬ鉢たゝき

の句がある。「鉢たたき」の兼題による句のようである。「鉢たたき」については『岩波古語辞典』に、古くは鉢を叩いたのでいう、として、「瓢箪を叩き鉦を鳴らしながら唱名念仏して歩いた托鉢僧。茶筅を売った。もと京都空也堂の有髪妻帯の僧で、十一月十三日の空也忌から除夜まで、毎夜半、洛内外の墓地を巡行した」という説明がある。

夜泣きする嬰児の声が聞こえる、貧しい家の前を通り過ぎて行く鉢たたきの風景に、人生の侘しさ、哀しさを見た句である。小家でなく、部屋数の多い邸宅であれば、嬰児が夜泣きしても、その声は道を過ぎ行く鉢たたきの僧には聞こえないであろう。小家だからこその憐れさである。だが、貧しい小家だからこそ、嬰児の夜泣きする声を鉢たたきが聞きつけて、嬰児が健やかに育っていることを知り、人生の哀歓を感じる、心暖まる句と解することもできるかもしれない。

*

明和六（一七六九）年、蕪村五十四歳のときに、

うぐひすのあちこちとするや小家（こいへ）がち

の句がある。「自筆句帳」および「句集」のいずれにも収められている句である。一月二十七日、田福亭、兼題「鶯」による句である。

「句集」の前書に「離落」とあるのは「籬落」の誤記と全集の本文の注にある。「籬落」は、竹や柴で結った垣、「落」はかこい、と『岩波新漢語辞典』にある。この「籬落」については、安東次男の『与謝蕪村』に、この句は「三宅嘯山（しょうざん）編『俳諧新選』に初出。同集には、安永二年三月の嘯山の自序がついているから、それ以前の作ということになる。但、前書はない。その後、安永五年の几董編『続明烏（ぞくあけがらす）』に再録されているが、このときあらたに「離落」と前書がついている。離落ということばはないから、これは籬落を誤ったものであろう」という。

多くの先学の注釈は「小家がち」の下五のもつ、ふかい意味を探りあてていないように思われる。

たとえば、萩原朔太郎は『郷愁の詩人 与謝蕪村』においてこの句を採り上げて、次のように鑑賞している。

「生垣で囲われた藁屋根の家が、閑雅に散在している郊外村落の風景である。「あちこちとする」という言葉の中に、鶯のチョコチョコした動作が、巧みに音象されていることを見るべきである。同じ蕪村の句で「鶯の鳴くやあち向こちら向」という句も、同様に言葉の音象で動作を描いてる。」

この鑑賞自体は誤りではないが「小家がち」の下五をまったく考慮していない。小家がちは、言うまでもなく、多くの貧しい小さな家々である。これらの家々に垣根が巡らされている。鶯は、こちらの垣根からあちらの垣根へ、あちらの垣根からそちらの垣根へと、貧しい家々だからといって蔑むことなく、自由に飛び交っている、という景色を詠んだ句である。「あちこちとするや」と「小家がち」の「チ」の音を重ねていること、「あちこちとするや」の字余りが鶯の自由に飛び交っている、のどかな様子を引き立てている。鶯が一羽か数羽かは、問うところではない。鶯は貧富を区別することなく飛び交っている。また、鶯の啼き声は住民の慰めとなるかもしれないが、それは鶯の関心ではない。私は一応このようにこの句を解してきた。

私の解釈を記した上で、また安東次男の『与謝蕪村』における鑑賞を参照しておきたい。安東は次のとおりに書いている。

「この句については、佐藤春夫氏の「わが愛句十二ヶ月」に、次のような鑑賞があった。「語意よりもどの語音あちこちは近い枝から枝へ飛び移るのだし、小家がちのちはやや遠くへ飛び立つたのでもあらうかと、このちは音がわざとらしくなくよい、利いてゐる、作者はそんな気もなく言ひ放つたのであらうが。」

たしかに作者の心裡には、こうした遠近法が思描かれていたにちがいあるまい。そしてそれをいっそうはっきりさせるのが、「あちこちと」とした「と」の字余りであろう。これは、切字（きれじ）「や」と相俟って「あちこち」のチ音と「小家がち」のチ音を区別するための、心にくい小休止の働をしていて、そう読んでくると、不用意に読過した「籬落」という前書が、急に活きてくることを知らされるのである。はじめは垣のこちらにいて小枝移りでもしていたらしい気配の鶯が、いつか垣の外へ飛んでいってしまった様子が想像され、そこに籬落という字がつくり出す、春の日の時空の拡りの面白さが生れてくる。字に興じることは、蕪村にとって珍しいことでもなかったから、あるいは彼は、この漢語の興に惹かれて一句を再生させたのかもしれない。とりわけ画人蕪村にとって、この発想は捨てがたいものであったはずである。「そんな気もなく言ひ放つた」のではあるまい。」

ここまでは、前書「籬落」との関連による鑑賞であって、読者を首肯させるに足る、綿密な評釈であると思われる。さらに安東は次のとおり書いている。

「嘯山は、夜半亭一世巴人門の望月宋屋に俳諧を学び蕪村とは同系であるし、漢詩文をよくし青蓮院宮（しょうれんいんのみや）の侍講をつとめたほどの文人であったから、勝手に「籬落」という前書を削ったとも思えないが、とすると蕪村自身が、句の出来たあとで補ったということになる。前書を置くことによって句中に動く画意を、面白いと思ったのであろう。そういうことを私は、いかにも蕪村らしい工夫と思う。こうしたたぐいの詞書（ことばがき）の用い方は、蕉風とへだたること遠いともいえるが、一方またそれがつくり出す心理的面白さは、蕉風の野暮ったさの中にはけっしてなかったものでもある。」

ここから、安東は「小家がち」の「小」について自説を述べている。

「「小家がち」の「小」の字も、そこに微妙な変化をおこす。その辺りにある平凡な小家が、蕪村の想像裡で自由に、さらに縮小され、必要最小限の略筆による小家と化する。この句と限らず、総じて蕪村の用いる「小」とは、画人の写意による略筆を経た「小」と見てよい。

春雨や小磯の小貝ぬるゝほど
堂守の小草（をぐさ）ながめつ夏の月
みじか夜や小見世明たる町はづれ
小狐の何にむせけむ小萩はら
鍋さげて淀の小橋を雪の人

いずれも、現実のちいさなものよりも、小しと見る蕪村の目の面白さが句眼であるが、そこには、「よしのゝ旅にいそがれし風流はしたはず」（天明二年「檜笠辞（ひのきがさのじ）」）、「（娘の）無事にひとゝなり候をたのしみ申事に候」（安永四年手紙）と言った小市民の哀憐意識が映ると考えられないこともない。しかし蕪村が、なによりもまず詩中に画を見る画俳であったこと、事物を「小なもの」として略筆化してゆくときの、線描の簡潔な美しさを、見逃すわけにはゆくまい。」

これが安東の炯眼(けいがん)による発想であることを私は疑わない。たとえば、この「うぐひすのあちこちとするや」の句の「小家」には柴垣などが巡らされているのであれば、かなりの敷地を持つ家々であって、貧しい家がひしめいている光景は想像しにくい。「籬落」という前書を付した後のこの句に関しては、他の「小」を用いたいくつかの句と同様、貧しい家々と解するよりも、蕪村の目で「小」化された家々と見るべきであろうと考える。

ただ、多くのばあい、小家が貧しい家であることは間違いないと思われる。安東は、蕪村の貧しい人々に寄せる思いに気づいていない。

同じ年に、

春の夜や盥(たらひ)をこぼす町外れ

の句がある。三月十日、召波亭、兼題「春夜」による句である。

これは貧しい人々の暮らす町外れの夜の情景を蕪村が思い描いて詠んだ句であろう。町外れの貧しい暮らしの中、昼間は洗濯をする暇もなく、いろいろの仕事に追われていたが、ようやく夜になって洗濯をする時間を見つけて、洗濯をし、盥の水をこぼしている、空には春の月がおぼろに浮かんでいる、といった風景である。洗濯をしているのは、たぶん、主婦であろう。そのけなげな生き方に感慨を覚え、その感慨がこの句になったと考える。

全集は、本文の注に『新五子稿』に中七「たらいを捨る」と誤る、と記しているが、萩原朔太郎は、この誤った、

春の夜やたらいを捨る町外れ

の句形によって、『郷愁の詩人 与謝蕪村』の中で、次のとおりこの句の鑑賞を記している。
「生暖かく、朧ろに曇った春の宵、とある裏町に濁った溝川が流れている。そこへどこかの貧しい女が来て、盥を捨てて行ったというのである。裏町によく見る風物で、何の奇もない市中風景の一角だが、そこを捉えて春夜の生ぬるく霞んだ空気を、市中の空一体に感触させる技法は、さすがに妙手と言うべきである。蕪村の句には、こうした裏町の風物を叙したものが特に多く、かつ概ね秀れている。それは多分、蕪村自身が窮乏しており、終年裏町の佗住いをしていたためであろう。」

さすがに萩原朔太郎は独特の眼差しで、誤った句形であっても、句の雰囲気をよく摑んでいるという感がふかい。ただ、盥を捨てることは、盥の水を捨てるのとは違って、決して日常的な風景で

はない。文字どおり、盥を捨てると解したことに無理がある。しかし、この鑑賞の最後に「蕪村の句には、こうした裏町の風物を叙したものが特に多く、かつ概ね秀れている」と言っているのは卓見というべきである。

同じ年に、

五月雨(さみだれ)や美豆(みづ)の寝覚(ねざめ)の小家がち

の句がある。「自筆句帳」に収められている句である。全集の本文の注に、

皐雨(さみだれ)や美豆の小家の寝覚がち

の初案が示され、五月二十日、栖玄庵にて鳥西興行、兼題「五月雨」とあり、頭注に美豆について「淀・木津両川の合流点に近い低湿地。歌枕。「水」とも掛ける」と記されている。

美豆という低湿地にしがみつくように住んでいる、貧しい小家の住人たちは五月雨による洪水が気がかりで、夜も寝覚めがちになるのだ、という句である。作者は美豆に住む多くの小家の住人に寄りそうように、いたわりの眼差しを注いでいる。

この句について、萩原朔太郎は『郷愁の詩人 与謝蕪村』において、次のとおり鑑賞を記している。

「「五月雨や大河を前に家二軒」という句は、蕪村の名句として一般に定評されているけれども、この句はそれと類想して、もっとちがった情趣が深い。この句から感ずるものは、各自に小さな家に住んで、それぞれの生活を悩んだり楽しんだりしているところの、人間生活への或るいじらしい愛と、何かの或る物床(ものゆか)しい、淡い縹渺(ひょうびょう)とした抒情味である。」

萩原朔太郎は、美豆という土地が低湿であることを知らないし、何故「寝覚め」るのかも知らないのだが、それでも、小家に住む人々へのいじらしい愛に気づいていることは、さすが、という感がつよい。ただ、「物床しい、淡い縹渺とした抒情味」というのは萩原朔太郎の独断である。この句にあるものは、抒情性ではなく、現実感であり、縹渺としたものではなく、明確な不安感である。

同じ年に、

朝霧や村千軒の市の音

の句がある。「自筆句帳」に収められ、「句集」にも収められている句である。出題に応じた句である旨の記述が全集に見当たらないので、蕪村の発意による句と思われる。

『蕪村句集講義』において、正岡子規が、

「非常に感じのよい句で景色もよくわかつてゐる。高いところから見下す必要はない。作者は村の中にゐてもよいので、朝眼が覚めて見ると、霧が深くとざしてゐて其中に物音が聞こえる。市の音といふのは物を売る声もあらうし、つるべで水くむ音もあらうし、何でもよいのだ。町の音でよいのだ。秋、田舎にとまつた時などは斯ういふ実景によく遭遇する。

　霧の海大きな町に出でにけり　移竹
など丶同じやうに大きな感じの句だ」と発言している。

私はこの正岡子規の解釈にほぼ同感である。ただ、この句の句意を考えると、朝、目覚めると霧で視界は遮られている、賑やかな市の音は聞こえるのだが、何の音か、定かではなく、聴覚も遮られている、といった趣向の句と思われる。すなわち、視覚も聴覚も遮られている、もどかしさを詠った句と考える。

*

明和八（一七七一）年、蕪村五十六歳のときに、

長旅や駕(かご)なき村の麦ぼこり

の句がある。「自筆句帳」、「句集」のいずれにも収められている句である。全集の本文の注に、四月十三日、百雉亭、兼題「麦秋」による作とある。

「駕なき村」を、駕籠などのあるはずもない村、と解するか、駕籠があるものと期待してきたのに期待に反して、駕籠がなかった村、と解するか、など諸説あるようにみえるが、この村に着けば駕籠があるものと期待してきたのに、駕籠舁（か）きも麦の刈入れで忙しく、駕籠が利用できない、長旅をしてきた旅人にどっと疲労が襲ってきた、という句と解するのが自然と思われる。この旅人には、麦の収穫に忙しく働く百姓の勤勉さに対する感嘆の思いが、駕籠を利用できない失望とこもごもに、襲っていたに違いない。この疲労感と感嘆の思いこもごもの感慨が、この句の「情」であり、「詩」であると解する。

*

全集に「明和年間」、すなわち、明和元（一七六四）年から明和八（一七七一）年の間の作として収められている句の中に、

両村（ふたむら）に質屋一軒冬木立

の句がある。「句集」に収められている句である。全集の本文に「夢想　三句」という前書があると注が付されている。「夢想」には、『岩波新漢語辞典』には、①ゆめの中で思う、②ゆめのような、とりとめのない思い、空想、③ゆめの中での神仏のお告げ、という意味がある、という。この句の夢想とは、神仏のお告げというよりも、ただ夢の中で感じた思いという程の意味ではなかろうか。

『蕪村句集講義』では、高浜虚子が、「殊に淋しい田舎の景色で、両村とも人家も多からず富んだ家もすくない、つまり貧村であつて、質屋は唯甲の村に一軒ある許りで、乙の村のものが質を入れるには甲の村迄持てゆかねばならぬやうな有様である。扨て冬木立は此の両村の間に在つて、甲の村より乙の村へ行くには其を通りぬけるやうになつてゐるのか、又両村の周囲にもあるのか、其の辺は甚だ不明であるが、兎に角冬木立とあるので、此の両村の殊に淋しく静かな村であらうといふことを想像せしむると思ひます」と述べている。私はこの高浜虚子の解釈に賛成である。

冬木立は、常緑樹か落葉樹かにより、様相を異にするが、私は落葉樹と見て、その蕭条たる冬木立と解する。二つの村に一軒しか質屋が無いと、質屋を利用する人もごく限られている。質屋を利用するほどに質草を持っている人もこれら両村ではごく少ないのである。それ程に貧しい人々は年末に質屋に駆け込むこともできないであろう。そんな貧しい人々はどのようにして年を越すのだろうか、と作者は心配している。極貧によく耐えている人々の暮らしを作者は夢想したのである。この夢想が、作者の貧困、窮乏の生活体験にもとづくことは言うまでもない。なお、両村に一軒の質屋だから、甲、乙どちらかの村に質屋があり、他の村には質屋がない、というのであれば、質屋の無い村だけが極度に貧しい、ということになるが、ここでは両村共に貧しい、というのであろう。

*

安永二（一七七三）年、蕪村五十八歳のときに、

菜の花や油乏しき小家(こいへ)がち

の句がある。「自筆句帳」に収められている句である。全集の本文の注に、「几董『発句集』三に、二月、「菜の花」の題詠所出。同題による作か」とある。

菜の花の畠を耕作しながら、菜種油を入手できない、農民の哀れな生態を作者が憤っている。題を見て、すぐにこのように反応する、作者の格差社会に対する批判の眼差しは、彼自身の貧困、窮乏の暮らしの体験と無関係ではあるまい。

*

安永三（一七七四）年、蕪村五十九歳のときの作に入る。

大雪や鐘（かね）なき村の夜ぞ更（ふけ）ぬ

の句がある。同年十一月二十三日付の大魯宛書簡に、他の二句と併せて「右いづれも几董発句会席上之（の）句ニて候。よろしからず候へども、かいつけ（書）申（まうし）候」と書いている。十一月、几董庵、兼題「雪」による作である。

寺の鐘もない貧しい村に雪が降り続き、夜が更けてゆく。厳しい大雪に慣れている雪国の農家では、耐えることにも慣れている。この忍耐とけなげさこそ、作者がこの風景に見ている「情」であり、「詩」なのである。

＊

安永四（一七七五）年、蕪村六十歳のときに、

沙魚（はぜ）を煮る小家（こいへ）や桃のむかし皃（がほ）
沙魚（はぜ）釣（つり）の小舟漕（こぐ）なる窓の前

の二句がある。いずれも九月十日、夜半亭、席題「沙魚」による句と全集の本文に注がある。「沙魚釣の小舟」の句は「自筆句帳」に収められ、「句集」にも収められている。

小家は言うまでもなく貧しい。川でとれた沙魚を煮ているのは売るために違いない。その香ばしい匂いを嗅ぎながら、かつて桃の花を見に来てこの家の人とも見知っていたことを思い出した、という、小説的な、物語性を秘めた、句である。蕪村自身が兼題を出しているのだから、かねて桃の花を見に訪ねたことのある、川沿いの小家で沙魚を煮ていたことを思い出して、この兼題を思いついたのかもしれない。沙魚を煮て売る貧しい家の人の暮らしの切なさ、かいがいしさを詠った句である。

「沙魚釣の小舟」の句については『蕪村句集講義』に、虚子が、「「なり」とせず「なる」としたのは全く不用意の措辞ではあるまい。「なる」は意味がつゞくので、初十二字が終五字を稍（やや）形容したかの様に解する方が面白いと思ふ。詳しくいふと「窓の前」、即ち「窓前の眺め」といふ様な方に重きを置いた句で、窓前を沙魚釣舟が漕ぎ過ぐる、其の景色を愛するのはやがて此の窓を愛する所以で、「沙魚釣舟の漕ぎ過ぐる窓の前かな」といふ様にいつたものであらう。「漕ぐなり窓の前」といふのと景色には何の相違も無いが、心持が違ふ。「漕ぐなり窓の前」では景色を叙したといふだけに過ぎぬので其窓に対する作者の情が現はれて居らぬ」という解釈を述べて、鳴雪がこれに賛成している。私も虚子の解釈が正しいと考える。

「沙魚を煮る」の句と併せ読めば、この沙魚を煮て売っている小家の窓から沙魚の釣り舟を望む景色を叙した句であり、小家の窓の前に執着した句であることが理解されるはずである。

*

安永六（一七七七）年、蕪村六十二歳のときに、

麦刈（かり）て瓜（うり）の花まつ小（こ）家（いへ）哉

の句がある。蕪村の句文集『新花摘』に収められている句である。

麦刈りを終えた貧しい農家はいま瓜の花の咲くのを待つばかり、という文字どおりの作と思われるが、何故瓜の花の咲くのを待つのか、私には理解できない。瓜と言えば、胡瓜、西瓜などを思い浮かべるのだが、花を特に鑑賞するとも思われない。胡瓜などを収穫するにはまず花の咲くのを待たなければならない、という趣旨であろうか。麦刈りの後、貧しい農家のくつろぎの情景であろうか。

ねり供養まつり皃なる小家哉

これも同じ『新花摘』に収められている句である。「ねり供養」は、「来迎の諸菩薩に扮して寺内を練り歩く仏教行事。来迎会の俗称。近世、最も有名だったのは、四月十四日に大和国当麻寺で行われた中将姫の忌日法要」と『岩波古語辞典』に説明がある。

ねり供養は仏教行事だが、仮装するので、お祭り気分で見物する、貧しい家の人々の哀れな光景を詠った句である。小家の人々でなければ、ねり供養に浮かれることもないのだ、という句意であろう。これも小家の人々の身に寄りそった句と解する。

同じ年に、

花火見へて湊がましき家百戸

の句がある。九月七日付柳女・賀瑞宛書簡に二十二句を記し、「毎月並百句云の発句会相つとめ候。五歩線香にていたしたる句ニテ候故、早卒の作ニテ候」とある中の一句である。

この「花火見へて」の句も佳作と思われるが、この書簡に挙げた句の中には、

手燭して色失へる黄菊かな
市人の物うちかたる露の中

のような秀句も含まれており、「早卒」の間の作とは思えない句作である。蕪村の天才を窺うに足りると思われる。

さて、この「花火見へて」の句について言えば、家百戸の小さな漁村では花火を打ち上げるのにも苦労したに違いない。その苦労の甲斐あって花火を打ち上げると、ひとかどの港町らしい風情になる、という句である。この小さな漁村の人々のけなげさ、いじらしさが、この句の「情」である。家百戸の貧しい漁村、貧しさにかかわらず、打ち上げた花火の華やかさ、それによる一時の漁村の華やかさ、の取り合わせの趣向は涙ぐましいものがある。

同じ年に、

水鳥や岡の小家の飯煙

の句がある。蕪村の発意による句のようである。貧しい小家から炊飯の煙が上がっているのを見て、今宵も夕飯が食べられるらしい、と安堵の気持ちを覚えている、そんな思いとはかかわりもなく、水鳥が静かに泳いでいる、まことに穏やかで平和な夕べの風景と感慨を詠った句であろう。

*

安永八（一七七九）年、蕪村六十四歳のときに、

村百戸菊なき門も見えぬ哉

の句がある。「自筆句帳」に収められ、「句集」にも収められている句である。

蕪村の発意による句のようである。『新潮日本古典集成』の『與謝蕪村集』の頭注に、「一村あげての菊作りの盛況。「近来本邦菊を種うること盛んなり。ゆゑに菊経を著してその養育の法詳らかなり」（天明三年『華実年浪草』）貞享・元禄期に多くの栽培書が刊行された。千秋楽後篇（寛政九年刊）に「門はなかりけり」。」と記述している。

言うまでもなく、これらの農家は、副業として菊を栽培し、現金収入を得ようとして努めているのである。菊は、米、麦などに比べて、換金性のつよい、商業的色彩の濃い作物である。一村あげて、菊の栽培に精出す景色に作者は感銘をうけて、この句が生まれたと考える。

＊

安永九（一七八〇）年、蕪村六十五歳のときに、

飛弾山の質屋戸ざしぬ夜半の冬

の句がある。「自筆句帳」に収められ、「句集」にも収められている句である。全集には、十月二十一日、檀林会、題「冬夜」による作か、と記されている。

『蕪村句集講義』では、ホトトギス同人たちの討議の後、子規いふ、として、正岡子規の次のとおりの付記が記されている。

「飛騨の質屋といふは客観的の景にして構造のいかめしからん事、鳴雪翁の説の如し。しかも質屋鎖しぬ夜半の冬といふ事を思ふに、僻地の市街多くは早く門を鎖して、商家さへ夜に入れば商買もせぬを、特に質屋ばかりは灯などゝもして、夜に入りて後もいくらか人の出入もありたるが、それさへ今は鎖して冬の夜半の殊に淋しくなりしよといへるには非るか。」

この正岡子規の解釈はほぼ正しく句を見ているように思われるが、それでも私は不満を持っている。なお、『日本古典文学大系』の『蕪村集・一茶集』における暉峻康隆の頭注は、飛騨山につい

て、岐阜県の飛騨地方は山国であるから飛騨山といったのであるが、おのずから飛騨郡代のあった飛騨高山をいう、と記している。

私の見解では、質屋は夜も店を開けているのが普通なのに、寒さが厳しいからと言って、夜になって質屋が戸を閉めてしまうと、困る人も多いだろうな、という蕪村自身が質屋に始終厄介になっていた身の上から、貧しい人々の困惑に思いを寄せた句である、ということである。このように解しないと、何故質屋が閉ざしていることに作者が目を留めたのかが、理解できないはずである。

＊

天明年間（一七八一〜一七八九）、蕪村歿年にいたるまで、全集には小家など、家を詠った景色の句は見当たらないようである。ただ、全集には安永七（一七七八）年から天明三（一七八三）年、蕪村六十三歳から六十八歳の間の作であるが、どの年の作か定めがたい作を載せている。この期間中の作に、

小豆売(あづきうる)小家の梅のつぼみがち

の句がある。「句集」に収められている句である。蕪村の発意による句であり、出題に応じた作で

はないようである。

『新潮日本古典集成』の『與謝蕪村集』における清水孝之の頭注は、「小豆と梅の莟（つぼみ）との色・艶・形の相似性による配合」と記し、王維の詩「紫梅発初遍、黄鳥歌猶渋」（『王維詩集』）の連想か、と記し、初案は下五「つぼみ哉」（夜半叟）と解説している。

「小豆」の「小」と「小家」の「小」をかけて、花開かず、蕾のままの梅を取り合わせた趣向であろうが、小豆を売っているようなほそぼそとした小家では梅も蕾のままである方がふさわしいのか、という感慨がこめられているのではなかろうか。王維の詩は関係ないと考える。

＊

全集は最後に「年次未詳」として制作年次を推定できない句を収めている。その中に、

草餅や伊吹（いぶき）につゞく小家（こいへ）〳〵

の句がある。出題に応じた句ではなく、蕪村の発意による句のようである。『日本国語大辞典・第二版』には、「伊吹艾（いぶきもぐさ）」について、滋賀・岐阜県境にある伊吹山でとれるヨモギでつくった質の良いもぐさ、伊吹の赤団子、とあり、『三省堂国語辞典』には「草餅」について、ヨモギの葉を入れ

てついたもち、と記されている。『平凡社・世界大百科事典』の「ヨモギ」の説明も「春、荒地の枯草の中にいち早く緑色の姿を見せるのがヨモギ（カズザキヨモギ）*A. princeps* Pamp. である。この若苗を摘んで、ゆでて、餅に入れたものが草餅」とある。

ヨモギの季節になり、伊吹山麓まで続く貧しい小さな家々でも草餅を賞味していることであろう。貧しくても、その程度の愉しみはあるはずだという、小家の人々のささやかな愉しみを祝福したい気持ちのこもった句と解しても誤りではあるまい。

同じ「年次未詳」の句の中に、

さくらより桃にしたしき小家哉

の句がある。「句集」に収められている句である。出題に応じた句ではなく、蕪村の発意による句のようである。

『蕪村句集講義』で、正岡子規が、「此句何だか分らぬやうに思ひしが、「雪の日の大船よりは小舟かな」といふ古句と同じ句法と思へば忽ち疑団が氷解した」と発言している。『蕪村句集講義』の校注者、佐藤勝明は、子規の挙げた古句は、荷兮編『あら野』（元禄二年序）所収の芳川の句「雪の江の大舟よりは小舟かな」であると校注している。

桜は本来、風雅を愛する人々に愛されてきたが、小家には小家の風雅があり、小家には桃の花がふさわしいのだ、と小家なりの風雅の在り方を弁護した、小家贔屓の句と解する。

*

こうして蕪村が、その生涯を通じて詠ってきた、小家、小家がち、その他、家のある風景の句を読んできた。私に若干の見落としはあるかもしれないが、圧倒的に、小家、小家がちを詠った句が多いことはたやすく理解されるはずである。小家を詠っていない句でも、「大河を前に家二軒」に見られるように、心細そうに大河に立ち向かっている二軒の家はやはり堅固な邸宅ではない。蕪村は家の在る景色を詠うばあい、極力、小家に執着した。その態度は小家に住む人々を蔑んだり、憐れんだり、同情したり、しているわけではない。冷徹な眼差しで、小家に住む人々の生態を凝視し、その上で、彼らに寄りそって、その喜怒哀楽を詠ったのであった。貧困窮乏が蕪村にとってきわめて身近であったことのあらわれに違いないが、それ以上に、蕪村の資質として現実を冷静、客観的に、レアリストの眼で見た上で、ヒューマニストとして、彼らを蔑んだり、憐れんだり、同情したりすることなく、彼らの身に寄りそってその感慨を詠ったものと思われる。本項で採り上げた多くの句はこの事実を証明していると、私は考えている。

案山子の句について

蕪村はかなりの数の案山子を詠んだ句を遺している。これらの句にはおざなりと思われる句もあるが、心に迫る句も含まれている。それらの句はこれまであまり注目されてこなかったように思われるので、本項では、それらの句を読むことにしたい。

*

宝暦十二（一七六二）年以前、蕪村四十七歳以前の句に、

我足にからべぬかるゝ案山子哉

の句がある。「自筆句帳」に収められ、「句集」にも収められている句である。足になっていた心棒に頭まで突き抜かれている、刈入れ後の案山子の悲惨な運命に、蕪村がつよい共感を寄せた句と思

われる。用済みになる前は大いに役に立っていた案山子が刈入れが済んで不要になったからといって、見捨てられ、足になっていた心棒に頭を突き抜かれている光景は、あまりに身勝手ではないか、といった憤りの気持ちがこめられている句であろう。あるいは、このような案山子に自らの不遇な境涯を重ね合わせているのかもしれない。ただ、蕪村にはほかにも案山子を詠んだ句が多いので、それらも読んでみることにする。

＊

これより前、宝暦十（一七六〇）年、蕪村四十五歳のときに、

秋かぜのうごかしてゆく案山子哉

の作がある。これも「自筆句帳」に収められ、「句集」にも収められている句である。「雲裡房つくしへ旅だつとて、我に同行をすゝめけるに、えゆかざりければ」という前書がある。雲裡房について、全集の頭注は、「渡辺氏。支考門。粟津の幻住庵を再興した。筑紫行脚は宝暦十年秋。宝暦十二年没、六十九歳。宝暦五年丹後滞在中の蕪村を訪ねた」と記述している。

あなたは秋風のように旅立ち、私を誘って私の心を動かすのだが、私は案山子のように動くこと

はできないのです、という意であろう。たんに同行を断った挨拶ではなく、旅に誘われて同行したいのに、同行できない嘆きをこめているように思われる。ただ、ここでも案山子にわが身を託していることに注意してもよいと思われる。

*

安永三（一七七四）年、蕪村五十九歳のときに、

姓名は何子か号は案山子哉
水落てほそ脛高きかゞしかな
折レつくす秋に彳むかゞしかな

の句がある。三句いずれも「自筆句帳」に収められている句である。前の二句は「句集」にも収められている。いずれも蕪村の発意による作と思われる。

「姓名は」の句について、安永三年九月、無宛名の書簡は次のとおり記している。

「拙老とかく世路ニ苦しみ、ホ句もなく口おしく候。

性名は何

子が号は
案山子かな

右の句、只今うめき出候故書付候。「哉」はうたがひニて候。「歟」と云心ニて候。此句は案山子の文章書可申と存じ、このあいだ郊外に吟行いたし候て、つく〲かれが有さま見候ニ、富貴をしたはず、貧賤をうれひず、人のために田を守りて、風雨霜雪をいとはず、此うへの隠徳又有べしとも不覚候。実ニ巌穴の隠君子にて可有とおもひつゞけ候而、此ものニは、性ハ何、名ハ何、字ハ何と申べけれど、只案山子といへる別号を以て人の唱れば、それも又よしと淵黙したる形容のおもしろければ、ふと云出したる句ニて候。さして可取句ニはあらず候へども、不用意にして得たる句故、書付申候。これは文章ニては無之候。右の句の解を書付候まで也。」

案山子を見る眼差しはヒューマニストの眼差しである。また、この眼差しは案山子を通して、農民の「田を守りて、風雨霜雪をいと」わぬ労苦に注がれていることも間違いあるまい。ヒューマニズムこそが蕪村の生来の本質的な資質であったように思われる。なお、「子」は男子の敬称、ことに孔子、孟子のように、学問・思想において一家をなした人の尊称であるから、案山子の「子」もそうした敬称と解した諧謔であることは言うまでもあるまい。

「水落て」の句は、稲を刈る前には、稲田の水を落とすが、こうして田の水が抜かれると、案山子の着物をまとわぬ、竹や木の棒があらわになる。この棒を細い脛と形容し、これがあらわになった、と叙述した句だが、案山子を擬人化し、細い脛があらわなのがあわれだ、と感じ、心を痛めている。これも案山子をヒューマニストが見ている情景である。

「折レつくす」の句は、秋ふかくなって、草木すべて倒れ伏したときに、独り案山子だけが、倒れ伏すことなく、孤独に佇む姿の寂しく、侘しい情景を詠った句である。これも案山子にヒトを見るのと同じ視線で見ている句である。

*

安永五（一七七六）年、蕪村六十一歳のときに、

藁筆に絵空ごとなき案山子哉

の句がある。これも蕪村の発意による句であり、出題に応じた句ではないと思われる。「あるひと、麦林が案山子を画たる物を携きたりて賛をもとむ。余則かの風調に倣ふて麦老に代る」という前書がある旨、全集の本文に注がある。全集の頭注に、「麦林」は蕉門俳人乙由、俳画もよくした、とあり、「かの風調」は、平俗軽妙で俚耳に入りやすい風調をいう、と注釈されている。「藁筆」は、わらしべで作った筆と『岩波古語辞典』に説明がある。「絵空ごと」は絵にあって実際はないこと

をいうから、「絵空ごとなき」は、実際あるがままに、という意味に違いない。それ故、藁筆で実際ありのままに描かれた案山子だなあ、といった感想を詠った句であろう。案山子に親近感を抱いているからこそ生まれた作と思われる。

＊

安永六（一七七七）年、蕪村六十二歳のときに、

守護不入かゞしの弓の矢先かな
笠とれて面目もなきかゞしかな

の句がある。二句とも七・八月「二百題発句」中の作か、と全集の本文の注にある。

「守護不入」の句の、「守護」は「鎌倉・室町時代の地方官名。後鳥羽天皇の文治元年、源頼朝が国国に設置。大番の催促、謀叛人・殺害人・盗賊の検断などに当たらせたもの」、「守護不入」は「守護がその地域内に立ち入り、罪人逮捕・租税徴収などをすることが出来ないこと。戦国時代以降は、社寺領内の殺生禁断・喧嘩狼藉禁止など、領主が与えた一切の禁制をもいった。社寺領などに与えられた特権」と『岩波古語辞典』に説明がある。守護も立ち入りを許さない、と言わんばか

りの案山子の弓の矢先だ、と案山子の勢いをからかい半分、賛嘆した句である。これは案山子に対する諧謔の底に友情、激励の心をこめた作と思われる。

「笠とれて」の句は、笠が取れてしまっているから、案山子の顔もまともに残ってはいないのであろう。見られるような顔はない、面目ないと案山子が恥じ入っているかのようだという諧謔の風情を叙述した句と解される。これも案山子を友人のように擬人化して、その恥じ入ったかの風情につよく感じ入っている句であろう。

*

安永七(一七七八)年から天明三(一七八三)年、蕪村六十三歳から六十八歳までの最晩年の時期の作に、

三輪(みわ)の田に頭巾(づきん)着てゐるかゞし哉

粒々(りふりふ)皆身にしる露のかゞしかな

の二句がある。前者は「句集」に収められている。

「三輪の田に」の句の「三輪」については、全集の頭注に、「現奈良県桜井市内。三輪山伝説の地。

大和の女が夜のみ通って顔を見せぬ男に糸をつけて後をたどると、男は三輪明神だったという。謡曲「三輪」に玄賓僧都「山田もるそほづ（案山子）の身こそ悲しけれ秋果てぬれば訪ふ人もなし」（続古今集）を引用」とある。

三輪の田では案山子までも頭巾をかぶって顔を隠している、というだけの句であろう。伝説をふまえた趣向が興趣の句と思われる。

「粒々皆身にしる」の句は、百姓の粒々辛苦は、皆、肌身にふれてよく知っている案山子も、露のようにはかない身の上だ、という案山子の身の上に寄せる、ヒューマニズムの詠嘆の作である。しみじみとした思いが胸に迫る句と思われる。

II

「北寿老仙をいたむ」について

「北寿老仙をいたむ」は次の十八行から成る蕪村の俳体詩である。

君あしたに去ぬゆふべのこゝろ千々(ちぢ)に
何ぞはるかなる
君をおもふ(う)て岡のべに行(ゆき)つ遊ぶ
をかのべ何ぞかくかなしき
蒲公(たんぽぽ)の黄に薺(なづな)のしろう咲(さき)たる
見る人ぞなき
雉子(きぎす)のあるかひたなきに鳴(なく)を聞(きけ)ば
友ありき河をへだてゝ(て)住(すみ)にき
へげのけぶりのはと打(うち)ちれば西(にし)吹(ふく)風の

はげしくて小竹原真すげはら
のがるべきかたぞなき
友ありき河をへだてゝ住にきけふは
ほろゝともなかぬ
君あしたに去ぬゆふべのこゝろ千々に
何ぞはるかなる
我庵のあみだ仏ともし火もものせず
花もまいらせずすご〳〵と彳める今宵は
ことにたうとき

＊

ひろく知られているとおり、萩原朔太郎はその著書『郷愁の詩人 与謝蕪村』の冒頭の評論「蕪村の俳句について」を、「北寿老仙をいたむ」の冒頭四行を引用して書き起こし、次のとおり記した。

「この詩の作者の名をかくして、明治年代の若い新体詩人の作だと言っても、人は決して怪しまないだろう。」

尾形仂もまた、その『蕪村の世界』（岩波書店）において「北寿老仙をいたむ」を論じた文章を、この萩原朔太郎の言葉を引用することから書き起こしている。しかし、萩原朔太郎が同じ著書の中であるが、「春風馬堤曲」を論じた文章の中で、同じ冒頭の四行を引用して、次のとおり記しているのだが、尾形仂はこのことに注意しなかったようである。

「蕪村はこれを「俳体詩」と名づけているが、まさしくこれらは明治の新体詩の先駆である。明治の新体詩というものも、藤村時代の成果を結ぶまでに長い時日がかかっており、初期のものは全く幼稚で見るに耐えないものであった。百数十年も昔に作った蕪村の詩が、明治の新体詩より遥かに芸術的に高級で、かつ西欧詩に近くハイカラであったということは、日本の文化史上における一皮肉と言わねばならない。」

つまり、萩原朔太郎は、当初は、「北寿老仙をいたむ」を、明治期の新体詩の一と見まちがえるほどの新しさだと評したのだが、後に、明治の新体詩よりも遥かに芸術的に高級で、かつ西欧詩に近くハイカラであった、とその見解を修正したのである。言いかえれば、島崎藤村の『若菜集』などに至るまでにも、長い時日がかかったのだが、藤村などの詩よりも「北寿老仙をいたむ」の方が、はるかに芸術的に高級で、西欧詩に近くハイカラだ、と言い直したのである。

萩原朔太郎が何故そのように見解を改めたか、と言えば、島崎藤村の『若菜集』『落梅集』などに収められた作品はもちろん、次の世代の蒲原有明、薄田泣菫の作品でも、さらに次の世代の北原白秋の『邪宗門』でも、依然として、五音と七音の音数律から自由ではなかった。彼らの詩は七五調でなければ、五七調であった（石川啄木の八六調も七五調の変形と考えられる）。明治期の新体詩において、例外的に五音七音の音数律から離れた作品としては、与謝野鉄幹の「敗荷」が挙げられるであろう。

夕不忍の池ゆく
涙おちざらむや
蓮折れて月うすき
長酡亭酒寒し
似ず住の江のあづまや
夢とこしへに甘きに

七五調でも五七調でもなく、五音が多いとはいえ、五音七音の音数律から離れているが、調べは自由ではないし、かなり佶屈（きっくつ）で、朗誦に耐えがたい。この作品が当時の新体詩に影響を与えることもなかったと思われる。

わが国の近代詩の大勢は文語詩から口語詩に移っていくが、文語詩において、七五調、五七調という五音七音の組合せから解き放たれた調べを達成したのが、大正期に入って発表され、刊行された、萩原朔太郎の『純情小曲集』の作品であり、彼の「感情詩社」の盟友、室生犀星の『抒情小曲集』の作品であった。次に、その例として、『純情小曲集』の「愛憐詩篇」の冒頭の作品、「夜汽車」の冒頭の七行を示す。

有明のうすらあかりは
硝子戸に指のあとつめたく
ほの白みゆく山の端は
みづがねのごとくにしめやかなれども
まだ旅びとのねむりさめやらねば
つかれたる電燈のためいきばかりこちたしや。

第一行は「有明の」の五音、「うすらあかりは」の七音であるから、五七調であるが、第二行で、「硝子戸に・指のあと・つめたく」と五・五・四と続き、第三行では「ほの白みゆく・山の端は」と七・五音の七五調になるが、第四行で「みづがねの・ごとくに・しめやかなれども」と五・四・八音に展開し、第五行で「まだ・旅びとの・ねむり・さめやらねば」と二・五・三・六音に続き、第六行で「つかれたる・電燈の・ためいきばかり・こちたしや」と五・五・七・五音に連なるわけである。

このように、五七調、七五調が一部に用いられていても、決してその七五調や五七調が続くことなく、次の行では、読者を躓かせるかのような、調べをせき止める調べになり、しかも、やはり読者の耳に絡みつく「詩」の新しい調べとなって、詩の世界が展開するのである。

七五調のばあい、

まだあげ初めし前髪の　林檎のもとに見えしとき

というように、誤解をおそれずに、その特徴を端的に言えば、軽やかで、歌うような声調であるが、五七調のばあいは、

小諸なる古城のほとり　雲白く遊子悲しむ

に認められるように、静かで、詠嘆するような声調である。このように七五調でも五七調でも、あるいは軽やかに明るく、あるいは沈静に詠嘆するように、読者を陶酔させ、心地よくすることに声

調の本質があると思われる。しかし、この「夜汽車」において、五七調で始まっても、すぐ次の行で、陶酔させたり、心地よくさせたりするのを遮るような調べに変わるわけである。たしかに「夜汽車」においては、一部に七五調、五七調が用いられているけれども、このような音数律に縛られてはいない。言いかえれば、これらの音数律から解き放たれて、自由に詩想を展開していることに注目しなければならない。これが行分け散文と酷評された初期の口語詩に、内在的な声調により新しい旋律をもたらした『月に吠える』『青猫』の詩人が、新しい文語詩として提示した、画期的な試みであった。「北寿老仙をいたむ」はまさに萩原朔太郎、室生犀星が大正期に試みた声調をほぼ二百年も前に先取りしていたのであった。この蕪村の作を萩原朔太郎が『郷愁の詩人 与謝蕪村』の中で二度にわたり引用し、その二度目の評価で、「明治の新体詩より遥かに芸術的に高級で、かつ西欧詩に近くハイカラであった」と書いたときには、彼自身の試みが蕪村に先取りされていたのだという感嘆の思いをこめ、自分の詩業について言及することを憚ったのであった。

「夜汽車」の冒頭に見られるように、萩原朔太郎の作品といえども、七五調、五七調の音数律に囚われてはいないとはいえ、なお、その残滓をとどめていることは見やすいであろう。「北寿老仙をいたむ」は萩原朔太郎の作品よりも五七、七五の音数律から自由に解き放たれている。わが国の詩歌の伝統は、万葉集の長歌、反歌の時代から、和歌でも、梁塵秘抄、閑吟集の歌謡でも、連歌、俳諧でも、川柳までも、つねに七五調、五七調によって詩想を叙することを当然としてきた。このような伝統の中で、突然「北寿老仙をいたむ」が出現したことは、奇蹟としか言いようのないほどに驚嘆に値することである。

＊

そこで「北寿老仙をいたむ」を読むことになるが、北寿老仙とは下総国結城郡本郷（今の茨城県結城市内）の酒造家、早見家の主人、早見治郎左衛門、隠居して晋我と称し、延享二（一七四五）年、行年七十五歳で死去した人物である。この作品は、寛政五（一七九三）年、晋我五十年忌追善のために、晋我の子息早見桃彦が編んだ俳諧撰集『いそのはな』に収められた作品であり、その末尾に「釈蕪村百拝書」とあり、別行に「庫のうちより、見出つるまゝにしるし侍る」とあり、この付記は桃彦が記したものという。すなわち、この作品は蕪村が晋我の死去を悼んだ作である。

そこで、この作品の成立年代について、晋我の死去の直後の延享二年と見るのが通説であるが、安東次男はこの通説に疑問を呈している。その理由は、延享二年、晋我歿後すぐに書いたという確証がないばかりでなく、延享二年とすれば、蕪村の三十歳のときの作ということになり、この若さでこの驚くべき成熟した作品を書いたということが信じがたい、というのである。かりに晋我三十三回忌にさいして書いたとすれば、安永五（一七七六）年になるから、「春風馬堤曲」成立の一年前になる、と安東は書いている。しかし、私は「春風馬堤曲」は漢詩と発句を漢文訓読調の散文で繋いだ作品であり、詩の声調には必ずしも斬新さがないと考え、「北寿老仙をいたむ」の声調の斬新さから見て、両者を姉妹篇とか、近縁の作とは思わない。私は、むしろ、寛保三（一七四三）年、蕪村二十八歳のときに、「遊行柳のもとにて」と前書された、

柳散（ちり）清（し）水（みづ）涸（か）れ石処（ところどころ）〴〵

という、五・七・六と読めないことはないが、意味からいえば、五・五・八の破調と考えるのが妥当と思われる句を遺していることからみて、どちらかといえば、延享二年の作と見るべきではないかと推察している。

以下に、「北寿老仙をいたむ」の冒頭六行を、分かりやすいようにすべて平仮名で示すことにする。

きみ（二）あしたにいぬ（六）ゆふべのこころ（七）ちぢに（三）
なんぞ（三）はるかなる（五）
きみをおもふて（七）をかのべに（五）ゆきつあそぶ（六）
をかのべ（四）なんぞ（三）かくかなしき（六）

たんぽぽの（五）きに（二）なづなの（四）しろうさきたる（七）

みるひとぞなき（七）

以上から明らかなように、七五調が一カ所「きみをおもふて・をかのべに」の箇所に認められるけれども、これはたまたま七五調になったというにとどまり、意識的に七五調に言葉を連ねたわけではないことが理解できるし、しかも、続いて「ゆきつあそぶ」で軽やかにうたうような調べがすぐに打ち消され、いささかも読者を陶酔に誘うことがない。（ここで、断っておくと、第一行目の「君あしたに去ぬ」の「去ぬ」を私は「いぬ」と読み、「さりぬ」と読んではいない。中村真一郎夫人、佐岐えりぬさんは詩人であったが、詩の朗読の名手であった。ことに彼女の京都弁による「北寿老仙をいたむ」の朗読は絶品であったが、京都生まれの彼女は京都では「いぬ」と言いますと言い、いつも「いぬ」と読んでいたので、私は彼女の読みにしたがっているのである。ただし、「さりぬ」と読んでも、私の論旨に影響があるわけではない。なお、尾形仂は『蕪村の世界』のこの「北寿老仙をいたむ」の評釈において「いぬ」を斥け、「さりぬ」と読んでいるが、『新潮日本古典集成』の『與謝蕪村集』において清水孝之は「いぬ」と読んでいる。このように学者、研究者の間でも、この読みについては定説がないようにみえる。）

さらにつけ加えて言えば、私たち日本人は、五音の言葉を好んでいるらしい。こんにちは、さようなら、といった挨拶から、双葉山、若の花、千代の富士といった力士のしこ名にいたるまで、日常的に五音の言葉を多く使っている。そこで、五七調、七五調から離れたいと思っても、五音の言葉が交じることは避けられない、という傾向があるのである。

このように、この作品の新しさは時代を超えている。「春風馬堤曲」は、趣向において「北寿老仙をいたむ」よりも工夫を凝らしているけれども、声調は「北寿老仙をいたむ」と比べると、「春風馬堤曲」は古めかしい。どうして「北寿老仙をいたむ」のような瞠目すべき作品が生まれたのか、まことに不可解であり、蕪村がこの詩法をさらに発展させなかったのは何故か、といった謎に私たちを引き込むのである。

*

「北寿老仙をいたむ」の斬新さはまた、叙述の手法にもある。その手法の特徴は極端に省略の多いことである。第一行の「君あしたに去ぬゆふべのこゝろ千々に」は「千々にみだれ」と表現すべきところを、無理に「千々に」で止めて、「みだれ」といった言葉は読者が心の中で口ずさむように、余韻を残して、あるいは、飛躍して、「何ぞはるかなる」に読者を導く。ここで、この世を去った君は、何とはるかな場所にいるのか、と自らに問いかけるように、独語する。ここでも亡き友は「何ぞはるかなる」場所に在るのか、何と遠い場所へ去ったのか、という問いは、完全な形では示されていない。読者は、心の中で、「君は」を補い、「はるかなる」の後に、場所に去ったのか、といった言葉を補わなければならない。読者はこのように言葉を補って、完全な嘆きを呟かなければならない。すなわち、嘆きを言いおおせるなら、この一行は、君は何とはるかに遠く去って行ったのか、といった思いである。言葉を惜しむことによって、それだけ、読者の心に作者の悲しみがふかく浸透するかのようである。(あるいは、このような表現に見られる飛躍は、推敲が足りなかったためという見方もあるかもしれない。ただ、私は、推敲の余地のある作品として評価しようとは思わない。完成された作品として読みたい。そのばあいには、どうしても表現の飛躍としか読むことができないわけである。)

ここで尾形仂は「はるか」は「杳か」であるとし、「曇って暗いことをいう」と解し、この二行に次のような現代語訳を示している。

「ああ、親愛なるあなたは今朝、卒然として世を去ってしまわれた。悲報に接したその夕方の私の心は千々に乱れ、何と暗く晴れやらぬことか。」

尾形仂は言葉を多く連ねることによって詩情が汲みとれると誤解しているようである。「今朝、あなたが、この世を去った、私のこの日の夕べの心は千々に乱れている。何とはるかな遠くへあなたは行ってしまったのか」というように、最小限に言葉を補っただけで、充分、悲しみ、悼む心情が表現できるはずである。なお、「はるか」という言葉が死者について用いられるばあい、はるかに遠い、死者の世界、と解するのが自然であり、暗い、と解するのは無理ではないか。

＊

「君をおもふて・岡のべに・行つ遊ぶ・をかのべ・何ぞかくかなしき・蒲公の黄に薺のしろう咲たる・見る人ぞなき」も同じである。亡き友を偲んで、岡の辺に行き遊ぶのだが、何故、岡のあたりが悲しいか。彼とかつてこの岡に遊んだ日々が懐かしく思い出され、しかも、そのような日々が帰らないのだと、思いをかみしめているからである。しかし、そのような思いのたけは語られない。読者が作者の悲しみを思いやって、その悲しみをかみしめなければならない。ここでも充分に語ることなく、表現は飛躍し、作者の嘆きは余韻として読者の心に残るように、言葉を切り詰めている。「蒲公の黄に薺のしろう咲たる・見る人ぞなき」の「見る人」は亡き友である。岡のあたりには、タンポポの花が黄色く咲き、ナズナが白く咲いているのだが、あなたが見ないということは、見る人がいないことなのだ、という。ここでも極度に言葉を惜しんで、悲しみをふかめるのである。

尾形仂はこの四行を次のように解釈している。

「あなたのことを思って（もしや俤（おもかげ）に巡り合えるかと、私は黄昏（たそがれ）の）岡のほとりへ行って当てどなくさまよう。岡のほとりは、なぜ、こうも、悲しいのか。（それはひとえにあなたが見えないから）。たんぽぽが黄色に薺の花が白く咲いているのを、（今はどこにも）あわれと見る人はいない。（かつては二人でそれらをともに愛（め）で合ったのに）。」

括弧の中の説明は尾形仂の思い入れにすぎない。作者が言葉を惜しむことによって、悲しみをかみしめていることを尾形仂は理解していない。

ここで安東次男が、その著書『与謝蕪村』において、「岡」について述べているので、安東の解説を引用したい。

「右の制作年代のあいまいさは、当然そこにとどまらず、この詩の重要なモチーフの一つである「岡」にもひびいてくる。延享二年の作品とすれば、結城近郊の丘つまり蕪村が晋我と共に語らった思出の丘ということが、まず考えられる。じじつ、定説ではそうなっているのだが、これはたいへん危険な推定である。晋我の歿した当時、蕪村がどこにいたか明らかでない。あえて想定すれば、下館の旧家中村風篁（ふうこう）の家にあって、画業専心の生活を送っていたのではないかと思われる。少くとも結城にいたと考えるよりは可能性が多かろう。とすれば下館近郊、勤行川（ごぎょうがわ）ぞいの丘であったかもしれぬ。幼少時からとりわけ川堤を愛した蕪村は、下館にあっても、画筆に疲れると勤行川堤を散歩したろうが、そのとき、晋我の思出と重ねて結城の川堤を想ったのではないか。下って明和・安永ごろの作品とすれば、鴨川堤のどこかであってもよい。さらにいえば、「かの東皐（とうかう）にのぼれば」と詞書して、「花茨故郷の路に似たる哉」の吟を遺している蕪村であるから、この丘は、まったくの想像中の丘であってもよい。川沿の丘のイメージが、蕪村の心の中で、晋我をも含めた古人の思出につよくつながっていれば、それでもよいのである。どこそこと限定された、実在の丘である必要はどこにもない。蕪村の想像のなかでおそらく桃源にまでつながる、時空を無視した丘のとりとめもなさが、じつはそこにこそ蕪村句を読む楽(たのし)みもあるのだが、いざ詩を解釈するとなるとやはり私を当惑させる。そんなことにこだわる必要はない、と囁く声がきこえてくる傍らで、その丘を探せという抗いがたい命令もきこえてくる。そこに句・画いずれの場合にも、蕪村の世界の不可思議な魅力がある。現実と非現実との境が、あってなく、なくてあるのである。俳諧『桃李(ももすもも)』序にいう「めぐりよめどもはしなき」認識が、私を疲れさせる。第二の障碍である。」

安東のこの評釈は「「北寿老仙をいたむ」のわかりにくさ」と題されており、分かりにくい三点をあげているが、第一が制作年次の分かりにくさであり、第二がこの点である。なお、晋我の死去当時、蕪村が下館の中村風篁のもとに滞在していた、という推定についてその根拠を示していないが、根拠あっての推測に違いない。

私にはこの「岡」が現実のどこの岡であるかは、この作品の鑑賞にはどうでもよいことのように感じていたのだが、現実のどこの岡とはっきりすれば、この詩句がよりレアリティをもって読者に訴えることになるとも言えるであろう。安東はまた、この評釈の結論に近い箇所では、次のようにも書いている。

「寛保二年、師巴人の歿した年であるが、そのあと蕪村は亡師の遺稿を編もうとして果さず、同年中に江戸を退去して、巴人門の盟友砂岡雁宕(いさおかがんとう)をたよって結城に赴いている。一つには、画心を養う目的もあったろうが、磊落不羈で離俗の風貌のあった師巴人亡きあと、江戸俳壇に興味を失ったのであろう。その後数年常総を歴行し、奥羽に行脚して遠く外ヶ浜にまで脚を伸している。その間の足どりは、あまり詳しくはわかっていない。その結城で蕪村は、早見晋我に、亡師巴人の面影を見たのであろう。晋我が歿したときは、奥羽行脚から帰り、下館中村風篁の宏壮な屋敷内一隅に庵(いおり)を結び、世俗を断って画技に専心していたのではないかと推量されるが、それやこれやを考えると、「北寿老仙をいたむ」は、その時期の孤独な心の渇(かわき)を訴えた詩のようにも受取れる。(中略)晋我の訃報は、その旅疲れ(奥羽行脚の旅の疲れをいう——引用者注)もまだ充分には癒えきっていない蕪村の許(もと)に、届けられたはずである。詩は、やはり延享二年の作品であろうか。訃報に接して結城に赴いて作ったたか、下館で作ったかはわからないが、詩中にいう「友ありき河をへだてゝ住にき」の「河」は、結城と下館のあいだを流れる鬼怒川を指すのであろう。晋我が死んだとき、ちょうど鬼怒川のむこうとこちらに住んでいて死目にも会えなかった、と解釈してもよいし、じじつ蕪村の中村家滞在はかなり長かったはずであるから、河をへだてて住んでいて以前のように会う折もない日常だった、と読んでもよい。いずれにしても、この「河」が隔てる距離はかなり遠く、「君あしたに去ぬのゆふべのこゝろ千々に/何ぞはるかなる」の、そもそもの最初の心もそこにあるように思われる。少くとも、そう読む方が、ただ幽明境を異にしたと受取って済すよりは、ずっとこの詩をゆたかにする。諸解は、目と鼻の先の川向うと解していて、ひいては、思出の丘から故人の屋敷のあたりを眺めながら詠んだごとく理解しているようだが、そうではあるまい。「河」は、結城市内を流れる田川や吉田用水を指すのではない。とすると、この詩は下館で、あるいは下館住蕪村の心で、作られたと見るべきであろう。当然「岡のべ」は、まちの東を北南に流れる勤行川ぞいの川堤であり、そこに、晋我と共に遊んだ結城田川ぞいの丘の思出は映っている。「我庵」は、風篁の屋敷の一隅に設けた画室であろう。」

安東の解釈は、ここに来て、この作品の制作年次を延享二年とする考えに傾いているようである。これから読む「河をへだてゝ住にき」の「河」は鬼怒川、晋我が結城に、蕪村は鬼怒川をへだてた下館に住んでいた、とする安東の推測は妥当と思われる。

*

「雉子の・あるか・ひたなきに・鳴を聞ば・友ありき・河をへだてゝ住にき」と声調は高まる。雉子が鳴いているのか、いや、一途に鳴いているのだ、雉子の鳴く声を聞くと、自ずから、君を思い出すのだ、というのだが、ここでも雉子の鳴き声と亡き友との結びつきは省略されている。言葉を補うならば、「雉子の・あるか・ひたなきに・鳴を聞ば」の次に、友を思い出す、というような言葉が加わり、その友は「河をへだてゝ住にき」と続くべきなのだが、こうした言葉は読者が補うよう、すべて作者に代わって読者がその心の中で反芻するように、読者に委ねられ、委ねられることで、読者は緊張を強いられるのである。その結果、亡き友は、河を隔てて住んでいたのだ、という回想を読者は聞くことになる。

言うまでもなく、ここで、声調が高揚するのは、第四行の「かなしき」、第六行の「見る人ぞなき」、第八行の「友ありき・河をへだてゝ住にき」とキ音で脚韻を畳みかけるからであり、さらに「君」との呼びかけ、「雉子」と語り起こして、キ音の頭韻と呼応させる、このような押韻効果のためであり、この押韻効果はこの詩の重大な魅力のみなもとになっている。

＊

こうして「へげのけぶりの・はと・打ちれば・西吹風の」「はげしくて・小竹原・真すげはら」「のがるべき・かたぞなき」「友ありき河をへだてゝ・住にき・けふは」「ほろゝともなかぬ」のきわめて難解な五行の句に至る。

はじめに何故難解であるかと言えば、まず「へげ」の意味が明らかでないこと、次に「のがるべきかたぞなき」とあるが、何故遁れなければならないのか、そして何故遁れるべきかたもないのか、分かりにくいこと、最後に、これまで雉子がひた鳴きに鳴くのを聞いていたのに、ここで突然、雉子は「ほろゝともなかぬ」という転換が見られることにある。

ここで安東次男の評釈を読むことにしたい。

「「友ありき河をへだてゝ住にきけふは／ほろゝともなかぬ」というくだりにさしかかると、正直なところ、どうともなれ、という気になる。なんのことはない、すっかりこの詩に振りまわされてしまっている感じがする。改て、蕪村という詩人の捉えどころのなさを、知らされる。第三の点である。目に触れるかぎりの注解を読んでみたが、いっこうに要領を得ない。注釈者たちが、わかっていないことを、わかったように書いているからだろう。つまり、殆どの解は、この詩を二日あるいはそれ以上にわたる経過の印象を一篇の詩として構成したものと読んでいる。「雉子のあるかひたなきに鳴を聞ば／友ありき河をへだてゝ住にき」と第四聯にあり、一聯あいだを置いて、「友ありき河をへだてゝ住にきけふは／ほろゝともなかぬ」とあるからだろう。しかしもしそうなら、一篇の短い抒情詩の構成としては、かなりな無理がある。第一、詩そのものがつまらなくなる。詩における時間の経過は、過去から未来へ流れるとばかりは限るまい。詩が意識の底を覗く作業の外には成立たないとすれば、むしろ追憶の時間のほうがいっそう重いはずである。「けふは」と作者がいっている以上、この時間の指定は動すことはできまい。しかし、それは昨日に続く今日でなくてよい。絶対なのは「けふは」だけである。とすると、「雉子のあるかひたなきに鳴を聞ば／友ありき河をへだてゝ住にき」は、作者の追憶中に現れた非現実の時間と解した方が、詩篇の構成としてもずっと筋が通るだろうに、と思いながら私は諸注を読んだ。そしてこの詩をそう読むことは、蕪村という詩人の資質から見ても、むしろふさわしいはずである。

しかし、何故か私はそこでためらう。西欧ふうの近代詩を私があまり読みすぎたせいで、そう受取ったのではあるまいか、という反省が頭をかすめる。「馬堤曲」にも、曲が道行体のせいもあろうが、現在の時点での追憶にもうひとつ過去の時点での追憶を重ねて見せるというような、大胆な二重映像の表現はなかった。むろん、蕪村の時代に江戸で流行(はや)った仮名(かな)詩の新体に、支考(しこう)一派の仮名詩であれ、潁原退蔵氏の発見にかかる尾谷の「胡蝶歌」、文喬の「袖浦の歌」、あるいは紀逸の「放鳥辞」など、支考派のマナリズムになじまぬ清新な一体であれ、そうした表現があるのを知らない。とすれば、これは私の考え過ぎかもしれない。といって、昨日につづく今日式の愚解に戻るわけにもゆかぬから、結局、「けふはほろゝともなかぬ」とは、雉子の声に擬した亡友追慕の情だ、という解にたどりついた。ある日雉子の鳴声を聞いて故友をしのび、また別の日、雉子の気配もなければないでその友のことをしのぶ、というのではあるまい。少くともそう読めば、時間は自然に流れながら、同日のこととして眺められるのである。「けふは」ということばが、昨日とは違う今日という説明に堕(お)ちないで、それのみで独立した感情の強調として響いてくる。(中略)友が死んだその日から声を聞くことはできない、そういう現実は別に、ある日ある時、友の声をもう聞くことができないというつよい感慨が、作者の胸許につき上げている。「けふは」とは、そういう一瞬の感慨であろう。それを「ほろゝともなかぬ」と雉子の声で表現したところが、たぶん、この詩で最も工夫のこらされたところである。」

安東の評釈は、彼の思考過程をつぶさに記述しているので、彼の結論にたどりつくまで、多くの言葉を費やしている。このひた鳴きに鳴いていたはずの雉子が何故、ほろともなかぬ、ことになったのか、この詩が二日にわたる出来事を記述しているという諸解を論外とする、安東と同じ立場で考えるかぎり、唯一の筋の通った解釈であると思われる。

また、「へげのけぶり」について、安東は、「「へけのけぶり」は、変化（へげ）めく煙であろう。「新花摘」の中に、結城・下館時代の思出を語って、狐狸の小話をいくつも書いている蕪村である。それを別にしても、西風に吹払われる煙の姿を変化めくと看（み）ることは、さして異常なことではないと思われるが、それを承知の上でどうしてもそう解したくないのは、やはり淵明詩と晋我の墓域から、注釈者の心が離れきれぬからであろう」と記している。

しかし、私は安東とは違う解釈をあえて提示したいと考える。

「へげ」が何を意味するか。私は、『日本国語大辞典・第二版』の語義にしたがい、「へげ」は「へんげ」、すなわち、妖怪変化と解したい。ここまでは安東次男の説と同じである。しかし、「へげのけぶり」を安東が変化めく煙と解していることには賛成できない。私は文字通りに妖怪変化の煙、妖怪変化が仕立てた煙と解する。妖怪変化があらわれることは、明治・大正期の新体詩にはありえないことだが、妖怪変化のしわざとしか思われないような、奇妙な体験をしたのだと考えれば、許容範囲内のことと言えるのではないか。

妖怪変化の巻き起こしたとおぼしい、折からの西風に、竹林、萱林が烈しく揺れ、作者はどこに遁れようもない、という情景に移り、作者は立ち往生して、どこへ行くべきかを知らないこととなる。もっと正確に言えば、作者の行動として、どこへ行くべきかを知らないというよりも、作者の心が、友を失ってどこへ行ったらよいのか、迷っていると解すべきかもしれない。このような心境に作者を追い込むのは妖怪変化というべき超現実的な力である。

ここでも「のがるべき・かたぞなき」と何処へ遁れるべきかを探してその方向を見失っているのは誰か、作者は明らかにしていない。しかし、「煙」は自然と立ち上って消えてゆくに決まっているのだから、ここで迷っているのは、岡のべに遊んだ作者と見なければならない。そして、途方に暮れた作者は亡き友を思いおこすのである。

すでに記したとおり、ここで「友ありき河をへだてゝ住にきけふは／ほろゝともなかぬ」と続く。この作の第七行に「雉子のあるかひたなきに鳴を聞ば」とあったのだから、雉子がしきりに鳴いていたのに、ここに来て、突如、雉子がはたと鳴き止むのである。「ほろゝともなかぬ」という。いまだ、妖怪変化の巻き起こした風から作者は遁れ切っていない。そのために、雉子の鳴くのも耳にすることができない、と私は解する。

雉子の鳴き声を聞いていまは亡き友人を思い出したはずなのに、その鳴き声は空耳だったのか、いまはもう雉子は鳴くのを止めたらしい。「ほろゝともなかぬ」と飛躍、展開して、寂しさがいっそう募ることとなる。

ここで尾形仂の解釈を読むと、次のとおりである。

「「へげ」を変化とした上で、「へげのけぶり」を、語り手の目に映った火葬の煙であるとか、阿弥陀仏が浄土へ導く「この世ならぬ紫の煙」とする説もあるが、これは雉子の目に怪しい煙と映ったもの、その実体は猟師の放った発砲の煙とする村松友次郎氏の解（『蕪村集』）に従うべきだろう。」

このような解釈を述べた上で、この箇所の現代語訳を次のとおり記している。

「怪しい煙がパッと飛び散ると、（折から）西の風が烈しくて、小笹原も真菅原も（吹き靡（なび）かされ）のがれ隠れる所とてない。（こうして友はのがれがたい無常の風にさらされ、卒然と世を去った）。私には親しい友がいた。河を隔てて住んでいた。だが、（昨日まではあんなにむつまじく鳴き交わしていたのに）今日は、ホロロとただ一声も鳴かない。」

この訳文では、のがれがたいのが、作者であると同時に、死去した友でもあるようであり、また、雉子が鳴いていたのは昨日のことで、今日は鳴き止んでいる、という。この現代語訳は、どうみても、原文からは遠く離れた解釈という批判を免れないと私は考える。

試みに『日本古典文学大系』の『蕪村集・一茶集』における暉峻康隆の頭注が示す解釈は次のとおりである。

「雉子がいるとみえて、ひたすら鳴いているのを聞くと、友を呼んでいるらしい。わたしにも河をへだてて親しい友のあなたがあったのだが、今や呼ぶべきその人はない。
傷心のあまり人里へ帰ってくると、火葬の煙がぱっと散り、折から西風がはげしいので、低い笹原や菅原のどこにもひそみようがなく、はかなく大空へ消えていってしまった。」

この「友ありき」の行の解釈は正しいと思われるが、「へげのけぶり」以下の三行の解釈には賛成できない。「へげ」の解釈はさておき、煙が大空に消えることは当然すぎるほど当然なのだから、「のがるべきかたぞなき」がどうして『ひそみようがなく」という解釈になるのか、私には理解できない。また、タンポポ、ナズナの咲いていた岡は人里から離れた場所なので、火葬の煙に遭遇するには、ことさら人里へ帰って来る、ということになるのだが、この岡が人里から離れていると解する必要はあるまい。人里のはずれほどの位置にある岡に遊んだのだと解して差し支えないはずである。つまり、この詩では、タンポポ、ナズナが咲き、雉子の声を聞いた場所かあるいはその場所にごく近い場所で「へげ」の煙に遭遇していると解するのが自然だと私は考える。

『新潮日本古典集成』の『與謝蕪村集』における清水孝之の頭注に示す解釈は次のとおりである。

「どこに雉子がひそんでいたのでしょう。ひたすら悲しげに鳴き続けるのを聞いていますと、親を呼ぶ声のように思われます。でも私には親とも頼んだあなたを親しくお呼びすることもかないません。思えば、今朝までは得がたい老友がその河向うに住んでいらっしゃいましたのに。

どうにも哀傷に耐えがたく、私はまた人里のほうへ帰って参りました。お宅のあたりで、この世ならぬ薄紫の煙がぱっと散ります。するとそれは折からの烈しい西風にあおられて、たちまち夕暮の空へと消えてしまいました。小竹原や真菅原のどこにもこもりようもありません。人間の一生など、まことそのようにはかない夢幻かもしれません。」

ずいぶんと想像の翼を自由に羽ばたかせた解釈という感がつよく、これが学者、研究者の解釈なのかという感をふかくするが、「へげのけぶり」以下の解釈は誤りとしか思われない。すでに述べたとおり、煙が空に消えることは当然なのだから「こもりようもない」などというのは放言も甚だしい。

『完訳 日本の古典』の『蕪村集・一茶集』における栗山理一の解釈を読むと次のとおりである。

「雉がいるとみえて、友を求めてひた鳴きに鳴くその哀切の声を聞くにつけても、あなたという老友があって、その川向こうに住んでおられたことを、今さらのように思い出すのでした。

追慕の情に耐えがたくなって丘を下り、いつしかあなたの家のほとりまで来ると、竈にたく木端の煙がぱっと散るのが目にとまりました。折からの西風があまり激しいため、その煙はあたりの笹原や菅の原のどこにも籠りようがなく、はかなく夕空へ消えてゆくのでした。」

清水孝之にしても、栗山理一にしても、どうして丘を下りるという虚構をここで設定するのであろうか。何故、空に消えるのが当たり前の煙にこもることができないなどという理不尽な解釈を採用するのであろうか。「へげのけぶり」以下三行の解釈について、私の解釈と同じ解釈は見当たらない。この難解な詩句の解釈について、私としては私の解釈だけが正しいとは考えていないが、私の解釈以上に正しいと思われる解釈は見当たらないのである。

この箇所の解釈が難しいことは私自身が充分承知している。これらの多くの学者、研究者の注釈や翻訳に私なりに眼を通して納得できるものが見当たらないので、あえて私見を記してみたのである。

*

こうして、この作品は結びに入り、「君・あしたに去ぬ・ゆふべのこゝろ・千々に」「何ぞ・はるかなる」という冒頭の二行のリフレーンとなる。心憎いばかりの措辞の巧みさである。

そこで、最終の三行に入る。「我庵の・あみだ仏・ともし火も・ものせず」「花も・まいらせず・すご〳〵と・イめる・今宵は」「ことにたうとき」となってこの詩は終わる。作者は、灯明もあげず、花も供えない、ただ阿弥陀仏を信じる、今宵が尊い、と言う。尊い、とはかけがえのない貴重な夜なのだ、といった趣旨であろうか。灯明もあげず、花も供えず、ただ阿弥陀仏を信じるばかり、という心ばえが、この詩の結びになる。ここでも灯明をあげたり、花を供えたりすることが個人の冥福を祈る手立てではない、という阿弥陀仏へのひたすらな信仰が語られて結ばれることに、作者の信心を察することができる。ただし、明治期以降の近代詩においてはこのような仏教的情操が好まれないことは言うまでもない。しかし、仏教的な表現に私たちがなじめないにしても、この末尾には孤独に故人を偲ぶ痛切な情景が語られていることは間違いない。

それにしても、この作品における表現の卓抜さは、見事という外ない。

*

そこで尾形仂の『蕪村の世界』における「北寿老仙をいたむ」の評釈に戻ると、「韻律・形式・構成」の項の冒頭に「一読してまず驚かされるのは、そのリズムと詩形式の斬新さであろう」と記していることには、同感だが、続いて「七音・五音を基調としながらも、その間に二音・三音・四音などを錯雑させた、音律の変化の自在さ」と記していることに、尾形仂が、この作品の音数律の新鮮さの所在をまったく取り違えていることを指摘しなければならない。この作品は、すでに検討してきたとおり、七音、五音を基調にしている作品ではない。七五調、五七調から自由に解き放たれていることにこそ、この詩の画期的、驚異的な、新しさがある。尾形仂の誤解は、おそらく明治・大正期のわが国近代文語詩の展開の知識に乏しく、萩原朔太郎の論旨を読み違えていることによるものであろう。

次いで、尾形仂は、「君」「雉子」などk音の頭韻をかさね、「はるかなる」「行きつ遊ぶ」「咲たる」などのu音や「かなしき」「見る人ぞなき」「住にき」などのi音の脚韻を入り交えた声調の抑揚の利いた流麗さ。いずれも表現内容と緊密に即応しつつ、みずみずしい抒情性を醸し出している」と記している。この押韻の効果は尾形仂の言うとおりだが、これが「流麗」というのはどうか。沈静、痛切の響き、とでも言うべきではないか、と思われるが、ことさらに異を唱えるべきほどのことではない。次の一節こそ注目すべき記述である。こう尾形仂は書いている。

「そうした音律・音韻によって織り成された自由な詩形式もまた、先行の日本の長歌（当時いうところの短歌）や歌謡、あるいは支考に始まる仮名詩などの、いずれにも似ない。蕪村のこの自由な詩形式を生み出した土壌としては、従来、蕉門素堂の「蓑虫説」や嵐雪の「黒茶碗銘」などの散文詩の流れを受け享保・元文のころから江戸俳人の間に行われた、小唄調の韻文の存在が挙げられてきた（潁原退蔵博士「春風馬堤曲の源流」〈『蕪村』〉）。

だが、それら小唄調の韻文の例として挙げられる楼川の「立君の詞」、尾谷の「胡蝶歌」などと、蕪村の「北寿老仙をいたむ」とを比べてみるとき、同じく自由詩とはいっても、両者の間にはかなり異質なものがあるのを否定できない。前者の軽妙洒脱な和文調に対して、蕪村の作には、「あした」↕「ゆふべ」、「黄」↕「しろ」、「ともし火」↕「花」といった対偶表現、「何ぞはるかなる」「何ぞかくかなしき」といった措辞など、一脈端麗な漢詩訓読調に通うところがある。」

はじめに尾形仂の上記の解説について「あした」と「ゆふべ」の対偶表現は一応は問題ないとし

ても、「黄」と「しろ」、「ともし火」と「花」が対偶表現というのは無理があるし、「何ぞはるかなる」「何ぞかくかなしき」が漢文訓読調であるというのも、この俳体詩の新鮮さの理由ではない。

次いで尾形仂は漢詩訓読調と相俟って「楽府体」の特色を指摘している。次の記載がある。

「実は、前記頴原退蔵博士の挙げる江戸俳人の韻文の中にも、楽府を意識して詠まれたものがなかったわけではない。それは四時観系の俳書『雛之章』（延享二）に収める「袖浦の歌　依長干行韻（長干行ノ韻ニ依ル）」と題する文喬の次のような作である。

けふばかり汐干に見へて
袖の浦わのうらみ忘れめ
霞をくゞる山の手の駕籠
淡かとまよふ海ごしの安房
煙管くはへて磯より招き
扇子かざして沖より望む
君家住何処
妾住在横塘

だがそれは、見るとおり、楽府題（長干行）による崔顥の五言絶句（『唐詩選』巻六）の起・承句をそのまま裁ち入れ、忘・房・望・塘と押韻した知的遊戯の域を出るものではなかった。そうした域をはるかに超脱し、楽府詩（それも一人称視点を多く取り入れた唐代以降の新楽府）の形式を消化吸収して、自己の抒情の自由な展開の武器として活用したところに、「北寿老仙をいたむ」の卓抜した創造性があったといえる。」

「北寿老仙をいたむ」が「楽府詩」ことにその一人称視点を多く取り入れた唐代以降の新楽府にどれだけ影響されたかは別にして、ここに引用された作品は、

けふばかり（五）汐干に見へて（七）
袖の浦わの（七）うらみ忘れめ（七）
霞をくゞる（七）山の手の駕籠（七）
淡かとまよふ（七）海ごしの安房（七）
煙管くはへて（七）磯より招き（七）
扇子かざして（七）沖より望む（七）

という音数律による作であり、「北寿老仙をいたむ」の七五調、五七調といった五音、七音の音数律から自由な作とは似ても似つかぬものである。

そこで穎原退蔵『蕪村』（創元選書）所収「春風馬堤曲の源流」において著者の言うところを聞か

なければならない。この著書からは教えられることが多いが、中でも、江戸期に新体詩に近い「詩」が存在したという指摘は、私にはこの論考に接するまで知らなかった事実であった。頴原退蔵はこの論考の中で次のように書いている。

「かの自由な詩の一格は、必ずしも彼の創案になるものではない。実は夙く享保・元文の交から、江戸俳人の間に仮名詩とは全く別趣な一種の韻文が行はれて居たのである。それらの作品の中で、管見に入つた最も古いものは、享保二十一年三月刊行の『茶話稿』（紫華坊竹郎撰）に載する左の一篇である。

立君の詞　　楼川

よるはありたや　雨夜はいやよ
ふれはふらるゝ　此ふり袖も
草の野上の　野の花すゝき
まねきよせたら　まくらにかそよ
かさにかくれて　ふたりて寝よふ
こされこされよ　月の出ぬまに」

この楼川の「立君の詞」が厳密に七七調に拠っていることは明らかであり、これを「北寿老仙をいたむ」の源流の一と見るためには、「源流」という言葉をずいぶん広く解さなければなるまい。

そこで、尾谷の「胡蝶歌」を詠むことになるが、この作品に先立って、潁原退蔵は次のとおり記している。

「江戸の俳人が一般に複雑な人事趣味を喜んだのも、蕉風以来の単調を破るべき反動である。だがその人事趣味は叙事的であるよりも常に抒情的であつた。新しい俳文の一体として抒情詩の発想を得る事は、彼等の望むところであつたらう。夙く元禄・宝永の頃に遡つて、素堂の「蓑虫説」や嵐雪の「黒茶碗銘」の如きには、すでに一種の自由な散文詩とも見るべき形式を具へて居た。支考の仮名詩がむしろ理論的に案出されたのに比して、素堂や嵐雪の散文詩は抒情のおのづからなる発露であつた。だから享保期に於ける江戸俳人の新しい詩の発想形式は、こゝにその源流を求めてもよかつたのである。今率直な立言を試みるならば、楼川の「立君の詞」は即ち素堂・嵐雪の散文詩に発するもので、蕪村の「春風馬堤曲」はまた楼川の詩心を承けるものだと言へないであらうか。少くともある文藝精神の継承展開としてそれは肯定されるであらう。それにしても楼川と蕪村との作の間に、直接的な交渉を認める為には、今少し明確な論拠を与へねばならない。それには年代の近接と格調の相似とで、両者を必然に繋ぐべきなほ幾つかの作品の存在を知ることが必要である。しかし今はまだそこに十分の資料を提供することが出来ない。これまでに知り得たのは、わづかに次の二つの作にすぎない。その一は寛保元年十二月刊行の『園圃録』（雪香斎尾谷撰）に載するものである。その書は当時の江戸俳人の発句・連句を集録した乾坤二冊、紙数百余丁の大冊であるが、この中に若干の文章をも収めてある。それらの俳文に伍して、次の如き一篇の韻文を見るのである。

胡蝶歌　　尾谷

賤が小庭の菜種の花は
　　乳房とぞ思ふ
梅の薫りを　　紅梅はおぼへたるべし
風のさそひて散行花を
追ふて行身も共に花なるや
　　羽もかろげなり
江南の橘の虫の化すとも伝へし
本朝にては何か化すらん
　　妓女が夏衣も涼しげなれば
夢の周たる歟
桔梗朝顔の花にたはれて
　　老やわすれぬ
尾花小萩の花にあそびて
　　秋もおぼへぬ

うとく見るらん　　　　松虫は鳴に
　うらぶれてなけ　　　　蝶よ胡蝶よ

その格調の軽妙自由なのは、楼川の「立君の詞」に比して更に目を刮せしめるものがあり、詞章の優雅高逸なのに至つてはもとより遥かに挺んでて居る。今様にあらず、仮名詩にあらず、河東の曲にあらず、別に一体を出して朗々誦するに足るのである。」

ここで潁原退蔵が「胡蝶歌」を「詞章の優雅高逸」と言い、「朗々誦するに足る」と言っているのは過褒と言うべきである。しかし、この「胡蝶歌」は七音、五音の音数律を離れている箇所がある。冒頭の音数を示せば、次のとおりである。

賤が小家の（七）菜種の花は（七）
乳房とぞ（五）思ふ（三）
梅の薫りを（七）紅梅は（五）おぼへたるべし（七）
風のさそひて（七）散行花を（七）
追ふて行身も（七）共に（三）花なるや（五）

このように五音、七音、七五調、五七調から離れた箇所が随所に認められる。あるいは、蕪村をしてこの「胡蝶歌」は隔靴掻痒の感を覚えさせたかもしれない。必ずしも、七音、五音の七五調、五七調によらずとも、詩情を述べることができることを暗示したかもしれない。そういう意味で「胡蝶歌」は「北寿老仙をいたむ」の源流をなす作と見てもよいように思われる。ただし、詩情のふかさ、格調の高さなど、比較すべくもないことは言うまでもない。

なお「胡蝶歌」が収められた『園圃録』が刊行された寛保元年は一七四一年である。一方、「北寿老仙をいたむ」は「晋我の亡くなった夕べの思いをイメージも鮮やかに切々とつづり、かつ「釈蕪村百拝書」と署名するところから、従来多く、無条件に延享二年、蕪村三十歳当時の作とされてきた」と、尾形仂は『蕪村の世界』の「北寿老仙をいたむ」の「成立年次」について書いている。延享二年は一七四五年であるから、蕪村が『園圃録』を読んでいたとしてもふしぎはない。尾形仂は、じつはこの作の制作年次ははるか後年ではないか、と記しているが、そうとしても、蕪村が「胡蝶歌」を読んでいた可能性を否定できない。

しかし、「胡蝶歌」から「北寿老仙をいたむ」との間には、じつに顕著な飛躍がある。この飛躍を成し遂げたのは蕪村の天才としか言いようがないが、それにしても奇蹟ともいうべき成果であった。

頴原退蔵は「胡蝶歌」に続いて、「今一つは延享二年三月、江戸の麦筵谷茂陵の撰んだ『雛之章』に載せられてある。この書は諸家の雛の句を集めて、終に撰者の独吟歌仙等を添へた小冊子であるが、その中に次の一作が見える」として「袖浦の歌」を紹介しているが、本項においてすでに検討したので、くりかえさない。

＊

ここまで読んできたとおり、「北寿老仙をいたむ」は奇蹟によって制作されたかのような作品である。その声調の抜群の新鮮さ、この声調にふさわしい透徹した、しみじみとした詩情。これほどの作品が遺されたことは私たちには謎という外ない。

「春風馬堤曲」について

尾形仂はその著書『蕪村の世界』の冒頭に「春風馬堤曲」を採り上げ、「豊麗多彩な蕪村の諸作の中でも、画・俳を通じ、最も魅力的で、かつ異色に富んだ作品は、「春風馬堤曲」だといえるだろう」と書き起こしている。この作品が蕪村の著作の中でも「異色に富んだ作品」であることについては私も異議はない。問題は「春風馬堤曲」が蕪村の全著作中、「最も魅力的」な作品であるか、どうかにある。しかし、尾形仂が記したような「春風馬堤曲」の評価がほとんど通説といってよいことも私は承知している。たとえば藤田真一はその著書『蕪村』（岩波新書）において、安永六（一七七七）年二月中旬に刊行された『夜半楽』について、「集中の白眉というべきは、「春風馬堤曲」である。この作品は、『夜半楽』中の名品というだけでなく、蕪村畢生の作とさえいってよいとおもう」と書いている。その他にも「春風馬堤曲」を蕪村の代表作と評価することは通常であって、このような評価に疑問を呈した者は、私の知るかぎり、お一人もいるかどうかという状態である。このような通説にあえて疑問をさしはさむのは私が発句ないし俳諧を解しないためであるという誹りを受けることを承知の上で、私はこのような評価に対する疑問を提示したい。

＊

知られるとおり、この作品には制作の動機を記した序文がある。尾形仂の著書にはこの序文が「句読点等を補い、書き下し文の形で掲げ」られているので、読みやすさを考慮して、これを以下に示すことにする。

「余、一日、耆老ヲ故園ニ問フ。澱水ヲ渡リ馬堤ヲ過グ。偶女ノ郷ニ帰省スル者ニ逢フ。先後シテ行クコト数里、相顧ミテ語ル。容姿嬋娟トシテ癡情憐ムベシ。因リテ歌曲十八首ヲ製シ、女ニ代ハリテ意ヲ述ブ。題シテ春風馬堤曲ト曰フ。」

蕪村が故郷を訪れていないこと、したがって、この序文にいうように、たまたま、帰省する女性に出会ったということもありえないことは先学がすでに明らかにしているので、くりかえさない。ただ、この女性を「容姿嬋娟トシテ癡情憐ムベシ」と描いていることは意に留めておきたい。「容姿嬋娟」の「嬋娟」について、尾形仂は、節用集類に「タヲヤカ」の訓を宛てる、と記し、「癡情」は、諸注「色っぽい」と訳しているが、「色気づく」と取るほうがふさわしい、と書いている。私には「色っぽい」も「色気づく」もあまり違いはないように思われる。むしろ尾形仂が「憐ムベシ」について解釈を示していないことが問題ではないかと考える。この言葉を私は「いじらしい」

といった意味に解する。いわば年齢不相応に色っぽい早熟な少女をいじらしい、と蕪村は表現したのではないか。

*

「春風馬堤曲」の制作の動機について看過できない重要な史料として、安永六（一七七七）年二月二十三日付柳女・賀瑞宛書簡があることが知られている。以下に引用する。

「さてもさむき春ニて御座候。いかゞ御暮被成候や、御ゆかしく奉存候。しかれば春興小曲漸出版ニ付、早速御めニかけ申候。外へも乍御面倒早々御達被下度候。延引ニ及候故、片時はやく御届可被下候。

一、春風馬堤曲　馬堤は毛馬堤也。則、余が故園也。

余幼童之時、春色清和の日ニは、必友どちと此堤上ニのぼりて遊び候。水ニハ上下ノ船アリ、堤ニハ往来ノ客アリ。其中ニは、田舎娘の浪花ニ奉公して、かしこく浪花の時勢粧に倣ひ、髪かたちも妓家の風情をまなび、□伝・しげ太夫の心中のうき名をうらやみ、故郷の兄弟を恥いやしむもの有。されども、流石故園ノ情ニ不堪、偶親里に帰省するあだ者成べし。浪花を出てより親里の道行にて、引道具ノ狂言、座元夜半亭と御笑ひ可被下候。実は愚老懐旧のやるかたなきよりうめき出たる実情ニて候。

当春帳は同盟の社中計にて、他家を交ず候。それ故伏水の諸家をもらし申候。御出会之節、其御噂被成、諸子腹立なき様ニ被仰訳可被下候。桃ニは下り候て寛々御物がたり可仕候。数状した、め老眼つかれ、艸々。かしく

二月廿三日　　　　夜半

柳女様

賀瑞様」

全集の頭注には、柳女、賀瑞は「伏見の俳人で母とその子息、笹部氏」とある。文中の伏水は伏見、桃は伏見が桃の名所であったので、伏見に下る、を、桃に下る、と言ったもの、という。言うまでもなく、引用の目的は、「春風馬堤曲」制作の動機、内幕の記述にある。この作品の道行がまったく虚構であることは、蕪村が序文に記されたような毛馬に赴いた事実がないことからはっきりしているが、「郷ニ帰省スル」女は、「蕪村が幼時友どちと毛馬の堤上で嬉戯した折に目にした、浪花から郷里に帰省する藪入りの田舎娘の姿がその原像だった」と尾形仂は『蕪村の世界』で書き、次のとおり続けている。

「その、幼童の日におそらくは好奇と憧憬のまなざしでながめ、深く心に焼きつけられた少女のおもかげを、六十二歳の老境の目からとらえ返してヒロインに仕立てあげ、引道具（回わり舞台の許されぬ小芝居で、背景や大道具を綱を引いて動かし、舞台を転換する方法）の狂言の道行に脚色して、

懐旧のやるかたなき実情を託したのがこの作だという楽屋話を、書簡はさらけ出してみせている。」

　尾形仂の記述の続きを読んでおきたい。

「当時蕪村は、前年の暮に最愛の一人娘くのを縁づけて、大きな安堵感と空虚感の中に身を置いていた。一月晦日付霞夫宛書簡に「愚老事も、余寒に中り候て、正月中旬より以之外所労、漸此一両日複常いたし候」と見えるのも、一つにはそうした安堵感と空虚感とによるものだったろう。

　そのような状況の中で、夜半ひそかに、幼年時代、なつかしい故園の堤上で、人生に何のわずらいもなく友どちと思うさま嬉戯した思い出に耽りながら、その折、憧憬の思いとともに深く心に焼きつけられた少女のおもかげに、年来老心の慰藉の対象であったくのの思い出を重ねて、若い娘の姿を詩の中に造型し、隔てられた故郷へのやるかたない懐旧の情を遣ることは、老詩人にとって何よりの楽しみであったにちがいない。「うめき出たる」ということばが、そうした蕪村の無量の思いを物語っている。」

　このような尾形仂の解釈に私は釈然としないものを感じる。その第一は、蕪村が幼少のころ毛馬堤上で目にした浪花から郷里に帰省する藪入りの田舎娘を「好奇と憧憬のまなざし」で眺めたであろうという見解、すなわち、この田舎娘を憧憬のまなざしで眺めたであろうという見解に対する疑問であり、第二は「憧憬の思いとともに深く心に焼きつけられた少女のおもかげに、年来老心の慰藉の対象であったくのの思い出を重ねて、若い娘の姿を詩の中に造型し」たという見解、すなわち、上記した「憧憬のまなざし」で眺めた帰省する少女の姿に、娘、くのの思い出を重ね合わせて、詩の中の若い娘を造型したという見解に対する疑問である。第三は、「隔てられた故郷へのやるかたない懐旧の情を遣る」ことがこの作品の動機であったという見解、すなわち、故郷と隔てられていたという見解に対する疑問であり、第四は、「うめき出たる」という言葉に「蕪村の無量の思い」がこめられているとする見解に対する疑問である。

＊

これらの疑問に関する私の考えは「春風馬堤曲」を読み終えて後にはじめて明らかになるべき事柄かもしれないが、この作品の検討に先立って、一応の見解を記しておきたい。

第一に、幼少の蕪村が浪花から帰省する少女を「好奇心」をもって目にしたことは間違いないと思われるが、好奇心をもつことと「憧憬」の情を抱くことは同じではない。幼童、五、六歳の少年がイナセなお兄さんを見て憧憬の情を抱くことはありえるかもしれないが、この少女に憧れのお姉さんといった気持ちを抱くことは通常はありえないのではないか。ここでこの「少女」の年齢を考えてみると、この作品の末尾に近く「卿を辞し弟に背く身三春」とあるので、奉公に出たのが三年前であるから、十四で奉公に出たとすれば十七、十五で奉公に出たとすれば十八、つまり、十七、八歳の少女といってもよい、小娘ということになる。そこで、もちろん晴着を身に着けた、容貌の綺麗な十七、八の堅気の娘に幼い少年が憧れることがないとはいえないが、通常では想像しにくい。まして、彼女たちは、「浪花ニ奉公して、かしこく浪花の時勢粧に倣ひ、髪かたちも妓家の風情をまな」んだ者たちであった。「時勢粧」とは尾形仂の著書によれば、ハヤリスガタと訓ずる向きが多いが、ジセイサウと音読するか、あるいは和刻本『白氏長慶集』の訓に従ってイマヤウスガタと読むべきだろう、という。それ故、当時、流行の姿に倣っていたものと解される。次に、妓女は遊女であり、妓家は娼家である。このような堅気でない、髪かたちも娼妓の風情に倣い、時代の流行にかぶれた軽薄な娘に、幼い蕪村が好奇心あふれる眼差しを注いだことは充分に想像できるが、憧れるとは信じがたい。

次に、この作品の制作時期、蕪村がくのを嫁がせた安堵感と空虚感を抱いていたことは間違いないであろうが、この作品のヒロインの造型にさいして、くのの思い出を重ね合わせたとも信じられない。それは、このヒロインの遊女ぶりとくのとは似ても似つかないからである。くのが琴の稽古にうちこんでいたことは蕪村の多くの書簡から窺うことができる。たとえば、安永四（一七七五）年十二月十一日付の霞夫・乙総宛書簡に「娘も琴組入(くみいり)いたし候て、余ほど上達いたし候」とあり、「組入」は「組歌の段階に入ること」で「組歌は秘伝や許し物になっていた」と全集の頭注にある。このように、くのは教養人の息女にふさわしい素養を身に付けるように躾けられていたのであって、この作品のヒロインのような軽薄な娘とはまるで違う。私は、尾形仂はこのヒロインの性格を読み違えているのではないか、という感をふかくする。畏友安東次男も尾形仂と同じく、くののおもかげを重ね合わせたという説を採っているが、くののおもかげを幼少時に蕪村が見かけた郷里に帰省する田舎娘に重ねることには無理があり、重ね合わせてこの作品のヒロインを造型することはできない。

また、尾形仂は「隔てられた故郷へのやるかたない懐旧の情を遣る」というが、毛馬が蕪村の故郷であるとは、前述の柳女・賀瑞宛書簡で生涯にただ一度だけ蕪村が漏らした事実であり、残されている史料に見るかぎり、蕪村は多年故郷を訪ねていないが、何故蕪村が故郷を訪ねなかったのか、事情はまったく分からない。蕪村と故郷である毛馬村を隔てる事情があったのかもしれないし、たんに蕪村の気が進まなかっただけのことかもしれない。「隔てられた」というのは、根拠のない想像にすぎないのではないか。

さらに、尾形仂は「うめき出たる」という言葉に「蕪村の無量の思い」がこめられているとする見解を述べているが、「うめき出たる」は、ひねりだした、といったほどの苦心を表現したもので、大袈裟に受けとるべき表現ではないのではないか。全集校注者である尾形仂が承知しているとおり、安永三（一七七四）年九月の無宛名の書簡に、蕪村は、

性（姓）名は何

子が号は
案山子かな

を記した後に「右の句、只今うめき出候故書付候」と書いている。これを見ても、蕪村は「うめき出す」という言葉をかなり気軽く用いているのであって、この言葉を重視してはなるまい。（ただし、この書簡にみられる案山子に対する蕪村の思いはきわめて切実であったが、「うめき出す」という表現とは関係ない。）

*

そこで「春風馬堤曲」の本文の検討に入ることにする。全文十八首は次のとおりである。

○やぶ入りや浪花を出て長柄川
○春風や堤長うして家遠し
○堤下摘芳草　荊与蕀塞路
　荊蕀何妬㊀情　裂裙且傷股
○渓流石点々　踏石撮香芹

多謝水上石　教儂不沾裙

○一軒の茶見世の柳老(おい)にけり

○茶店の老婆(らうば)子(す)儂(ワレ)を見て慇懃(いんぎん)に
無恙(ぶやう)を賀し且(かつ)儂(わ)が春衣を美(ほ)ム

○店中有二客　能解江南語
酒銭擲三緡(びん)　迎我譲榻(たふ)去

○古駅三両家猫児(べうじ)妻を呼(よぶ)妻来(きた)らず

○呼雛籬(り)外(ぐわい)鶏　籬外草満地
雛飛欲越籬　籬高堕三四

○春艸(しゆんさう)路(みち)三叉(さんさ)中に捷径(せふけい)あり我を迎ふ

○たんぽゝ花咲(さけ)り三々五々五々は黄に
三々は白し記(き)得(とく)す去年此(この)路(みち)よりす

○憐(あわれ)みとる蒲公(たんぽぽ)茎短(みじかう)して乳を涓(アマセリ)

○むかし〳〵しきりにおもふ慈母の恩
慈母の懐袍(くわいはう)別に春あり

○春あり成長して浪花(なには)にあり

梅は白し浪花橋辺財主の家
春情まなび得たり浪花風流
○郷を辞し弟に負く身三春
本をわすれ末を取接木の梅
○故郷春深し行々て又行々
○楊柳長堤道漸くくだれり
○矯首はじめて見る故園の家黄昏
戸に倚る白髪の人弟を抱き我を
待春又春
○君不見古人太祇が句
藪入の寝るやひとりの親の側

＊

尾形仂はその著書に「春風馬堤曲」の構成を次のとおり区分している。「発句から四首目の「渓流石点々」で始まる漢詩句までを第一章、「一軒の茶見世の柳老いにけり」の発句体から七首目の「店中有二客」で始まる漢詩句までを第二章、「古駅三両家猫児妻を呼妻来らず」の漢詩文調の発句体と次の九首目の「呼雛籬外鶏」に始まる漢詩句を第三章、「春艸路三叉中に捷径あり我を迎ふ」の漢詩文調の発句体と次の十一番目の漢文訓読体を第四章、「憐みとる蒲公茎短して乳を浥」の漢詩文調の発句体から十五首目の漢文訓読体までを第五章、以下十六首目から十八首目までを第六章に区分することができるだろう。」

この区分は妥当と思われるので、この区分にしたがい、以下この作品を検討したい。

*

まず、第一章から検討する。その第一首は、

○やぶ入りや浪花(なには)を出て長柄川(ながらがは)

尾形仂は「藪入り」の説明をした上で、この季語が「主人公のいじらしい境遇や解放感までも暗示する効果を伴っている」と言い、長柄川が淀川の支流である中津川のことであると説明し、さらに、この句、ヤブイリヤナニワヲイデテナガラガワ、における「a音の配置が、明るい解放感をかき立てる音楽的効果を収めている」と指摘している。

私は、この句は句自体としては凡庸だが、尾形仂の指摘しているとおり、音韻効果により弾むよ

うな気分に読者を誘うように感じる。そういう意味で十八首から成る長篇への序曲にふさわしい作であると考える。

問題は次の句である。

○春風(はるかぜ)や堤長うして家遠し

尾形仂はこう書いている。

「毛馬の渡舟場で舟を上がって堤上に出れば、蕪村の「故園」の毛馬の村落はもう目と鼻の先で、序中の「数里」が蕪村幼時の回想の中で心理的に引き延ばされた道のりであったことについては、すでに注した。この句における「堤長うして家遠し」も、また然り。」

尾形仂は「春風馬堤曲」の道行がまったくの虚構であることを忘れている。道行が成り立つには目と鼻の距離では足りない。相当の距離が必要である。それにヒロインの小娘の故郷の生家もそう近くては話にならない。「家遠し」はフィクションとして当然の設定なのではないか。

さらに、尾形仂は、

待人(まちびと)の足音遠き落葉かな

行舟（ゆく）や秋の灯（ひ）遠くなり増（まさ）る
更衣（ころもがへ）むかしに遠き病上（やみあが）り
遅き日のつもりて遠きむかし哉

の四句を引用し、これらの「句からも知られるように、「遠し」とは、時・空のかなたに憧憬の対象をまさぐって蕪村の頻用する語彙だった。ここでも「家遠し」の措辞は、舞台面の客体的説明や遠望する少女の視界を超えて、時間を遡り、失われた家郷における幼童の日の遠い思い出を追う蕪村の思い入れに充（み）たされているのを見落とすわけにはゆかぬだろう」と書いている。

特定の一句の中の言葉を解釈するのに他の句の中の同じ言葉の意味を参照することが許されるか。もし、そうとすれば、かえって意味の取り違えを生じるのではないか。「遠し」という言葉の解釈にさいして、尾形仂が挙げた四句における用例は参考にならないし、参考にすべきでない。四句中、「遅き日のつもりて」の句は蕪村の代表作の一だが、ここでは、失われて、とりもどすことのできない、そういう意味で、遠い日々への哀惜を詠った句と私は解している。最初の「待人の足音」の句は、蕪村の名作の一に挙げるのに躊躇しない作だが、これは待ち人の足音が遠いのに焦れている気持ちを表現した作であり、「落葉」を踏むようにやわらかに足音が聞こえる、その微妙な焦慮を詠った作であり、足音はいまのところ「遠い」けれども、近づいていることは間違いない。それ故

「遅き日の」の作の「遠き」とは意味が同じではない。「行舟や」の句は次第に舟が遠ざかるから灯も遠ざかる、というだけのことであり、「更衣むかしに遠き」の句は「病上り」だから、病む前の時期が遠くなっていまでは着物が合わなくなったというだけのことで、「遠き」に深い意味があるわけではない。このように解すると、尾形仂の解釈はこじつけにすぎないことがはっきりする。そこで「春風や堤長うして家遠し」の句に戻れば、道行の舞台を設定したという外は、見どころのない、平凡な作と結論せざるを得ないこととなる。

次は、

○堤下摘芳草　荊与蕀塞路
　荊蕀何妬(無)情　裂裙且傷股

尾形仂による訓読は次のとおりである。

堤ヨリ下リテ芳草ヲ摘メバ、荊ト蕀ト路ヲ塞グ。
荊蕀何ゾ無情ナル、裙ヲ裂キ且ツ股ヲ傷ツク。

これは「漢詩体による少女のセリフ」と尾形仂は記し、

花茨故郷の路に似たるかな
路絶て香にせまり咲茨かな

の二句を挙げて「茨のイメージは蕪村の家郷の思い出と深く結びついていた」と書いている。この漢詩体の作が故郷の思い出と結びついている、ということは尾形仂の言うとおりであろう。さらに尾形仂はこの漢詩体の少女のセリフの口語訳を次のとおり示している。

「土手から下りて摘み草をしようとしたら、イバラたちが路をふさいで……。イバラたちって何て情ないんでしょ。せっかくの晴れ着の裾に、ホラ、こんなかぎ裂きをつくって、おまけに股までひっかいて。」

「娘のひとりごとはリズミカルで、まるで歌うかのようである」と尾形仂は感想をつけ加えている。リズミカルで歌うようだというのは、尾形仂の訳文であって、原作ではない。原作は漢詩体であるが、詩としては見るべき作ではない。藪入りの少女のセリフを漢詩体で記述したにすぎない。

いったい、藪入りの少女が一刻も早く生家に帰りたいと思っているはずなのに、どうしてこのように道草をくっているのかが、不可解、不自然であり、藪入りのため帰省する少女との道行の中の一エピソードとしてはふさわしくない。あるいは蕪村が幼少のころ、遊び仲間の五、六歳の女の子が芹を採ろうとして堤の下におり、藪の中の茨に着物の裾を裂き、股を傷つけたことがあったのかもしれない。そんな思い出を藪入りのため帰省する少女にあてはめたとみられるかもしれない。しかし、十七、八の娘の行為と解するかぎり、いかにも蓮っ葉で浮かれた性質のあらわれとしか思われない。この軽佻浮薄な行動はまた、蕪村の娘、くのと重ね合わせることができないことの証拠でもある。

第一章の末尾は、

○渓流石点々　踏石撮香芹(かうきん)
　多謝水上石　教儂不沾裙

尾形仂による訓読は次のとおりである。

渓流石点々、石ヲ踏ンデ香芹(かうきん)ヲ撮(と)ル。
多謝ス水上ノ石、儂(われ)ヲシテ裙(くん)ヲ沾(ぬ)ラサザラシム。

尾形仂は、「儂」は「方言による自称。解放感に浮かれて、つい田舎言葉が飛び出したのである」と言い、この作の現代語訳を次のとおり記している。

「流れに石が、ヒィ、フゥ、ミィ。ピョンピョン伝って芹を摘む。石さん、おおきに、ありがとう。おかげでウチは大事な晴れ着の裾を濡らさんとすんだワ。」

このセリフも娘の軽佻浮薄な行動にふさわしいと言えるだろう。くどいようだが、蕪村の娘、くのとは似ても似つかぬ娘である。くののおもかげを重ねてこの娘を造型したとは何としても考えられない。ただ、このような遊びを蕪村は幼少のころ、友だちとしたかもしれないし、その回想をこの娘に託して懐旧の思いを語ったのではないかとも考えられる。そうとしても、この娘の行為として語られているのでは、興趣に乏しい。また、漢詩体ではあるが、前半二行はともかく、全体としては「詩」として読むのにふさわしくない。

ここで第一章を終わり、第二章に入る。

＊

第二章は、

○一軒の茶見世の柳老(おい)にけり

の発句体の句に始まる。これもどういう情緒のない説明にすぎまい。続いて、

○茶店の老婆子儂を見て慇懃に
無恙を賀し且儂が春衣を美ム

とある。ここでも藪入りで家郷に急いで帰省する娘が何故茶店に寄り道するのか、不可解である。尾形仂は、この二行は元来「説明的な詞書として挿入されたもの」であると解説している。この部分の尾形仂の口語訳と解説は次のとおりである。

「茶店のお婆さんはウチの顔を見ると、くすぐったいくらい馬鹿丁寧に、お達者で何よりと喜んでくれ、おまけにウチの晴れ着を、まァ綺麗なべべと褒めてくれた、と娘はいささか得意顔。――以前は鼻もひっかけなかった田舎の小娘が、すっかりおとなび垢抜けして帰ってきたのに途惑いながら応待する婆さんと、その婆さんの応待にすっかり都会人的優越感を満足させられて悦に入っている娘のやりとりを、老蕪村は目を細めながら娘の声色で語っている。」

学者、研究者は、これほどに想像を逞しく、解釈するのかとひたすら驚く外ないのだが、それにしても、娘の軽佻浮薄は目に余るものがある。

この説明の後に、おそらく茶店に立ち寄った理由が語られているのではないか。

○店中有二客　能解江南語
　酒銭擲三緡(びん)　迎我譲搨(たふ)去

尾形仂による訓読は次のとおりである。

店中二客有リ。能ク解ス江南ノ語。
酒銭三緡ヲ擲(なげう)チ、我ヲ迎ヘ搨ヲ譲ツテ去ル。

尾形仂は「江南の語」を花街島の内の言葉と解しており、そのように解する研究者が多いようである。柳女・賀瑞宛書簡にあるとおり「かしこく浪花の時勢粧に倣ひ、髪かたちも妓家の風情をまな」んだ小娘には、先客の会話に出てくるのが島の内の通言と分かったことが、かなり得意で、婆さんと喋りながら、ソッとウィンクぐらいしてみせたかもしれない、と尾形仂は解説している。娘の軽佻浮薄は、読んでいても、いたいたしく感じるほどである。

尾形仂によるこの漢詩体のセリフの現代語訳と解説を次に示す。

「茶店の中には先客が二人。島の内の廓言葉なんか交えて色っぽい話を声高に喋っていたけど、気前よく酒代を三さし、ポンと投げ出して、姉さん、こっちへお掛けと、私に床几を譲って帰ってったワ。あの人たちも私のこと認めてくれたみたい。三さしは、私の手前、ちょっと無理したんじゃないかしら。――

都会の客を意識して、娘の自称も「儂」から「我」に改まった。」

この漢詩体も説明であって「詩」ではない。それはさておき、ここで、尾形仂がこれまでのこの作品の構成について論評しているので、これも読んでおきたい。

「「浪花を出て」家郷へとつづく長い堤上の道で、娘は一時童心の昔にたちかえり、無心の遊びに興じたが、「茶店の老婆子」と「店中ノ二客」の、対蹠的な二つの視線の前にさらされて、「浪花の時勢粧」を身につけた誇らかな帰省者としての意識を取り戻す。狂言作者蕪村の構成の妙を思うべきだろう。」

私には娘の軽佻浮薄な仕草の対象が変わっただけのことで、ことごとしく「構成の妙」などと称賛するほどのことではないと思われる。むしろ客が島の内の廓言葉を使っていることが分かって得意になっている娘のいじらしいほどの無邪気さが目に留まるのである。

*

第三章に入る。まず、

○古駅三両家猫児(べうじ)妻を呼(よぶ)妻来(きた)らず

と始まる。尾形仂は、「三両家」は二、三軒、七首目の「二客」「三緡」の数字を尻取り式に受けていることは、言うまでもない、と書き、「猫児」は猫の愛称、「妻を呼ぶ」、「猫児妻を呼ぶ」とは「猫の妻恋」の季語を利かせたのである、と言い、この「漢詩文調の句体」が次の九首目の擬漢詩体への移行をスムーズにしている、と記し、この現代語訳と解説を次のとおり記している。

「古い宿駅とは名ばかりで、わずかに家が二、三軒。そのさびれた風景はひとしお帰心をそそるものがある。春の昼下がり、人のけはいもなく、物陰ではさかりのついたニャンコがしきりに牝を呼んで鳴いているが、牝はいっこうに近寄って来そうにない。——

さっきまでの茶店の婆さんのくすぐったいくらいの応対や、都会の客の賑やかな話し声とはうって変わった、何というのどかにもわびしい風景であることか。太夫の語りにつれてその新しい風景の中に歩み入った娘は、そこで一つの情景に眼をとめ、思わず無邪気な声をあげる。」

堤の外は一方は荊蕀、芹などの交じる藪のある河川敷を隔てて淀川に、他方は大阪郊外ののどかにも侘しい田園地帯が続いていたので、必ずしも茶店を過ぎて初めてのどかで侘しい風景が展開したわけではあるまい。尾形仂が、娘が「思わず無邪気な声をあげ」たという新しい一つの情景とは次のとおりである。

○呼雛籬外鶏　籬外草満地
　雛飛欲越籬　籬高堕三四

この情景は尾形仂により次のとおり訓読されている。


雛ヲ呼ブ籬外ノ鶏、籬外草地ニ満ツ。

雛飛ビテ籬ヲ越エント欲ス。籬高ウシテ堕ツルコト三四。


尾形仂の解説と現代語訳を読む。

「猫の妻呼ぶ声に重なって、鶏の雛を呼ぶ声。都会の雑沓を離れて久しぶりに耳にする田園交響曲である。

――アラ、垣根の外で親鶏が雛を呼んでるワ。垣根の外の地面は春の草でいっぱい。雛たちは一所懸命垣根を飛び越えようとしているけれど、垣根が高いのでアラアラまた落ちてしまった、三度も四度も。――

例によって「三四」が、「一軒」「二客」「三縉」「三両家」の数字遊びをつづけ、「雛ヲ呼ブ」が前句「妻を呼」を尻取り式に承けている。だが、呼んでも来ない前句の牝猫とは対照的に、ここでは雛は必死になって親鶏の呼び声に追いつこうとしている。

さらに尾形仂は次のとおりその解釈を記している。

「親鶏がやさしく雛を呼ぶ声は、母親が自分をその若草の世界へ招く声と重なってくる。そして雛が三度も四度も垣根からころげ落ちながら母鶏に追いすがろうとしている姿は、娘にとっても蕪村にとっても、少なからずまぶしい光景だった。」

娘のセリフの中で四回くり返される「籬」。それは娘がさっきまで誇らかにその匂いを引きずってきた都会の世界と、母親の待つ家郷の世界との境界を象徴するものにほかならない。杉浦正一郎氏紹介の草稿断簡には、この詩句を欠いている。この第九首目が挿入されたことによって、これまで「かしこく浪花の時勢粧に倣ひ、髪かたちも妓家の風情をまな」んだ藪入り娘の無邪気な媚態に照明をあててきた道行は、「流石故園ノ情ニ」堪えぬ郷愁の道行へと転換してゆくことになる。」

私はこの尾形仂の解釈は妥当であろうと考える。しかし、尾形仂は「雛」がついに籬を越えられないことを看過している。娘の暮らしてきた「都会の世界」と「母親の待つ家郷の世界」との境界は高く厳しい。あるいは、ここには蕪村自身の体験が反映されているのかもしれない。すなわち、蕪村は望郷の思い切なものがあったが、若年にして江戸に出て以後、ついに毛馬の故郷に帰ることはなかった。関東各地などを放浪していた時期に、母親も父親も死去し、両親の臨終に立ち会うことができなかったと想像することも許されるかもしれない。そうした切実な心境がこの第九番目の「雛飛欲越籬　籬高堕三四」の句に定着したと見ることができるのではないか。親子の断絶の悲しい宿命をこの句が語っているとすれば、第八番目の「古駅三両家猫児妻を呼妻来らず」も夫婦間の断絶を語っているのであって、たんに猫の妻恋というような、ありふれた「季語を利かせた」句と解するのは、解釈が行き届かないという誹りを免れないかもしれない。もし、空想を逞しくすることを許されるなら、ここで蕪村は、娘くのの夫婦間の危機的状況を推察していたとまで言うことが許されるかもしれない。

いずれにせよ、第八番目で夫婦間の断絶を、次の第九番目で親子間の断絶を寓意した、と考えることもできそうである。

ただ、娘のセリフとして、雛が一所懸命に母鶏の許に行こうとしていて健気だとか、どうしても籬を越えられないで母鶏の許に辿りつかないのだ、といった趣旨のことが語られていないので、この寓意は尾形仂や私の想像にすぎない。この作品の解釈として、この猫の夫婦、雛と親鶏のエピソードには、のどかな農村風景が挿入されたと解せば足り、それ以上に上記した寓意をみることは許されないのではないかという疑問を私は留保したい。

*

第四章に入る。

○春艸(しゅんさう)路(みち)三(さん)叉(さ)中に捷(せふ)径(けい)あり我を迎ふ

との句で第四章は始まる。尾形仂の現代語訳を次に示す。

「一面に地を蔽った春草の中で、道は三つまたに分かれている。その中に一本の近道があり、まるで自分にここからお出でと招いているかのようだ。自分の足は吸い寄せられるように、そっちへ向かう。」

ここで尾形仂は蕪村の次の句を引用する。

我(わが)帰る路(みち)いく筋ぞ春の艸(くさ)
これきりに小道つきたり芹(せり)の中
路(みち)絶(たえ)て香(か)にせまり咲(さく)茨(いばら)かな

さみだれに見えずなりぬる径(コミチ)哉

その上で、蕪村は「自分のたどってきた道が、草に埋もれ水に隔てられて、いつも故郷の家に帰り着く望みを裏切ることを思い知らされてきた。それだけに、

古道にけふは見て置(おく)根芹哉
細道を埋みもあへず落葉哉
花茨故郷の路に似たるかな

など、蕪村の径(こみち)に寄せる思いは深い。今、蕪村は、娘に仮託した道行の中で、「捷径」が自分を迎えてくれている喜びを仮に味わってみているわけだ」と解説している。

私はこのような鑑賞の方法に賛成できない。

「春艸路三叉中に捷径あり我を迎ふ」の句はこの句だけから鑑賞すべきであり、蕪村の他の諸作から窺うことのできる情景などを考慮して味わうべきではない。たとえば、この句と「芹」とか「落葉」とか「茨」とかは関係ない。これらのイメージをこの句に重ね合わせて鑑賞することは許されない。この句自体は説明に尽き、内包するイメージはかなりに貧しい。私はいかなる感銘もこの句から受けることはできない。

そこで次の句に移る。

○たんぽゝ花咲り三々五々五々は黄に
　三々は白し記得す去年此路よりす

尾形仂の解説と現代語訳を以下に示す。

「「記得す」は、おぼえている。「去年」は先年。この詩篇の設定では、三年前。この言いまわしは、すでに先注に指摘するように、儲嗣宗「小楼」（『三体詩』一）の「記得去年春雨後」をふまえている。

――その近道にはタンポポの花が三々五々、あちこちにかたまって咲いている。五々は黄色、そして三々は白。そうだ、おぼえているワ。三年前のあの日も、タンポポがこんなふうに咲いているこの道を通って大阪へ奉公に出たんだっけ。」

私には、どうして三年前でなくてはならないのか、不可解である。「去年」とあるのだから去年と解すべきであって、三年前と解す理由はない。つまり、奉公に出て二年目の藪入りもこの道を通って実家に戻ったと解するのが、文脈としても娘の心情としても自然なのである。（奉公に出て一年目の藪入りのときにもこの道を通ったとまでは語っていない。しかし、一年目の藪入りに帰郷しないことはきわめて不自然だから、娘は藪入りの都度帰郷したものと考えるのが妥当であろう。）

＊

第五章は次の発句体の句で始まる。

○憐（あわれ）みとる蒲公（たんぽぽ）茎短（みじか）うして乳を泪（アマセリ）

尾形仂の現代語訳と解説を以下に示す。

「娘はなつかしげにソッと蒲公を折り採ると、茎は短くポキッと折れ、その折れ口からはタラタラと乳のような汁が溢れ出てきて、白くヌラヌラと濡れている。――乳のイメージから、娘の連想は当然母親の乳房への思慕へとつながってゆく。舞台は溶暗。娘の心情も蕪村の回想と一つになる。」

この尾形仂の訳文に異議はないが、解説については異議がある。タンポポの茎から流れでた乳から、母親の思慕につながる、という連想は、成人した娘の心情としては考えられない。ここでは蕪村自身の幼少期の体験を娘の心情に置きかえたのではないか。そういう意味で「娘の心情も蕪村の回想と一つになる」とした尾形仂の解説はほぼ正しいが、娘の心情を蕪村の回想に置きかえた、というべきであろう。そうしてみると、ここまですべて娘の動作、心情、見聞を語ってきたのに、ここで突如蕪村自身の回想がはさまれるのは、まことに唐突、不自然という感がつよい。

そこで、蕪村の心情告白に近い次の、

○むかし〳〵しきりにおもふ慈母の恩
　慈母の懐袍(くわいはう)別に春あり

の句が続く。尾形仂の解説を読むことにする。

「「むかし〳〵」は、「むかし」、さらに遠い「むかし」と、なつかしい思い出の数々を遡って、母親のふところに抱かれ乳房を含んだ原初的な幼時体験にまでたどりつく」

この解説には格別の異議はない。ただし、この解説に続けて尾形仂が、

遅き日のつもりて遠きむかし哉

を引用していることには同意できない。この著名な句の解釈は別として、別の作品を引き合いに出して、この作品を解釈する、という方法論において誤っていると私は考える。

尾形仂は「懐袍」「別に春あり」についても説明しているが、省いて、この箇所の現代語訳を引

用する。

「蒲公の乳から、連想は昔へ昔へと遡って、遠い昔、乳を含ませてくれたやさしい母の恩がしきりに思われてならない。あのやさしい母親の暖かいふところには、何ともいえない、特別の暖かい春があったっけ。」

情緒的だと思うが、訳文に格別の異議はない。しかし、続けて尾形仂が、「「むかし〳〵しきりにおもふ慈母の恩」という長い詩句に対して、「慈母の懐袍別に春あり」という短い詩句。そのアンバランスを補完するかのように、次の「春あり」という詩句が呼び出される。蕪村と一つに融け合っていた娘の回想は、ここでちょっと蕪村を離れて、近い過去へと戻ってくる。舞台は溶明」と解説し、次の詩句を引用しているが、この「慈母の懐袍別に春あり」までの二行は、まさに娘の心情に蕪村の回想を重ねて述べているのであり、この二行にこそ「春風馬堤曲」において蕪村が書き遺そうとした懐旧の情がこめられているわけである。しかし、この二行に娘の心情と蕪村の回想する懐旧の情とが重ね合わされ、尾形仂の言うように一つに融合している、と読むのは、無理も甚だしく、措辞不充分という感を覚える。

次行から、もっぱら娘の事柄が語られる。

○春あり成長して浪花(なには)にあり

梅は白し浪花橋辺財主の家
春情まなび得たり浪花風流

「春あり」で受けたのは、前の詩句におけるアンバランスの補完のためではない。前句が「別に春あり」と結ばれているので、この「春あり」を重ねて、調べを高揚させたにすぎない。事実、右に引用した三行は漢文訓読体であって、格調が高い。ここで蕪村が曲の格調を高揚させて、この作品のハイライトと言うべき結末に導こうとしているのである。

そこで尾形仂の現代語訳を読むことにする。

「母さんの暖かい愛情に包まれて幾春を重ね、やがて成長して今は大阪に奉公に来ている。奉公先は難波橋のたもとのお金持の家。梅はもうまっ白に咲いてるワ。私も青春。都会のニュー・ルックもすっかり身につけてしまった。」

尾形仂は「慈母の懐袍別に春あり」の「春あり」を、次の「春あり成長して浪花にあり」の「春あり」で繰り返していると解しているようにみえるが、これは別の意味である。前者は母の懐袍の春のような暖かさをいい、後者は母の許で十四、五年の春を重ねたことをいう。言うまでもなく、蕪村の技巧であって、後者をこのように解してはじめて「成長して浪花にあり」と続くことは誰の目にも直ちに分かることである。こんな自明のことがどうして尾形仂ほどの碩学に分からないのか、理解に苦しむ。また、尾形仂はこの現代語訳に先立ち「春情」は「色気の意」と記している。春情とは色気であり、色情である。この娘がこの作品の冒頭から軽佻浮薄にふるまっていた都会かぶれの色気である。右の現代語訳ではこの事実がはっきりと表現されていないようにみえる。「私も青春。都会のニュー・ルックもすっかり身につけてしまった」などと訳すのは真意を取り違えているとしか思われない。

そこで、次の詩句に進むことになる。

○郷を辞し弟に負く身三春
　本をわすれ末を取接木の梅

ここでもまず、尾形仂の現代語訳を読むことにする。

「故郷に暇を告げ弟とも別れて、三年の春を過ごしてきた自分の身。いちばん肝腎な根もとを忘れ、枝葉末節の都会のファッションを身につけることに夢中になってきたのは、接木の枝先でいい気になって咲き誇っている梅の花のようなもの。」

「枝葉末節の都会のファッションを身につけることに夢中になってきたのは、接木の枝先でいい気になって咲き誇っている梅の花のようなもの」とまで訳すのはどうか、疑問を感じるのだが、尾形仂の解説も読む必要があるだろう。

「いくらぅわべだけは浪花ぶりを身につけたつもりでいても、所詮、根っからの難波梅ではありえない。何といってても自分にとってたいせつなのは、自分をいつくしみ育ててくれた母であり、血を分けた弟である。それなのに、去年の藪入りは帰省もせず盛り場で遊び呆け、今年だってさっきまで都会帰りをひけらかして得意になっていたなんて、という反省。」

学者、研究者は作品の解釈、解説にさいしてどこまで作品から自由に離れることができるのか。私はいささか呆然とする。「何といってても自分にとってたいせつなのは、自分をいつくしみ育ててくれた母であり、血を分けた弟である。それなのに、去年の藪入りは帰省もせず盛り場で遊び呆け」ていたというのは尾形仂の空想にすぎない。

「去年の藪入りは帰省もせず」と尾形仂はいうけれども、その間違いは「記得す去年此路よりす」にふれて指摘したとおりである。

最も不可解なことは「本をわすれ末を取接木の梅」の解説を示していないことである。「本をわすれ」とは毛馬村の生まれであることを忘れ、といった意味に違いない。「末を取接木の梅」とは浪花の暮らしが「末」であることを忘れ、浪花でまなんだ風情、風俗にかぶれて、それを「花」を身に着けたように思っていた、といった趣旨に近いであろう。

この文章には「何といってても自分にとってたいせつなのは、自分をいつくしみ育ててくれた母であり、血を分けた弟である」といった意味は存在しない。

これらの詩句に娘の「反省」があることは事実だが、この反省が「本をわすれ末を取接木」であったということであれば、たんに自分が生粋の浪花っ子でなく、毛馬という農村の生まれで、その出自に浪花の風俗、習慣を身に付けたにすぎないのだ、ということだろう。「接ぎ木」は少なくとも現代では、果樹、野菜などの品種改良に普及している方法であり、つがれる根を持つ木も、つぐ木もそれなりの意義をもつのだから、生粋の浪花っ子でないことは、現在、東京人の大部分が地方の出身者であるのと同じく、何ら恥ずべきことでも、反省すべきことでもない。蕪村の時代には「接ぎ木」にはこのような意味はなかったのかもしれない。事実は娘は十四、五歳まで毛馬村で育ち、浪花に奉公して三年にすぎない。それ故、娘が身につけた浪花の風俗、習慣は付焼刃にすぎず、ごく上滑りのものであったはずである。これを蕪村は「本をわすれ末を取接木の梅」と評したのではないか。この事実を明らかにして、娘の反省をうながしたものと解される。

尾形仂は「そうした反省・悔恨は蕪村自身のものでもあったはずである」と言うけれども、蕪村にとっては毛馬村に彼のルーツを見ていた以上の反省もなければ悔恨もなかったはずである。蕪村は都会に奉公に出て三年の娘ではない。絵画、俳諧の両分野にわたってすでに確固たる地位と名声を得ていたのだから、いまさら、反省すべきことも悔恨すべきこともない。おそらく蕪村は「母恋い」の思いに駆られていたであろう。それがこの作品の制作の動機であったに違いない。しかし、この心境は「本をわすれ末を取接木の梅」の後悔とは関係がない。

＊

第六章は、また漢文訓読体である。

○故郷春深し行々て又行々
　楊柳長堤道漸くくだれり

尾形仂は「行々て又行々」について『文選』巻二十九・古詩十九首中の「行行重行行、与君生別離」以下を紹介しているが、この詩句の解釈に意味があるとは思われない。また、蕪村の、

　行々てこゝに行々夏野哉

の句を引用しているが、このような別の作品を参照して、この作品を解釈、鑑賞することに賛成できないことはこれまで述べてきたとおりである。例により尾形仂の現代語訳を示す。

「まだ正月だというのに、母のふところの暖かさを偲ばせてふるさとの春は深い。母と遠く別れ

て以来の日々の疎隔を思い返しながら、歩みに歩んできた。柳並木に囲まれた長い長い堤の上の道も、今ようやく下ろうとしている。」

相変わらず思い入れの多い訳文である。尾形仂はこう解説している。

「想念の中で引き延ばされた長い道行の果て、永い春の日も暮れそめて、舞台はいっそう暗さを増してゆく。」

しかし、この漢文訓読体の二行は、次の詩句を導きだすためのやはり説明、叙述にすぎないのではないか。

○矯(けう)首(しゅ)はじめて見る故園の家黄昏(くわうこん)
戸に倚(よ)る白(はく)髪(はつ)の人弟(おとうと)を抱き我を
待(まつ)春又春

尾形仂は「「矯首」は首をあげることで、すでに諸注に指摘するように、陶淵明の「帰去来辞」の「時矯首而游観」（時ニ首ヲ矯(あ)ゲテ遊観ス）から取ったもの。（中略）陶淵明の場合は、故郷に帰った作者が庭園を散策し憩いながら時に周囲の山や空をながめわたす場面に使われていたのを、ここではそのなつかしげなまなざしを余情に生かしながら、「道漸くくだ」りわが家を俯瞰し得る地点に立って遠望する意に用いたのである。「はじめて見る」は、長い道の果てに、やっと目にすることができるという気持ち。だが、その故園の家のたたずまいは「黄昏」の薄闇に包まれ、娘の視界の中でも、蕪村の想念の中でも、さだかではない」と書いている。

例により、尾形仂の解説は思い入れが過剰であるようにみえる。「黄昏」はようやく帰り着いたときには黄昏時になっていた、というだけで充分なのではないか。

尾形仂は「戸に倚る」が元政上人の『草山集』中の「逐月乗風出竹扉、故山有母涙沾衣、松間一路明如昼、遥識倚門望我帰」に拠るものと推定している。結句は「遥かに識る、我の帰るを門に倚って望むを」と訓むのであろう。

問題は「弟を抱き我を待」つ「白髪の人」だが、これについては、尾形仂は次のとおり解説している。

「「白髪」は、幼い弟を抱く母の姿としてはいささかそぐわないが、その苦労を思いやってのイメージか。それを「母」と呼ばず「人」と呼ぶことで、そのイメージがいっそうおぼろにかすんで、娘の母であるよりは、蕪村の母の遠い昔のおぼろげなイメージに近寄ってくる。一方、「白髪の人」と呼んだことには、後に引く「上陽白髪人」の前奏の気味もあろう。「我を／待春又春」と改行することで、待たれているのがほかならぬ自分であること、そして母の自分を待つ気持ちの切実さを、それぞれ強調する効果を収めている。「春又春」は、今年の藪入りにはきっと帰って来るだろう、この春こそは、と待ちつづけてくれたにちがいない年月を強調したもので、この春の数日をさしたものではない。」

とりわけ、「白髪の人」の解説がしどろもどろの感がつよい。この娘の年頃は十七、八であろうし、弟は抱かれているのだから、まだ襁褓か、せいぜい三、四歳であろう。そうとすれば、母親は三十代の後半と見るのが妥当であろう。母親を「白髪の人」というのはいかにも不自然である。

ここで母親は、蕪村の夢想した母親像とすり替わったとみられるのではないか。そうとすれば、創作としてかなりにお粗末である。まして、おそらく、関東に放浪していた蕪村は年老いた両親とは顔を合わせていなかったし、死に目にも会わなかったのではないか。このような負い目から母親を「白髪の人」と夢みて、ここに登場させたのではないか。蕪村の懐旧の思いがこのような無理な表現になったのではないか。それにしても「白髪の人」という表現は唐突、無理である。

尾形仂の現代語訳を読む。

「下りにかかった道のかなたを遠く眺めやれば、やっと目にすることのできるはずのふるさとの家のあたりは、たそがれの薄闇に包まれている。あのたそがれの戸口にもたれて、きっと髪もまっ白になったあの人は、弟を抱いて、この自分の帰りを、今年こそ、この春こそと、待ちつづけてくれていたにちがいない。」

この現代語訳では、去年の藪入りには帰省しなかった、という尾形仂の空想を引きずっているが、私は「我を待春又春」の解釈が間違っていると考える。尾形仂は「今年こそ、この春こそと、待ちつづけてくれていたにちがいない」と訳しているが、「我を待春又春」の「春」は、「慈母の懐袍別に春あり」の「春」であると考える。慈母の春の日差しのような暖かい懐が私を待っているのだ、という意味でないと、辻褄が合わない。

＊

そこで結末に至る。

○君不見(みずや)古人太祇(祇)が句
　藪入(やぶいり)の寝るやひとりの親の側

尾形仂は「君不見」の出典について考証し、『白氏長慶集』三・諷喩三に収める「上陽白髪人」に拠るという。楊貴妃に寵を奪われ、上陽宮に閉じ込められ、かつて十六の紅顔がむなしく六十の白髪と化した宮女を指す、という。このような典拠が「君不見」の解釈にも「白髪の人」の解釈にも必要とは思われない。尾形仂の学殖を知るだけのことである。

尾形仂はこの太祇の句に関して次のとおり説明している。

「太祇は、蕪村のかつての盟友。人事句にすぐれ、明和初年、蕪村の三菓社結成以来、深い相互影響を重ねたが、明和八年八月九日、六十三歳で病没した。「藪入の」の句は、蕪村が序文を書いた明和九年刊『太祇句選』に収められている。「ひとりの親」とは若くして寡婦となった片親という設定だろう。一語よく、子どもを奉公に出さなければならなかった家庭事情や、子どもとの間の愛情の交流の深さ、そして藪入りに帰省した子どもの、初めて手足を伸ばし心を許して眠ることのできる安堵感の大きさ、といったもののすべてを尽くしている。蕪村自身は見届けるを得なかった、蕪村の目の前から姿を消した娘の前途に待っている幸せを暗示するのに、まさにピッタリの遺句だった。」

尾形仂は「ひとりの親の側」の「ひとりの親」を夫に先立たれた寡婦である母親と解しているが、「ひとりの親」は「親のひとり」と解することもできる。これまでこの作品においては母親しか登場していないこと、かりに両親が健在であっても、藪入りで帰省し娘が安心して眠ることのできるのは母親の側に違いないことからみて、どうしてもこの作品「春風馬堤曲」の娘が眠る側にいる「ひとりの親」は、寡婦である母親と見なければならない必然性はない。両親がそろって健在であっても、毛馬村のような農村では娘が奉公に出られる年齢になれば奉公に出すことは通常だったのではないか。寡婦と解した方が母親と娘の関係が切実になるであろう。それ故に尾形仂は寡婦と解したのかもしれないが、いずれにせよ、このことはこの作品の評価とはほとんど関係がないと思われる。
さらに尾形仂は、蕪村に、

藪入の夢や小豆のにへ(え)る中

の句があることを指摘し、解説しているが、その解説は略す。

＊

尾形仂の解説は、この詩篇について、なお説明するところがあるが、この詩篇が何故、感動的な名作であるかに関して、教えられることはない。

私が見てきたところでは、大阪に三年奉公してすっかり都会かぶれした小娘が軽佻浮薄な仕草をくりかえす道行が、終末に至って母親の慈愛に目覚めて、自分が生粋の都会っ子ではなかったことを自覚し、反省して、自分を待つ母親の許に帰る、といった話が、この作品のすべてであり、末尾にいたって格調高く詠いあげられているとはいえ、俳体詩として構成が抜群に斬新であるとはいえ、蕪村がどれだけ懐旧の思いをこの作品にこめたにせよ、感動的な作品と言うのは躊躇せざるを得ない作品である。蕪村は懐旧の情を語るのに軽佻浮薄な少女に仮託して語った、その構成において誤っていたものと思われる。私には、尾形仂は、この作品に他の多くの蕪村の作品の興趣を重ね合わせ、また、解釈にさいしてその空想をほしいままにして内容を膨らませて、この作品の魅力としているのだとしか思われない。

III

牡丹の句について

私は蕪村の俳句（発句）を読むさいに、いつもこの句で作者は何を訴えようとしているのか、この句における「情」は何か、「あわれ」は何か、「詩」は何か、を求めてきた。ところが、蕪村の知られた句の中でも、かなり多くの句に私はこうした「情」「あわれ」「詩」を見出すことができない。先学の諸注を参照して、いくらかでもよりふかく蕪村の句の良さ、読みどころを学びたいと考え、そのような姿勢で蕪村の牡丹の句を読み、考えるつもりである。

*

明和六（一七六九）年、蕪村五十四歳のときの作に

牡丹（ぼたん）散（ちり）て打（うち）かさなりぬ二三片

という、「句集」に収められている、知られた句がある。私にはこの句で蕪村が何を訴えようとしているのかが分からない。知られている句である所以が理解できない。そういう意味で私は困惑している。それ故、先学の解釈に素直に耳を傾けたいと考えている。この句は二世夜半亭として活動を始めてから二年目、句作が極めて旺盛であった時期の作である。

全集の本文の注に「几董宛に上五「ぼたんちりて」と表記」とあり、頭注に「二三片」について「西風一陣来　落葉両三片」（禅林句集）と注し、「牡丹の花びらがいつの間にか散りそめたらしく、二、三枚が静かに地上に重なり合っており、樹上には移ろいかけた花が滅びの美しさを見せている」という解釈を示し、几董「牡丹の優美なるを体として、やや移ろひたる花の二ひら三ひら落散りしを〈打重りぬ〉としたが作意なり。〈二、三片〉と堅う文字を遣ふたは、題の牡丹に取り合はせし趣向なり」（付合てびき蔓）、と付記している。

几董はこの句を発句とする脇句をつけたが、これについて蕪村は安永九（一七八〇）年七月二十五日付几董宛書簡において、

「ぼたんちりてうち重り（かさな）ぬ二三片　　蕪村
　卯月廿日（はつか）の有明（ありあけ）の月　　几董

右之（の）ワキ甚（はなはだ）よろしく、第三御案可被成候（ごあんじなさるべく）。さのみ骨を折らずして、いさぎよきワキ体にいて、愚句も又「花いばら」よりはさらりとして、「ぼたん」のかた可然候（しかるべく）」と書いている。

この句の語り手は、地上に散り落ちて重なり合っている二、三片の牡丹の花びらだけを見ているわけではあるまい。咲き誇っていた牡丹が盛りを過ぎ、移ろいはじめて一片、また一片と散り落ち、地上に二、三片がつみ重なり合っているのを、かなりの時間、凝視し続けていた、そして、今後も散り続ける牡丹の明日を思い、咲き誇っている牡丹と地上に重なり合っている花びらの対照的な姿に感慨を覚えているのであろう。この句にも、蕪村の多くの句と同じく、豊かな時間が内在している。つけ加えていえば、「打かさなりぬ」の「ぬ」は、自然推移的・無作為的な意味を持つ動詞を承ける助動詞である（『岩波古語辞典』）。それ故、牡丹の花びらが一片散り落ちた、そしてそのまま地上にとどまっている。次いでまた花びらが一片、また一片散り落ち、それらが生気なく重なり合っている、今後も花びらが散り落ちる、であろう、という予感を交えた情念がこの句にはこめられているように思われる。

豪奢な牡丹と、地上に色彩、生気を失くして亡骸となってつみ重なっている二、三片の花びらとの対比に感興を覚えて、それこそ「さらり」と取り合わせた、この趣向にこの句の句意があると思われるが、牡丹の花の移ろいそのものに思いをひそめて詠われた句ではない。それ故、「樹上には移ろいかけた花が滅びの美しさを見せている」という全集の頭注の解釈には納得できない。そのような「滅びの美」を読みとることは無理なのではないか、と私には感じられる。

尾形仂はその著書『蕪村の世界』において、この句について「安永九（一七八〇）年、几董と

『もゝすもゝ』の両吟歌仙を巻いた時、その立句に据えたことからも、蕪村自身会心の作としたことがわかる」と言い、続けて「一句は、蕪村の発句の中でも最も評価が高く、先注の数も五十に上る」と書いている。作者の会心の作だからといって、客観的に秀句と評価されるとは限らない。私のこの粗稿において、この句が何故そのように評価が高いのか、を探りたい。

*

内藤鳴雪、正岡子規ら、ホトトギス同人の『蕪村句集講義』は、この句について、高浜虚子の解釈だけを載せているが、これは次のとおりである。

「牡丹が散て二ひら三ひら打重なつて居る、といふ唯これだけの意味であるが、「打重なりぬ二三片」と単純に重々しくいつた所に、牡丹の特性が躍然として現れてゐる。「打重なりぬ」といふ重々しい語のうちには花弁の重々しく静かな様がよく現はれてゐて、「二三片」と僅に二、三片を描き出した内には其大きく濃艶な様が想像される。即「打重なりぬ二三片」といふ語は他の花には用ゆべからず。唯牡丹にのみしつくりとよくはまつてゐる。」

要するに「重々しい」ないし「重々しく静か」という以上に、この句の魅力を解き明かしてはいないと思われる。

尾形仂は『蕪村の世界』において、この句を評釈して、「牡丹の花びらが、絢爛たる屍ともいうべき凄艶なエロチシズムを漂わせながらヒッソリと地上に重なり合っている光景は、妖しくも美しい」と書いているが、「絢爛たる屍」とか「凄艶なエロチシズム」「妖しくも美しい」などというのは過剰な思い入れと言うべきではあるまいか。このような解釈は到底、客観的な解釈とは言えないのではないか。この句の素顔に厚化粧を施して美人に見せかけて、秀句と評価しているのではあるまいか。

また、尾形仂はその著書において「牡丹の移ろいの姿に着目したのは、歳時記類の作例で見るかぎり、おそらく蕪村のこの句が最初ではなかろうか。物が全盛を過ぎて衰滅に向かう欠落の姿の中に内なる本質を見ようとするのが〝さび〟の美意識だとすれば、これは牡丹の〝さび〟をとらえたものということになる」と書き、「中国渡来の豪華な牡丹の花は、この一句によって、まさしく日本人の花となったといってもいいだろう」とも書いている。しかし、すでに記したとおり、この句は「牡丹の移ろいの姿」を描いたわけではないし、「物が全盛を過ぎて衰滅に向かう欠落の姿」を描いているわけではない。豪奢、艶麗な牡丹とその牡丹が移ろい、亡骸となって二、三片、地上に散り落ちて重なっている無残な姿との取り合わせの趣向を「さらり」と詠った句である。移ろいそのものに思いを潜めた沈静、痛切な感慨はまったく認められない。それ故、尾形仂の言うところが、この句を高く評価すべき理由とはならないと思われる。

中村草田男は、その著書『蕪村集』において「いささかの衰えもあらわしていなかった牡丹が、あなやと思った瞬間にはらはらと一角から散りこぼれた。こぼれた花びらは、木のすその土にすぐ落ち着いたが、その中の二、三片は自ら打ち重なってそこでそのままに生き生きと麗わしい姿を示している」という「訳」を示し、鑑賞において「「牡丹散って」と力強く一音の字余りにして、牡丹が盛りの姿のままで散ったことを表現し、次に「うちかさなりぬ」と「打」の接頭語を添えて同じく力強く、それが直下の地面に寄り合いながら落ち着いたことを示し、最後に「二三片」といかにも印象明瞭な輪郭の正しい言葉でその中の二、三片が土の黒色に際立ちながらヒッソリとおさまっている現状を描いている」と書いている。

この「訳」に、地上の「二、三片は自ら打ち重なってそこでそのままに生き生きと麗わしい姿を示している」というけれども、散り落ちてなお「生き生きと麗わしい」はずもなく、この訳は誤りとしか思われないのだが、尾形仂は、この中村草田男の鑑賞を批判し、この鑑賞は「初五を「牡丹散って」と読み、その語勢を「打」「ぬ」に及ぼしたことによるものだろう。「打」という接頭語は、この場合、虚子の言う「重々しく」、草田男の言う「力強く」ではなく、「散りて」のほそみを受けて、ハラリとかフワリとといった軽やかなニュアンスを添えるはたらきをしている。ゆるやかな完了の助動詞「ぬ」は、自然にそういう状態になって今に継続していることを表す。「打かさなりぬ」とは、牡丹の崩れる一瞬の動きを言ったものでもなければ、その地上に重なるまでの終始を見届けたものでもない。地上に舞い落ちた花弁の二三片が静かに重なっている今目の前の光景を描き出し、そのことによって気づいた牡丹が散りそめたという認識を初五に呈示したのが、この一句である」と書いている。

「ぬ」がゆるやかな完了の助動詞であり、自然とそういう状態になって今に継続しているのであれば、「打かさなりぬ」が、花びらが「地上に重なるまでの終始を見届けたもの」であるはずであり、虚子のいう「重々しい」、草田男のいう「力強く」が誤りとしても、「ハラリとかフワリといった軽やかなニュアンスを添えるはたらきをしている」というのも私には首肯できない。これは重なり合った花びらの二、三片を強調して、豪奢、艶麗な牡丹との対比をより鮮明にしているのではなかろうか。

いったい、この句は写実、写生による句であるのか。中村草田男はこの句を評した結びに「蕪村の豪奢な感覚と客観的な写生眼の冴えとが渾然一致したものとして彼の代表作の一つ」と激賞しているし、水原秋櫻子は著書『蕪村秀句』（春秋社）において「蕪村の集中第一級のものであり、しかも現代の句のように、写実の作であることに注目すべきであろう」とその鑑賞を結んでいる。しかし、この句は明和六（一七六九）年五月十日、召波亭における兼題「牡丹」による句会に出された句であるから、句会までの間に、たまたまこのような牡丹の花の散り落ちるのを蕪村が見て詠んだ句と考えるより、また、かつてこのように牡丹の花びらが散り落ちて、地上に重なり合ったのを目にして心にとどめていたので、この光景を思い出して、句にしたと考えるより、句会に先立ち蕪村が思い描いた想像の作と考えるのが妥当なのではないか。私自身は、牡丹の散るのを見たことがないので、間違っているかもしれないが、本当に、散り落ちた牡丹の花びらが重なるのか、疑っている。私が見ているウメも、シダレザクラも、ヤブツバキも、ヤシオツツジも、数十から百数十の花びらが散っても、地上で決して重なり合うことがなく、いつも整然と並ぶので、私はこのような花びらの散り落ちて重なることがない光景をふしぎに感じてきた。牡丹が散り落ちて二三片重なっている光景は、私にはきわめてふしぎに思われる。

それはともかくとしても、私は、この句に豊かな時間が凝縮されていることを考え、趣向の目新しさを考え、この句をたやすく捨て去ってよい句とは思わないが、さりとて、蕪村の代表作とか、第一級の作とか、評価することはできないと考えている。そのように評価すべき説得力のある解説も見たことがない。

後に検討する「ぼたん切て気のおとろひし」の句について、安東次男は、この句には心の修羅があるが、「牡丹散て」の句には修羅がないと評した。修羅というのが適切かどうかはともかくとして、この句から作者の心のざわめき、揺らぎを認められないことが、私にこの句を秀句と見ることを躊躇させるのだと言ってもよい。それは、この句は叙景の句という以上に、作者が訴えるもののない、いわば「情」とか「詩」がない句ではないのか、ということである。

*

この句会において、蕪村は同じく牡丹を詠じた次のとおりの句を出している。

飯椀に一盃ぎりの牡丹哉
閻王の口や牡丹を吐んとす
みじか夜の夜の間に咲るぼたん哉

全集の頭注によれば、「飯椀」の句を、「直径二五センチもある昔風の漆器の飯椀一盃分の大きさに花開いた牡丹の見事さよ。意想外な比喩による俳諧化」と解し、「閻王の口や」の句を、「閻魔大王の大きな口が真っ赤な舌を波打たせ、今にも紅蓮ならぬ真紅の牡丹を吐き出そうとしている。緋牡丹の大きな莟が、まさに花開こうとする瞬間の幻想」と解し、「みじか夜」の句を、「昨日まではまだ莟だったのに、夏の短夜のあの短時間の間に花開いて、今朝庭に美しく咲いている牡丹の変身の見事さ」と解している。

「飯椀」の句も、「閻王の口や」の句も、いずれも空想の句であり、おそらく「みじか夜」の句も空想の句である。このことは「牡丹散て」の句が、やはり空想の句であって、写実の句ではないことの裏づけとなると思われる。「飯椀」の譬喩は、たしかに意想外ではあるが、笑いを誘うほどの可笑しさはない。「閻王の口や」の句も、大袈裟だが、いかにも思いつきにすぎないという感がつよい。「みじか夜」の句がこれら三句の中では読むに耐える作と思われるが、それは、朝、起きてみたら、何と牡丹が短い夏の夜の間にもう花咲いているではないか、という、驚き、心のときめきを聞くからである。この句にもかなりの時間が凝縮されているので、ほのぼのとした感を覚えると言ってよい。だからといって、「みじか夜」もふくめ、これら三句は心に迫る作とは言えないと思われる。

＊

その後、安永三（一七七四）年、蕪村五十九歳のときに、

地車（ぢぐるま）のとゞろとひゞくぼたんかな
寂（せき）として客の絶間（たえま）のぼたん哉
燃（もゆ）るばかり垣のひまもるぼたむかな

の句がある。前二句は「自筆句帳」にも「句集」にも収められている句であり、三句いずれも季題

「牡丹」による句である。すなわち、「地車」の句について、全集の本文は、五月、題「牡丹」（『ほく帖』四）による作か、と注し、「寂として」の句について、「自筆句帳」の配列順より、「地車」の句と同題による作か、と注し、「燃るばかり」の句についても、「地車」の句と同題による作か、と注している。

「地車」の句について、『蕪村句集講義』において、虚子が「地車は大八車（だいはちぐるま）の類で、重いものを積（つん）で行く車であらう。其地車が大地をとゞろと響かせて引いて行く、其響きが牡丹に響くといふので様が現はれてゐる。（中略）大きく重々しく勢力の強い牡丹の花弁が、びり〳〵とゆれる所によく地車のとゞろと響く〳〵とゆれる趣きがいかにもよく現はれてゐる。反言（はんげん）すると、地車のとゞろと響くといふので、勢の強い牡丹の重々しくびりとひゞく」といふ中七字は殆ど此句の命である」と語っている。

多くの注釈は、この虚子の解釈を踏襲しているようにみえる。『日本古典文学大系』の『蕪村集・一茶集』における暉峻康隆の頭注は、「華麗で豪奢なくせに脆く感じやすい牡丹が、地車の響きに戦慄する美」と書き、中村草田男は、その著書『蕪村集』において「牡丹の咲いているほとりの垣むこうを、よほど重いものを積んでいるらしい地車が、すさまじい地響きをたてて傍若無人に走り過ぎた、その響きはまぬかれ難く伝わって、牡丹の花冠は小刻みに打ち震えた。その一瞬間、牡丹はいかにも生ける者のごとくに品位あって美しかった」という「訳」を示しており、全集の頭注は「地響きを立てて重い車が通る、その震動につれて庭の牡丹もかすかに揺らぐ」という解釈を示し、『新潮日本古典集成』の『與謝蕪村集』の清水孝之の頭注は「鉦と太鼓の音が遠くから聞え、やがて勇ましくも賑やかに祭礼の地車が近づいてきた。その重々しい地響きに、庭先の牡丹の花がさゆらぐ」という解釈を記し、『完訳 日本の古典』の『蕪村集・一茶集』の栗山理一の評釈も「重い荷を積んだ地車が通り過ぎてゆく。庭前の牡丹はその地響きのためにゆらゆらと大きく揺れ動き、ひとしおその豪華な花容を誇示するかのようだ、という情景である」と解説している。

この句の興趣が、地車と牡丹の取り合わせの趣向にあることは言うまでもあるまいが、地車が大地を揺るがすように「とゞろと」通り過ぎたときに、牡丹が小刻みに揺れるか、大きく揺れ動くかは別として、牡丹が揺れるとは、この句では何も語っていない。むしろ地車が通り過ぎても、牡丹が揺らぐことなく、毅然と静かに立っている、と解すると、趣向に興趣の深みを加えるかもしれない。地車が大地を揺るがすほどに地響きを立てて通り過ぎると、庭の牡丹も揺れるというのではあまりに当たり前すぎるのではあるまいか。

なお、萩原朔太郎が『郷愁の詩人 与謝蕪村』においてこの句を採り上げて次のとおりその見解を語っている。

「牡丹という花は、夏の日盛りの光の下で、壮麗な色彩を強く照りかえすので、雄大でグロテスクな幻想を呼び起(おこ)させる。蕪村の句としては

閻王の口や牡丹を吐んとす

が最も有名であるけれども、単なる比喩以上に詩としての内容がなく、前掲の句の方が遥かに幽玄でまさっている。句の表現するものは、夏の炎熱の沈黙（しじま）の中で、地球の廻転する時劫（じこう）の音を、牡丹の幻覚から聴いてるのである。」

萩原朔太郎だけしか言えないような独創的、独断的な解釈である。「地車」の響きを地球の自転する音の幻覚と解したのである。これほどの自由な独断で解されるほどに、この句は、取り合わせの趣向のある句ではあっても、それ以上に感興は淡い作であるように思われる。

次に「寂として」の句であるが、この句は私には蕪村の牡丹を詠んだ句の中でも屈指の秀句のように思われる。まず、『蕪村句集講義』における発言をみると、碧梧桐が「これは牡丹がどこか座敷の床の間にでも鉢植にして置てある場合で」と発言したところ、内藤鳴雪が反対して「これはさういふ座敷の場合ではなくて、牡丹園か何かの沢山作つてあつて、その花盛（はなざかり）は人の縦覧（じゅうらん）を許すといふやうな場合であらう」と発言、これを受けて正岡子規が「「牡丹かな」といふのは、大抵（たいてい）地に植（うわ）つて居る場合で、殊に元禄は固（もと）よりこの時代には、単に「牡丹かな」で床の間にあるとか、瓶にさしてあるとか、言ふのを現した例がない」と発言し、牡丹園のように地に牡丹が植えてある場所の牡丹を指すという見解を採る者が大勢を占めているようだが、必ずしも定説とは言えない。たとえば、全集の頭注は「豪邸の立派な座敷に次々と客が来る。その客が、ふと途絶えると、床の間に活けられた豪華な牡丹の、あたりを払わんばかりの趣が、寂然たる空間にいちだんと際立つ」という解釈を示している。ただ、じつはこれはどうでもよいことと思われる。

「客の絶間」の牡丹がどういう状態であるかが問題であって、全集の頭注のように床の間と解しても差し支えはないが、牡丹が「あたりを払わんばかりの趣」と解するのはどうか。

中村草田男の『蕪村集』は、この句について「庭一面に牡丹が咲き満ちていて、つぎつぎと見物客があってにぎわっていたのだが、ふとその客足がしばらくとだえてしまった。今こそ牡丹は己自らにかえった。風も吹かず虫も飛ばず、無数の大輪がただヒッソリと妍を競い立っているばかりである」という「訳」を示し、「王者のような牡丹には、「人間のにおい」の近づかない方がふさわしい。大勢から眼下に賞翫されるには「花の誇り」が高すぎるのである」と鑑賞に記している。

ここまで言うのは中村草田男の思い入れが過ぎると考える。『新潮日本古典集成』の『與謝蕪村集』における清水孝之の頭注は「花見客で賑わう牡丹園。束の間の客の絶え間、その一時こそ牡丹は王者のような本然（ほんねん）の美に輝く」と解釈し、「喧騒な俗臭を絶ったところに離俗の理念を見出した句」と解説している。離俗とまで言えるのか、疑問を感じる。また、『完訳 日本の古典』の『蕪村集・一茶集』の栗山理一の評釈は、「広い牡丹園には色とりどりの牡丹が今を盛りと咲き誇っている。ひっきりなしに訪れる牡丹の客足がしばし途絶えた時、ひっそりと静まった園では牡丹の花がふたたび生気をとりもどした、の意」と記している。客足が途絶えて牡丹が生気をとりもどす、と解するのであれば、見物客が訪れていたときは、牡丹が生気をなくしていたというのか。このような解釈には私は到底賛同できない。

見物客の喧噪と喧噪の間の静寂を発見したことにこの句の句意があると私は考える。「寂として」ある時間は、それと言われなければ気づかない時間である。この時間こそ、牡丹にふさわしいのだ、と蕪村は、この句で教えたのだ、と私は考える。この牡丹を王者の如き、と形容しようが、豪奢、艶麗と形容しようが、問うところではない。まして、離俗というような観念とは関係がない。この「寂」たる時間、そのあわれの発見によってこの句は秀句と見られるのだと私は考える。

「燃るばかり」の句について言えば、燃えるばかりの深紅に咲いた牡丹が垣根の隙間から漏れて見える光景を詠った句であり、牡丹を垣根の隙間から見る、という趣向に感興は覚えるが、私は趣向以上の余情を感じない。

＊

安永四（一七七五）年、蕪村六十歳のときには、牡丹の句は、

異(こと)艸(ぐさ)も刈(かり)捨(すて)ぬ家のぼたん哉

の一句があるだけだが、この句は「自筆句帳」に収められている。

他の草も生い茂るに任せて刈り捨てることもしない家の庭にも牡丹が咲き誇っている、といった情景であろう。格別に牡丹を愛玩せず、雑草も大事にしている、この家の主の心がけに感じるところがあって、詠んだ句と思われるが、あるいは、このような心がけの人もあるのではないか、と思い遣っての句かもしれない。牡丹だけを賞美、愛玩することに対する反省の気持ちから詠まれた句であろう。ただし、それだけで、牡丹の句として趣向が目新しいが、それ以上に見るべきところのある作とは思われない。

＊

安永五（一七七六）年、蕪村六十一歳のときの作に、

ちりて後おもかげにたつぼたん哉
ぼたん切て気のおとろひしゆふべ哉

の句がある。いずれも四月十日、夜半亭における句会の兼題「牡丹」による作である。いずれも「自筆句帳」、「句集」に収められている句である。

満開に咲き誇っていた牡丹が散りはじめ、ついに散り終えたが、その豪奢、艶麗に咲き誇っていた牡丹、散り始めて散り終えた牡丹、心の中にふかく刻みこまれている牡丹。この句には豊かな時間が流れ、凝縮している。「おもかげにたつ」については、永福門院に「薄緑交じるあふちの花見れば面影に立つ春の藤波」の作があることは先学の指摘しているところだが、このような用例があるからと言って、この句の評価に影響があるわけではない。表現もイメージも単純であり、趣向に工夫をこらした句ではないが、余情が胸に迫る句である。ただ、これも写生の句ではあるまい。蕪村が牡丹に寄せるふかい思いが自ずから結晶した句であろう。

さて「ぼたん切て」の句が、蕪村の牡丹の句の中でも屈指の佳作であることは疑いない。「気のおとろひし」は正しくは「気のおとろへし」であることは先学の多くが指摘しているところである。ただ、この気の衰えがどういう心情であるかは、かなりに見解が分かれているようである。『蕪村句集講義』では、碧梧桐が「牡丹が大きく美しい重々しい花であるから、之を切るに就て骨を折つたかして、大変草臥(くたび)れが出た、といふある夕の感じで、事実少しく誇張に過ぐる嫌ひはあるが、牡丹の勢の盛んなことは矢張申分(まうしぶん)なく現はれて居る」と発言したのを受けて、子規が「この句の中七字の感じを誇張であると断定するのはいかゞ。碧梧桐氏には無論こんな感じが起らぬから分らぬであらうが、自分にはかういふ感じが起りさうに思ふ。それは花に対する感情が非常に強いからである」と言い、鳴雪が「此の句の裏面には美人を手打にした後の主人の心持もある。又牡丹はよく楊貴妃に譬へるから、馬嵬披（ばくわいは）の高力士（かうりきし）の事などをも蕪村は記臆（きおく）して居て、こんな趣向が浮かんだのかも知れぬ。尤是は表面の解ではないが申添へて置く」と述べている。

全集の頭注では、「何日も親しんだ牡丹もはや散りがた。衰えの姿を樹上に残して置くのも堪えがたく、さりとて切るにも忍びず、さんざんためらった末に思い切って切った後の、ぐったりと虚脱感に包まれた、この夕べの心の寂しさよ。言い知れぬ精神の消耗」という解釈が示されている。『日本古典文学大系』の『蕪村集・一茶集』の暉峻康隆の頭注は、「丹精こめた牡丹を、よんどころない人の所望で、夕方ようやく思い切って一花切ったが、ぐったりと気抜けがして、ぼんやり花を眺めている体」という解釈を示している。『完訳 日本の古典』の『蕪村集・一茶集』の栗山理一の解釈も「知人に懇望されて、庭の牡丹を夕方になって切ったが、なんだかぐったりと気抜けしたようで、ぼんやりその花を眺めている、の意」と解している。

このように、何故牡丹を切ったか、誰かに懇望されて、というのが多いようにみえるし、その結果として「気抜け」したような心持ちになると解するのが多いようにみえる。「気抜け」状態は虚脱感と言いかえてもよいであろう。

しかし、内藤鳴雪が楊貴妃の譬喩をいうのは、心ならずも、やむを得ぬ事情で、愛人を殺したような心境、というような動機であろう。安東次男が『与謝蕪村』の中で、「表現がつつみかねる心の修羅をかぎ取らせるところがどこかあり、それは読にもひびくのである。「打かさなりぬ二三片」の方は、その修羅がない」と書いている。「読」というのは「「切て気の」と重ねる無声破裂音kのひびきを重視すれば、キッテと読みたくなる」という読みをいう。鳴雪のばあいも、おそらく、虚脱感というよりも、もっとつよい修羅を心に抱いたであろう。大事を成就したときに覚える虚脱感と、大変なことを犯してしまったときに覚える無残な悔いとは、紙一重とも思われるが、あるいは、愛玩してきた豪奢、艶麗な牡丹を切ってしまったときは、虚脱感とともに心に動揺して止まぬ修羅とが、ないまぜになって襲うのではないか。「気のおとろひし」の中七は、このような錯雑した心情と解すべきではないか、と私は考える。

*

安永六（一七七七）年、蕪村六十二歳のとき、蕪村は句文集『新花摘』を刊行した。この『新花摘』に次のとおりの牡丹の句が収められている。

日光の土にも彫（ゑ）れる牡丹（ぼたん）かな

不動（ふどう）画（ゑが）く琢摩（たくま）が庭のぼたんかな

金屏（きんびやう）のかゝやく（赫奕）として牡丹（ぼたん）哉

南蘋を牡丹の客や福西寺

ぼうたんやしろがねの猫こがねの蝶

牡丹有寺ゆき過しうらみ哉

や丶廿日月も更行ぼたむかな

山蟻のあからさま也白牡丹

方百里雨雲よせぬぼたむ哉

詠物の詩を口ずさむ牡丹哉

山蟻の覆道造る牡丹哉

蟻王宮朱門を開く牡丹哉

全集の頭注を参照しながら、これらの句の鑑賞を試みることにする。

まず、「日光の土に」の句は、日光では地上の牡丹もまるで彫刻のように見える、といった意味の句であり、私はいかなる感興も覚えない。

「不動画く」の句の琢摩は宅摩、平安〜鎌倉期の絵仏師の一派という。そこで、不動明王を描いている絵師の庭に不動明王と競い合うように牡丹が咲いている、といった意味の句であり、取るに足らない句としか思われない。

「金屏の」の句は、座敷に金屏風が赫奕とまばゆいばかり、庭には牡丹が豪奢に咲き誇っている、といった意味の句であり、趣向に興趣はあるといえば、あるけれども、私はいかなる余情も覚えない。

「南蘋を」の南蘋は沈南蘋、清朝の画家、享保十六年長崎に渡来し在住二年、写実的花鳥画で、本邦画家に大きな影響を与えた、という。福西寺（福済寺）は長崎の黄檗宗の寺、シナ寺として知られる、という。福済寺がその牡丹の客に南蘋を招いた、というだけの句であり、いかなる見どころもない。

「ぼうたんや」の句は、絢爛たる牡丹に白銀色の猫が戯れ、黄金色の蝶が舞いついている、といった意味の句と思われる。豪奢な取り合わせの趣向の作だが、いかなる余情も認められない。

「牡丹有」の句は、牡丹で知られた寺に立ち寄ることなく通り過ぎてしまった悔いを詠った句である。情は理解できるが、ごく淡いものという感がつよい。

「やゝ廿日」の句について、全集の頭注は『白氏文集』の「花開花落二十日」の句を引用して、牡丹の異名を廿日草というと解説している。廿日の月となれば、もはや欠けはじめ、牡丹も散りはじめたようだ、という、廿日にかけた取り合わせの趣向に工夫のある句であり、それなりの余情があるが、感銘は淡い。

「山蟻のあからさま也」の山蟻は山地に多い漆黒の大型の蟻、という。これも山蟻の黒と牡丹の白との取り合わせの趣向だけの句であり、感興は乏しい。

「方百里」の句は、百里四方の雨雲を寄せつけぬほどに牡丹が咲き誇ってその威容を示している、という意味であり、言いかえれば、雨雲を寄せつけぬ、というのだから、見わたすかぎり、晴天に違いない。これも牡丹の威力だ、というのであろう。「方百里」という力強い初五に魅力のある句だが、百里四方といえば途方もない広さであり、まるで白髪三千丈のような譬喩としか思われない。

この句について安東次男は次のように記している。

「蕪村は、安永四年春ごろより翌々六年の夏にかけての二、三年、とかく病気がちに打過している。一方、娘くのもまた、その間、安永五年二月に原因不明の痛みを両腕に覚え、結婚を目前にひかえて約半歳にわたる身体の不自由に悩まされている。もともと、あまり丈夫な娘ではなかったらしい。因(ちなみ)にくのは、同年十二月に京都のさる商家に嫁いだが、翌六年五月には、蕪村は先方の金もうけ主義を理由に早くも娘を取戻している。「新花摘」の夏行は、そうした事情の下においてであった。もちろん、亡母追善が主たる目的ではあったろうが、その背後にはとりも直さず、一家の無事息災を祈る彼自身の切実な気持も大きく働いていたことは、容易に推測できる。とすれば、「新花摘」の十七日間百三十五句の勤は、いわば蕪村の厄払(やくばらい)であったと見てよい。前記の四月十三日付書簡の中でも蕪村は牡丹を詠んだ六句を書き連ねて「皆々夏発句急作」としるしているが、それによっても窺われるごとく、「新花摘」の諸句はいかにも何ものかを払落すかのような詠みぶりである。当然それらの句は、完成度において未熟なものがあるにしても、ある種の昇華された簡潔さ、速度、力がそこには写されている。とりわけ、牡丹の句においてそうである。」

こう書いた後に、安東はいま読んでいる諸句を列記した上で、こう言う。

「「方百里」の句の「雨雲よせぬ」は、やはり「雨雲をよせつけない」意と介するしかあるまいが、その「ぬ」の字にこめられた蕪村のはげしい意志は、単に凛然（りんぜん）とした牡丹の姿だけからは想像できないものがあるようだ。（中略）一句の牡丹の色は、光をはじくような赤ではなく、吸いこみそしてそれを内奥から熱として発するような昏（くら）い赤であろう。空は快晴であろうが、一点の雲もないというわけにはゆくまい。四隅には、牡丹（蕪村）の力が涸（か）れたならたちどころに天を覆って拡りはじめる暗雲の気配がある。桃山障屏画（しょうへいが）のけんらんと、淡彩水墨の墨色の心意（しんい）を併せもった佳句である。」

このように蕪村の私生活の背景事実を考慮して読めば、このような解釈もあり得るのであろう。じつに興味をそそられる解釈だが、私はこの解釈に同意することは躊躇する。この解釈にはあまりに安東の思い入れが強すぎるように感じるのである。安東の存命中に討議する機会をもたなかったことが残念でならない。

「詠物の」の句の詠物の詩とは、漢詩において、草木・禽獣・虫魚・花月などの物の名を題目として詠ずる詩、という。詠物の漢詩を口ずさんで、牡丹を見やる、という意味にしか句意を汲みとれないが、そうとすれば、いかなる感興も覚えない句である。

「山蟻の覆道造る」の句の覆道は複道、秦の始皇帝が阿房宮より南山に架けた高架の廊下、をいうそうである。山蟻が牡丹の花から花へ、覆道を通るように、往来している、といった意味であろうか。このように解するのが正しいとすれば、この句にも私は感興を覚えない。

「蟻王宮」の句には「蟻垤（ぎてつ）」（蟻塚の意）という前書が付されている。蟻王宮とは、夢に槐安国という蟻の国を訪ねた淳于棼の故事から、蟻塚を蟻の王宮に見立てたものという。蟻塚の傍らに蟻王宮の朱門を開いたように牡丹が咲いている、という句意のようである。この朱門をくぐれば蟻王宮を訪ねられるのではないか、という幻想に誘う、というが、妄想ではないか、という疑問を留保せざるを得ない。

このように見てきたところ、『新花摘』所収の牡丹の句は、私が感興を覚えない句ばかりである。しかし、安東次男はこれらの句を評していずれも格調が高いと書いている。「方百里」の句について述べたとおり、蕪村の私生活の事情と『新花摘』制作の動機などを斟酌すれば、あるいは見方が違ってくるかもしれない。しかし、私はこのような事情、動機を斟酌する見方には同意できない。

*

安永八（一七七九）年、蕪村六十四歳のときの作に、

虹を吐てひらかんとする牡丹哉

の句がある。「自筆句帳」に収められている句である。出題に応じた句である旨の記述が全集に見当たらないので、蕪村の発意による句と思われる。まさに花を開かんばかりの牡丹が虹を吐くような勢いだ、といった意味であろう。譬喩に工夫がある句だが、それだけで、趣向もないし、私には余情も感じられない句であると思われる。

*

安永九（一七八〇）年、蕪村六十五歳のときに、

うつし植て牡丹は花の富春館

の句がある。全集には「移徙の賀」という前書が付されていること、「扇面に「夜半翁」と署名。箱書に「寺村八郎兵衛初代新宅、京都東京極通四条上ル大文字町ニ移転披露之時、夜半翁、祝として被贈もの」云々」という説明がある。移徙は転居の意。富春館は寺村八郎兵衛富春の意に、周茂

叔「牡丹ハ花ノ富貴ナル者也」（古文真宝後集巻2・愛蓮説）の意を重ねたもの、と全集の頭注にいうが、「富春」と「富貴」とは同じでないので、この「牡丹花富貴者也」を重ねたというのはどうだろうか。いずれにしても、転居に対する挨拶の句であって、凡庸な句としか思われない。

*

天明二（一七八二）年、蕪村六十七歳のときに、

日枝（ひえ）の日をはたち重ねてぼたん哉

の句がある。蕪村の発意による句と思われる。牡丹の異名は廿日草と言われ、牡丹の花期は二十日間と言われる。一方、富士山は比叡山を二十ばかり重ね上げたほど、という伊勢物語9段の叙述を受けた句である。趣向だけの句としか思われない。

*

全集の最後に「年次未詳」として収められている句の中に、

広庭のぼたんや天の一方に

の句がある。「句集」に収められている句である。広庭は玄関前の広場、という。また「天の一方」は蘇東坡「前赤壁賦」の「望美人兮天一方」に由来するという。美人は賢人君子を意味するが、ここでは麗人の意味に転換したものという。広庭に咲く牡丹は美女が天の一方を占めているようだ、といった意味であろう。これも趣向に工夫があるが、余情の乏しい句としか思われない。

ところが、この句については、萩原朔太郎がその著書『郷愁の詩人 与謝蕪村』の中で、「牡丹の幻想を歌った名句である。「天の一方に」は、「天一方望美人(てんのいっぽうびじんをのぞむ)」というような漢詩から、解釈の聯想を引き出して来る人があるけれども、むしろ漠然たる心象の幻覚として、天の一方に何物かの幻像が実在するという風に解するのが、句の構想を大きくする見方であろう。すべてこうした幻想風の俳句は、芭蕉始め他の人々も所々に作っているけれども、その幻想の内容が類型的で、旧日本の伝統詩境を脱していない。こうした雄大で、しかも近代詩に見るような幻覚的なイメージを持った俳人は、古来蕪村一人しかいない」と書いている。まさに萩原朔太郎ならではの独創的、独断的な解釈だが、天の一方にいかなる物の幻像を見るのか、判然としていない。広庭に華麗な牡丹を見、同時に、天の一角にも豪奢に咲く牡丹の幻像を見ると解するのかもしれないが、萩原朔太郎の独特の世界に引きつけた無理な解釈としか思われない。

*

このように牡丹の句を読んで、私は安東次男の「方百里」の句の鑑賞の末尾に次のとおり記されていることを思い出す。その前に安東が引用している句を紹介しておく。

牡丹散て打かさなりぬ二三片
閻王の口や牡丹を吐んとす
寂として客の絶間のぼたん哉
地車のとゞろとひゞくぼたんかな
ちりて後おもかげにたつぼたん哉
ぼたん切て気のおとろひしゆふべ哉
広庭のぼたんや天の一方に
虹を吐てひらかんとする牡丹哉

安東によれば、「いずれも格調高い句であり、画人蕪村の筆触ならびに構図に対する目の鋭さをいかんなく感じさせるものであるが、これらが安永年間あるいはそれ以後の吟であることは、興味深い。安永年間は、蕪村の画業が大成されてゆく時期であるが、同時にまた、先にも触れたように、心身ともに急激に疲労の目立ちはじめた時期でもあった。それをかばうかのように蕪村は、このころつとめて意識して自養回春の心を配っている。「春風馬堤曲」は、その最も顕著な現れであった。牡丹の諸句もまた、そうした心をよく反映していよう。その極限の相が、「方百里雨雲よせぬ」の一句であったように私には思われる。」

さらに安東は「ある一つの詠題が作家の本質をみごとに尽していることがある」と言い、歌人子規における藤の花などをあげ、「蕪村における牡丹もそれに当る。のみならず蕪村のばあい、そのことはとりも直さず、江戸中期文人の典型的な像が、ここに仕上ったことを意味するものであったといえよう」と書いている。

このような文章に接して、私はひたすら困惑する。安東の生前にこれらの文章について話し合いたかったという思いが切である。私には、安東が挙げた諸句に「画人蕪村の筆触ならびに構図に対する目の鋭さ」を感じないし、「方百里」も、その他の諸句も、「寂として」「ぼたん切て」「ちりて後」の三句に感興を覚えるが、その他についてはまったく感興を覚えない。安東とじっくり話し合っておくべきであったと、つくづく考えている。

鮓の句について

安永六（一七七七）年、蕪村六十二歳のときの作に、

鮒ずしや彦根の城に雲かゝる

の句がある。蕪村が刊行した句文集『新花摘』中の句であり、「自筆句帳」にも収められている。『新花摘』中の句はすべて蕪村の発意による句と思われる。同年五月十七日付の大魯宛書簡に「此句解すべく解すべからざるものに候。とかく聞得る人、まれニ候。只几董のみ微笑いたし候。いかゞ、御評うけ給りたく候」と書いている。「微笑」は、釈迦が説法のとき華を拈って聴衆に見せたが、魔訶迦葉だけがその意を悟って微笑したという拈華微笑の故事に拠った表現、といわれる。

また、この中七の「城」は、「じゃう」と「句集」（几董編『蕪村句集』）に振り仮名されている。「解すべく解すべからざる」とは、一見、理解できるようでありながら、理解できない、といった意味

であろうか。この句の文字面の裏にどんな趣向、どんな余情が隠されているのか、探ってみることにする。

＊

さしあたり、先学の鑑賞、注釈を一瞥することにする。

まず、穎原退蔵校注・清水孝之増補の『與謝蕪村集』（朝日新聞社）は、「茶店などに休んでゐる旅人が江州名産の鮒鮓を味ひつつ遥かに彦根城に雲のかかるのを眺めやるさま」と解説しているが、鮒鮓を旅人が茶店で味わっていること、また、彦根城に懸かる雲は、この旅人が眺めているのだ、と解説していることを除けば、この句の文字面をなぞっているだけで、文字の裏に隠された句意を捉えているとは思われない。

『新潮日本古典集成』の『與謝蕪村集』の清水孝之の頭注は、「琵琶湖畔の茶店に鮒ずしを賞美しながら眺めると、先ほどまではなかった一筋の白雲が彦根城の肩にかかっている。空は碧く澄んでいる。爽やかな旅情の句」という。当然のことだが、前掲の穎原退蔵校注・清水孝之増補の『與謝蕪村集』の解説を出ていない。「爽やかな旅情の句」という解釈が目新しいが、これは鮒ずしを茶店で旅人が賞味している光景と補ったから言えることであり、この句そのものからは旅情を汲みとることができるとは思われない。

『日本古典文学大系』の『蕪村集・一茶集』における暉峻康隆の頭注は、「琵琶湖畔の茶店で名物の鮒鮓を肴にひとり盃をあげている。眉をあげると遠く青空のかなたにそびゆる彦根城の天守閣のあたりに、一すじの白雲がたなびいている。さわやかな旅情」という。清水孝之の解釈ときわめて似かよっているのは、清水孝之が暉峻康隆の解釈を参考にしたのかもしれないし、その逆かもしれない。ここでは鮒ずしが旅人の酒の肴になり、彦根城はその天守閣を旅人が望んでいると解しているのだが、このような解釈は恣意的としか思われない。

そこで全集の頭注を読むことにする。「旅の足休めに琵琶湖を眼前にした茶店で味わう名物の鮒鮓の味はまた格別。ふと眉を上げると、湖上にわいた一ひらの雲が、今かなたの彦根城の天守閣のあたりに懸かろうとしており、口中と視界に清涼の気がみなぎってくる」という。

この頭注は尾形仂が森田蘭の執筆した礎稿を勘案しつつ全面的に書き改めたものと記されているが、どうしてこの句の雲が琵琶湖の湖上から湧いてきた、といえるのか、私にはまったく不可解である。この句から空想を逞しくして清涼の感を覚えているにすぎないとしか考えられない。

『完訳 日本の古典』の『蕪村集・一茶集』の栗山理一の解釈は、「琵琶湖を眼前にした茶店で、名物の鮒鮓を賞味しながら休んでいる。ふと眉をあげると、湖上に湧いたひとひらの白雲が、はるかにそびえる彦根城の天守閣あたりにさしかかっている、という情景。塩辛い鮒肉（ふにく）の、涼味をささそう特有の味覚と、青空に浮ぶ一片の夏雲との微妙な交感が、そこはかとない旅愁をかきたてている」という。筆者は脚注に、大魯宛書簡を引用し、蕪村は「単なる取合せとしてだけでは解しがたい、隠微な情調を自負していたのであろう」と書いているので、隠微な情調の表現として、「そこはかとない旅愁」という解釈を示したものと思われる。しかし、この解釈も筆者の空想により恣意的に情景を創作したもので、客観的な解釈とは言えないと考える。

これらの解釈は若干の違いはあるが、大筋においては大同小異と言ってよい。すなわち、琵琶湖畔の茶店に休んでいる旅人か誰かが名物の鮒ずしを賞味している。ふと目を上げると、彦根城あるいはその天守閣に一筋の白雲がかかっている、旅情ないし旅愁が句意である、というものである。これが几董をして微笑させたというには不満を覚える解釈である。旅人とか旅情とかいうものは句から読みとれないと考えるからである。

＊

そこで、実作者の解釈を見ることとし、まず水原秋櫻子『蕪村秀句』を読む。これには「鮒鮨は、琵琶湖の源五郎鮒でつくった「なれずし」で、よい風味のあるものだ。いままでは大津でつくられているものが名高いが、彦根にもあるかもしれぬ。むかしは、海道の旅人を相手としてその店が繁昌したものらしく、いま床几に腰をおろし、その鮨を待ちつつ城を眺めていると、湖から湧き出た雲が天守のあたりを通ってゆく――というのである」とある。雲が琵琶湖から湧き出たといい、彦根城の天守閣に雲がかかったといい、研究者たちの思い入れを引き写している感がふかい。

次に、中村草田男の『蕪村集』の「訳」を読む。「近江の名物の鮒鮓を味わっている。銀鱗の肌理も細かに見た目にもこころよい。はるかに目をやると、彦根の城が、これも白と黒との装い凛々しい姿を見せている。その遠景を今一抹の雲がかすめているさまも快い」という。この解釈はほとんど空想によって情景を作り上げることなく、句に忠実である。ただ、遠い彦根城と近い鮒鮓という、遠景と近景との取り合わせの趣向を指摘しているものと思われ、この着眼は研究者の解釈に見られなかったものと思われる。しかし、「彦根の城が、これも白と黒との装い凛々しい姿」というが、「これも」というには近景にも白と黒との姿があるべきだが鮒鮓は「銀鱗の肌理」というので白と黒とでないことが矛盾しているようにみえる。

*

この句について異色と思われる解釈が二つある。一つは萩原朔太郎がその著書『郷愁の詩人 与謝蕪村』に記している解釈である。萩原朔太郎は次のように書いている。

「夏草の茂る野道の向うに、遠く彦根の城をながめ、鮒鮓のヴィジョンを浮べたのである。鮒鮓を食ったのではなく、鮒鮓の聯想から、心の隅の侘しい旅愁を感じたのである。「鮒鮓」という言葉、その特殊なイメージが、夏の日の雲と対照して、不思議に寂しい旅愁を感じさせるところに、この句の秀れた技巧を見るべきである。島崎藤村氏の名詩「千曲川旅情の歌」と、どこか共通した詩情であって、もっと感覚的の要素を多分に持っている。」

この解釈はいかにも萩原朔太郎らしく独創的で独断的だが、鮒鮓を幻想と読むのにはいかにも無理があるように思われる。

次は、藤田真一『蕪村』における解釈である。著者はこの句について第四章「翔けめぐる創意」の中、「景と情――城にかかる雲」の項でこの句について「景情の微妙な問題をふくんだ作をみておきたい」と前書して、次のとおり論評している。

「鮒ずしは、近江特産の熟れ鮓で、夏季のものとする。江戸時代から代表的な熟れ鮓として、たんに保存食という以上に、その独特の風味でよく知られていた。彦根城は、譜代大名井伊三十五万石、そのお膝元の城である。近江一国ばかりでなく、西国諸藩ににらみをきかす、枢要の城郭であった。金亀山上にあることから、金亀城とも称される。

旅人であろうか、それとも近在の人物であろうか、名物の鮒ずしを食しながら、ふと空のかなたを見上げると、そそりたつ彦根のお城にかかる雲が視界にはいる。まずは、そういう単純な叙景の作としてよいだろう。

ところが、作者本人のねらいは、べつのところにあったらしい。兵庫に移ったばかりの大魯に宛てた手紙（安永六年五月十七日付）に、蕪村はこんな文面をしたためている。

此句、解すべく解すべからざるものに候。とかく聞得る人まれにて、只几董のみ微笑いたし候。

この句は、理解しやすそうでいて、完全な理解におよびがたいようで、ちゃんとわかってくれるひとはほとんどありません、と告げている。（中略）

蕪村の手紙は、右のことばにつづけて、さらにつぎのようにいう。

いかが、御評うけ給りたく候。

京の門人のなかでねらいを悟ってくれたのは、几董だけだったが、浪花の大魯君、お前さんはいかがですか、わかってくれるよね、という問いかけである。この句から風景を思い浮かべるだけではわかったことになりませんよ、さてそのさきをどうご理解なさいますか、ということでもある。文学的才能において、師匠の期待がおおきかった弟子大魯だからこその問いかけであった。しかし、この問いかけを、大魯に託してばかりはいられない。むしろ、わたくしどもにこそ向けられた挑戦とうけとめるべきだろう。」

ここまでが著者の解釈を披露するための序説といってよい。これは、これまでの先学が誰も解き明かしていなかった問題を著者が解き明かしたので、これをこれから説明する、といった気負いに満ちた文章である。以下に、著者の見解を引用する。

「なぞを解くカギは、「雲」にありそうだ。「雲」といえば「雨」、あわせて「雲雨（うんう）」。この時代、「雲雨」ということばは、漢詩人にとって、ただちに了解される気味をもっていた。たとえば、江戸中期のベストセラー『唐詩選』をのぞいてみよう。李白の「清平調」という詩に、「雲雨巫山(ふざん)枉(ただ)に断腸」という一節がみえ、「雲雨」の語がでてくる。あるいは、劉廷芝(りゅうていし)の有名な「公子行(こうしこう)」という長文の古詩には、「雲と為(な)り雨と為る楚の襄王」とある。ここでも、雲と雨がつれそっている。

じつは、これらは「朝雲暮雨」といううきまり文句によっている。話は、楚の王様と巫山の神女の物語である。むかし、楚の襄王が雲夢の台にあそんだとき、高殿のうえに雲気が立ち昇るのを見て、いぶかった。お側につかえる者が、あれが朝雲というものですよと言って、先王がみた夢の話を説明した。

さきの王様が夢のなかで、美女に会って契りをむすばれた。女は、後朝(きぬぎぬ)のわかれに臨んで、こう言った。「わたくしは巫山にすむ者で、朝に雲となり、夕べには雨となって、あなたにまみえます」と(『文選』第十九「高唐賦」)。

「朝雲暮雨」は、この女の申したことばによっている。つまり、雲と雨は、中国の古い恋物語の象徴であった。詩材としてポピュラーだったらしく、中国はもとより、江戸の漢詩にもよく取り上げられている。蕪村にもそれとわかる作例がいくつもある。

雨と成(なる)恋はしらじな雲の峯

絶〻(たえだえ)の雲しのびずよ初しぐれ

いずれも俳諧的処理がほどこされているが、雲と雨とが詠みこまれ、「恋」の誘いになっている。

一句目は、夏の猛々しい雲では、「雲雨の情」などというなまめかしさとおよそ縁遠いことよ、というもの。つぎの句では、こらえきれずにとうとう降り始めた時雨のさまを詠んでいる。「しのびず」は恋のことばそのもの。時雨に、恋の気分をただよわせるとは、また意表をつく発想であった。

さて、彦根城の雲のことである。ここでは、「雲」とだけあって、「雨」は出てこない。すると、「雲雨の情」とは無関係かもしれない。けれども、気になる雲ではある。

この話のもとになった「高唐賦」をもう一度よんでみると、襄王は高楼の「朝雲」を目にして、「あれはなんじゃ」と尋ねたと書いてある。その答えが、先の王様と山の女神との恋物語であった。「雲」が、この話を誘い出す役割をはたしていたのだ。ならば、お城にかかる雲が、恋の気分を匂わしているとしてもふしぎでない。

舌鼓をうって鮒ずしを口にしている人物が、ふと見上げたところに雲がかかっていた。その雲に恋情をもよおしたのだ。かれは、今夕の逢瀬をおもって、思わずにやついたことだろう。蕪村にしばしばみられる、隠微なる恋句の一例としてよいのではないか。

唐土(もろこし)の恋愛譚は、高楼にたち昇る雲に発した。この逸話をひとひねりして、お城のかなたに雲をたなびかせた。そこに、蕪村のアイデアがあり、いかにも俳諧らしいわざがあった。鮒ずしに彦根城はお国がらの取り合わせであったが、こうみてくると、このふたつは、恋ごころをうながす舞台装置にすぎない。一句の主役は、「雲」であり、ねらいは恋といってよい。」

私には、この解釈は牽強付会としか思われない。蕪村の二句でも雲と雨との両者の取り合わせが読みこまれている。もし、筆者の見解が正しいと強弁するのであれば、「雲」だけで、あるいは、雲と城だけで、恋情を催したという漢詩でも和歌でも俳諧でも、何か用例を挙げてもらいたい、と私は考える。鬼の首でもとったような、したり顔の筆致に接して、研究者とはこのような説明で読者を説得できると考えている人種なのかという思いに誘われるのである。

萩原朔太郎はこの句から島崎藤村の「千曲川旅情の歌」を想起したが、これはこの詩が「小諸なる古城のほとり／雲白く遊士悲しむ」という二行に始まるからに違いない。ここにも城と雲との取り合わせがある。それならこの雲から朝雲暮雨の恋情を連想することが許されるのか。そのように考えても、この藤田真一の解釈には到底同意できない。

*

そこで、私なりの解釈を試みることにするなら、この句は、近景に庶民の食べ物として、庶民の象徴として、鮒鮓を示して、遠景に庶民統治の権力、権威の象徴として、彦根城を示す、という取り合わせの趣向に蕪村の意図するところがあったと考える。雲が何を象徴するか、私の手に余るけれども、強いて想像すれば、権力、権威に時に影が差すことがある、たとえば百姓一揆のようなものを象徴しているかもしれない。このような影が差すことはあっても、一過性であり、権力、権威は揺るぎないのである。権力、権威の象徴としての彦根城であるから、「城」をことさら「じゃう」と固く読ませた、と私は解する（藤田真一はこの句を引用したさい、城に「しろ」とルビを振っているが、これも可笑しい）。この句に旅情、旅愁あるいは恋情といった、余情がこめられているとは、私にはどうしても考えられない。趣向の工夫を蕪村は誇り、几董はこの趣向に共感したにとどまる。そういう意味では、「牡丹散て」の句に余情を覚えることのないのと同様である。

それ故、私の意見をあえて言うならば、この句は蕪村の自信作かもしれないが、私には余情のない、凡庸な作としか思われないのである。

＊

蕪村が鮓をはじめて詠んだのは明和八（一七七一）年、蕪村五十六歳のときの五月十六日、東寺奥の坊における句会、兼題「鮓」によるものであった。このとき、蕪村は次の句を詠んでいる。

鮓(すし)漬(つけ)て誰待(まつ)としもなき身哉

なれ過(すぎ)た鮓(すし)をあるじの遺恨哉

一夜(いちや)鮓(ずし)馴(なれ)て主(あるじ)の遺恨哉

鮓(すし)桶(をけ)をこれへと樹下に床机(しやうぎ)哉

木のもとに鮓の口切あるじかな

「一夜鮓」の句は「なれ過た」の句の別案のようである。「鮓漬て」の句について、全集の頭注は、蕪村に「鮓おしてしばし寂しき心かな」の句があり、召波に「鮓おしてわれは人待つ男かな」の句があると教示している。「鮓おしてしばし寂しき」の句は、『新花摘』、安永六（一七七七）年、蕪村六十二歳の年の、四月十六日の項に掲載されている句である。「鮓漬て」と似ているが、少し違った心情を詠んだ句である。どちらが優れているか、優劣は定めがたいが、私の好みは「鮓漬て」である。

これら五句はいずれも趣向は単純だが、写実的であり、劇の一情景を見るように生き生きと人間像が描かれている。これらはすべて蕪村がその頭の中で思い描いた作に違いないが、その豊かな想像力にやはり瞠目すべきものがある。

とりわけ卓越しているのは「鮓漬て」の句である。これは明らかに召波の句の逆を言ったものであり、逆だからこそ、その誰を待つわけでもなく、よく漬けた鮓を眺めながら孤独感に沈む気持ちがしんみりと読者の心に迫るのである。召波の句のように、人を待つのであれば、当たり前すぎて余情も何もまるで感じられない。

「鮓桶を」の句や「木のもとに」の句について、亭主の動作が「物々しい」とか「もったいぶっている」といった解釈が見られるが、劇の一情景と思えば、亭主の心意気、心配りと感じるはずであり、批判は当たらない。ただ、この五句の中では「鮓漬て」だけが佳句と言うに値するように思われる。

*

次いで、蕪村が鮓を詠んだのは、句文集『新花摘』を刊行した安永六（一七七七）年、蕪村六十二歳のときであった。『新花摘』に収められている句はすべて蕪村の発意による句と思われる。この句文集の四月十六日の項に、すでに検討した「鮒ずしや彦根の城に雲かゝる」の句も収められているが、次の句が載せられている。

鮓つけてやがて去ニたる魚屋かな
鮓おしてしばし淋しきこゝろかな
鮓を圧す我レ酒醸す隣あり
鮓をおす石上に詩を題すべく
すし桶を洗へば浅き游魚かな
真しらげのよね一升や鮓のめし

卓上の鮓に目寒し観魚亭
鮓の石に五更の鐘のひゞきかな
寂寞と昼間を鮓のなれ加減

これらはすべて熟れ鮓、一夜鮓の句という。一夜鮓とは『日本国語大辞典・第二版』に、作りはじめてから一日くらいで食べるすし、はやずし、なまなり、と解説し、次の『料理物語』（一六四三）の記述を紹介している。

「一夜ずしの仕様　鮎をあらひ、めしをつねの塩かげんよりからくしてうほに入、草つとにつつみ、庭に火をたき、つとともにあぶり、そのうへをこもにて二三返まき、かの火をたきたるうへにをき、おもしをつよくかけ候。又はしらにまき付、つよくしめたるもよし。一夜になれ申」

ただし、全集では、後に検討する「夢さめてあはやとひらく一夜ずし」の句に関する頭注に「早鮓、これまた一夜鮓などといふ。多くはこの製、魚貝数種を細截して醞醸するゆゑに柿鮓ともいふ。その熟すること早し。よりて早鮓の名はべる」（滑稽雑談）、と記している。詳しくは諸説あるようである。

「鮓つけて」の句は物語的、短編小説的な興趣があるが、ふかい余情のある句ではないようにみえる。

「鮓おして」の句は「牡丹切て気のおとろひし」の句と似かよった心情であろう。鮓を作り始めて重石をおき、あとは熟れるのを待つばかりになって、気落ちしたかのような寂しさを感じているわけである。その心は、修羅とまでは言えない、胸騒ぎに寂寥の感をつよくしていると見てよい。私は捨てがたい句と考える。

「鮓を圧す」の句は、まさか蕪村の住居の隣に酒の醸造所があったわけではあるまい。『論語』の「徳は孤ならず、必ず隣あり」を承けた句作りであろう。この趣向の興趣以上には読みどころのない句のように思われるが、どうであろうか。

「鮓をおす」の句について、全集の頭注は、白居易の「林間煖酒焼紅葉、石上題詩掃緑苔」により、重しの石に詩を書いてもみようか、と白楽天気取りの句、という解釈を示している。そうした遊びに興じる蕪村と、そういう蕪村を見ている蕪村がいる、といった趣向に興趣のある句である。これも趣向が蕪村らしいというだけの句ではなかろうか。

「すし桶を」の句は、一読、理解が難しい句だが、全集の頭注は、「小川で鮓桶を洗っていると、浅い流れに飯を慕って集まって来た小魚が透けて見える。仲間が鮓の魚にされたとも知らずに。皮肉ながら清冽な印象」と解釈を示している。「仲間が」以下が思い入れと思われるが、豊かな想像力を見る以上に、私は感銘を覚えない。

「真しらげの」の句は、真っ白に輝く精白米が一升ばかり、これで熟れ鮓ができると、いまから胸おどらせる心地だ、といったたわいない心境を詠った句であろう。それだけの句なのではなかろうか。

「卓上の」の句については、萩原朔太郎が『郷愁の詩人 与謝蕪村』に次のとおりの評釈を記している。

「「卓」という言葉、また「観魚亭」という言葉によって、それが紫檀(したん)か何かで出来た、支那風の角ばった、冷たい感じのする食卓であることを思わせる。その卓の上に、鮮魚の冷たい鮓が、静かに、ひっそりと、沈黙して置いてあるのである。鮓の冷たい、静物的な感じを捉えた純感覚的な表現であり、近代詩の行き方とも共通している、非常に鮮新味のある俳句である。」

いかにも萩原朔太郎らしい、彼の詩を思わせるような鑑賞である。しかし、この句の難しさは中七のなかの「目寒し」にあるのだが、萩原朔太郎の鑑賞はこの表現には触れていない憾みがあるようにみえる。全集の頭注には「水中を元気に遊泳する魚の姿を眼下に望む観魚亭。卓上の、切り身を元の形に並べた鮓の魚の姿に目を移すと、一瞬ゾッとした感が走る」という解釈を示し、「観魚亭」については「服部南郭一派の詩人がよく詩会を催した金井侯の聴濤館後園の水亭の名に仮託した架空の亭」と解説している。この全集の頭注は、観魚亭において鮓を見ている者の眼が寒く感じ、ゾッとするというのであろう。しかし、鮓になった魚の目が恨むかのように寒く見える、と解したらどうか。萩原朔太郎は、はっきりとは言っていないけれども、目が寒いというのを鮓の魚の目が寒いと解しているのではないか。それ故に、冷たい、鮓の魚が静かに、ひっそりと、沈黙して、置かれている、と解釈したのではないか。したがって、全集の頭注の解釈には同意できない。とはいえ、多く語るに値する句であるか、どうかは疑わしく感じる。萩原朔太郎の解釈は思い入れが過ぎるように思われるのである。

「鮓の石に」の句についていえば、「五更」はいまの午前三時半ごろをいうとある。大魯宛の五月二日付書簡に「是(これ)は暗(あん)ニ一夜ずしの句ニ候。しかし初五、置(おき)がたく候」と書いていると全集の本文の注にある。「置がたく」とはぴったりした表現が定めにくい、という意味であろうか。「鮓の石に」という初五に蕪村は満足せず、推敲の余地がある、と思っていたのであろうか。未明、鮓は熟れつつある。鐘の音が響くのだが、重しの石に響くといってもよいし、鮓桶に響くといってもよいし、鮓に響くといってもよいが、やはり重石の石に響く、というのがもっともおさまりが良いのではないか。まさに熟れようとしている鮓を圧している重しの石に響くかのように聞こえてくる鐘の音、という趣向もよいし、余情も心に残る、佳句というべきではなかろうか。

次に「寂寞と」の句で『新花摘』所収の句は終わるが、この句こそ蕪村の鮓の句の中で抜群の秀句と思われる。この句については萩原朔太郎が『郷愁の詩人 与謝蕪村』の中で次のように評釈している。

「鮓は、それの醋(す)が醗酵(はっこう)するまで、静かに冷却して、暗所に慣らさねばならないのである。寂寞たる夏の白昼。万象の死んでる沈黙の中で、暗い台所の一隅に、こうした鮓がならされているのである。その鮓は、時間の沈滞する底の方で、静かに、冷たく、永遠の瞑想に耽っているのである。この句の詩境には、宇宙の恒久と不変に関して、或る感覚的な瞳を持つところの、一のメタフィジカルな凝視がある。それは鮓の素であるところの、醋の嗅覚や味覚にも関聯しているし、またその醋が、暗所において醗酵する時の、静かな化学的状態とも関聯している。とにかく、蕪村の如き昔の詩人が、季節季節の事物に対して、こうした鋭敏な感覚を持っていたことは、今日のイマジズムの詩人以上で、全く驚嘆する外はない。」

絶賛と言ってよい。私も同感である。ただし、私は、萩原朔太郎が、この句を盛夏、万象の死んでいる沈黙の中、と解しているのは間違いと考える。『新花摘』では四月十六日の項に載せられており、一連のさみだれの句よりも前の句であるから、陰暦の夏、季語の夏であっても、爽やかな季節の作と見なければならない。それ故、これは爽やかな季節の昼下がり、何の物音もない、静かなひっそりした時間が流れているとき、やはり静かにひっそりと鮓の発酵する時間が流れ、二つの時間の流れが溶け合っている、と解さなければならない。この溶け合った時間の豊かさこそが、この句の情であり、愛憐である。この句は牡丹の句の中の「寂として客の絶間のぼたん哉」におけると同様、静かな時間の発見に句意があり、いずれも秀句だが、私としてはこの鮓の句の方が好みである。

＊

蕪村の鮓の句には、同じ安永六（一七七七）年の作に次の二句がある。

蓼（たで）の葉を此君（このきみ）と申せ雀（すずめ）ずし

夢さめてあはやとひらく一夜ずし

全集の本文の注には「百題発句」中の作か、という注がある。「蓼の葉を」の句については、全集の頭注は、雀ずしは、鯔（いな）の腹に飯をつめた鮓、摂津福島の名産、と説明し、此君は、王子猷が竹を愛し「何可一日無此君耶」と言った故事（蒙求・子猷尋戴）による、と説明し、雀ずしに蓼の葉は、まさに「この君なかるべからず」だ、という句の解釈を示している。それだけのまことにたわいない句であるとしか思われない。

「夢さめて」の句は、すっかり寝込んで、夢がさめて、あ、しまった、鮓が熟れ過ぎたか、といった狼狽の気持ちを詠った句であり、これまたたわいないが、この句は心情に汲みとるべきものがあり、共感できる作と思われる。

＊

その後、安永七（一七七八）年から天明三（一七八三）年の時期、つまり、蕪村の歿年に至る五年の期間の中の作として全集が収めている句の中に、次の二句が収められている。

鮓のいを（魚）を卯の花衣着たりけり
鮓の石かろき袂の力かな

これらの二句が鮓を詠んだ蕪村の句の最後である。全集の本文はこれら二句は、同題による作か、と注している。「鮓」という季題による作ではないか、という趣旨であろう。

「鮓のいを」の句の「卯の花衣」は、『日本国語大辞典・第二版』に、衣の染色、または襲の色目を、卯の花色にしたもの、とあり、「卯の花」について、その③の語義として、襲の色目の名、普通、表は白で裏は青と解されている、とある。そこで「鮓のいを」の句は、肌の青い熟れ鮓の魚が白い米をまとっている、というだけのまことにたわいない作であるということが判明する。

「鮓の石」の句は鮓を圧す重しの重い石を軽々と袂をたぐって女性が持ち上げて漬けたことを詠った作であり、これもたぶん若い女性の意外な力持ちに驚いた、というだけの作である。

晩年の蕪村は食が細くなっていたのかもしれない。鮓についても、これまで読んできたような句に見られる、瑞々しさ、若々しさがこれらの二句には感じられない。佳句、秀句を生むかどうかも、作者の体力が物を言うのかもしれない。体力が衰えれば、感性も衰え、やがてまた、食欲が衰えれば、鮓を詠っても通り一遍になるということであろうか。蕪村の天才をもってしても、このような衰えを免れなかったのだと思うことは寂しいかぎりである。

「鮎くれて」の句について

明和五（一七六八）年、蕪村五十三歳、夜半亭第二世として本格的に活動を始めた年の作に、

鮎くれてよらで過(すぎ)行(ゆく)夜半(よは)の門(かど)

の句がある。「自筆句帳」に収められ、「句集」にも収められている句である。全集の本文の注によれば、六月二十日、竹洞亭句会における兼題「鮎」に応じて提出された句である。この句は多くの研究者、学者、俳人が論及することが多く、蕪村の代表作の一と目されているようである。全集の頭注は、「よらで」について、「造門不前而返」（蒙求・子猷尋戴）を参考として引用した上で、次の解釈を示している。

「深夜、鮎漁の帰途立ち寄った知人は数尾を分けてくれた後、あるじの勧めを遮って門前で別れを告げ、去って行った。鮎の清涼感と淡々たる友情との照応。あるいは竹洞亭句会に同席した自笑

の「鮎釣りて訪ひ来ぬ君を松浦川」に対しての作か。」

「蒙求」の引用は、「門に造(いた)って前(すすま)ずして、返る」と訓読するものと思われる。たぶんこの句の「よらで過行」と同じ趣旨ということと考えられるが、この句の「鮎くれて」に対応する言葉は存在しないし、この句では「鮎くれ」るために立ち寄っているのだから、この句の情景とは異なる。また、自笑の句も関連するところはあるまい。

全集の頭注の解釈を読んでも、この句が何故蕪村の代表作の一と評価されるのか、私には理解できない。また、この句から「鮎の清涼感と淡々たる友情」を読みとっていることにも、かなりの抵抗感を覚える。たしかに鮎をくれて、立ち寄ることなく去って行ったという事実から、友情を読みとることはできるが、それが「淡々たる」ものかどうかは疑問である。それはさておき、「鮎くれて」という文字から鮎の清涼感を読みとることは、いかにも飛躍が過ぎるように思われる。

この句は知られた句であるので、多くの研究者、学者、俳人が論評しているが、『完訳 日本の古典』の『蕪村集・一茶集』における栗山理一の注釈でも「鮎独特の気品と、さっぱりした友情とが照応している句といえよう」とあるので、「鮎独特の気品」が全集の頭注にいう「鮎の清涼感」と対応している。友情がさっぱりとした友情というのが全集の頭注にいう「淡々たる」に対応しているが、これも若干疑問が残る。

『日本古典文学大系』の『蕪村集・一茶集』における暉峻康隆の頭注はごく簡潔だが、「淡泊な友情と、釣ってまもない清新な鮎の香りがよくマッチしている」と書いている。

学者、研究者は、句の中に「鮎」の文字があれば、清涼の感、鮎独特の気品や清新な香りを感じるのか、まことに不審である。また、この句に見られる友情を「淡々たる」とか「さっぱりした」とか「淡白な」とか、口をそろえて言っているのも、ふしぎである。

この点では『新潮日本古典集成』の『與謝蕪村集』の清水孝之の頭注も同様なのだが、この頭注は「夏の夜ふけ門を叩く音に、今ごろ誰かといぶかりながら出てみる。「大漁だから少し置いてゆく」と、言葉少なに友は闇の中に消え去った。数尾の鮎を手にしたまま、しばらく夜半の門に佇んでいた。思いがけぬ贈り物に喜ぶよりも、寄らずに去った淡泊な友情が主題。「夜半の門」に新鮮な香魚の香がただよう離俗の詩である。「大雪の夜、友人を憶い、小船に乗って行ったが、門に至って訪れずに帰った。人が問うと、興に乗じて行き興尽きて返ったまでと答えた」(「王子猷訪戴安道」、『世説』一七)の俳諧化」という。王子猷の引用は全集の頭注の引用と同じ事実の引用で、句意とはほとんど関係ない。王子猷は訪ねることなく引き返しているのに、この友人は鮎を分けに立ち寄っているのである。「大漁だから少し置いてゆく」と言葉少なに、友が言い置いたというのも、句には表れていない。「淡白な友情」といい、「新鮮な香魚の香」といい、これまで見て来た注釈者と同じであり、ことに「新鮮な香魚の香」は想像、思い入れにすぎない。このように、学者、研究者は、彼らの想像、空想で句の情景をふくらませて思い描き、この句を名句としているのではないか、と私は疑問をつよくするのである。

たしかに、この句には、小説の一情景を見るような物語が十七文字の中に詰め込まれている感があり、そういう興趣があることは間違いないのだが、だから秀句、佳句と言えるのか、私には釈然としない。

*

そこで俳人がこの句をどう読んでいるかを見るために、中村草田男の『蕪村集』を読む。これには次の「訳」が示されている。

「夜中に門を叩く者がある。何事かと起き出て門の戸を開けてみると、闇から声をかけるのは友人であった。ほのかに浮かんだ姿を見ると、尻からげのはだしという恰好であって、「鮎の夜釣りでいま帰宅するところだ。獲物が意外に多かったから、おすそ分けしよう。明朝改めて届けるのでは、せっかくの味が落ちてしまってもったいないと、迷惑な時間とは承知しながらおどろかした次第だ」と容器を要求する。手早く分け終えると、「疲れているだろうから、しばらく憩って行くがいい」というこちらの挨拶には耳もかさず、「こんな時刻に手間どっては双方迷惑だ」と、サッサと行き過ぎてしまった。その後ろ姿へ追いかけて礼をいい、やがて門の戸を閉ざしていると、夏もさすがに夜半の大気は、寝巻きを透して冷やひやと覚えられる。そして、手にした容器からは鮎独特の上品な強い香気がたちのぼっている。」

中村草田男ともあろう俳人が何という粗末な鑑賞、解説を公表したのか、と私は呆然とする。空想、想像で、句の情景をふくらませて、情趣豊かな句に仕立てようとする意図は、学者、研究者以上だが、その想像力の貧しさには目を蔽いたくなる。すなわち、主人が寝巻きであれば、もう就寝中と友人にも分かるのだから、友人が立ち寄るのを遠慮するのが当然である。引き止めようとするなら、まだ読書中だったのだから、迷惑ではない、是非座敷に上がって雑談していかないか、と勧めてもよいはずである。友人としても夜半に届けても鮎を料理するのは明日に決まっているのだから、ことさら夜半に立ち寄って鮎の数尾を分け与える理由にはならない。帰り道だから立ち寄って、鮎を分けた、というのがもっとも自然な解釈であろう。

いずれにしても中村草田男の「訳」には賛成できないが、この句には中村草田男が記述しているような、友人と主人との関係の一エピソードが語られていることは確かである。このエピソードに鮎の香気や淡泊な友情で粉飾を施して、諸家が名句に仕立てているのではないか、という疑問を私は持っている。

*

私は、この句が何故高く評価されるのか、納得していない。その上、この句の措辞に納得していない。一つには、「鮎くれて」というのだから、もうすでに、主人の家に立ち寄っているわけである。それでいて「よらで過行」は矛盾するのではないか。また、「過行」にしても、「過ぎ」という文字を『岩波古語辞典』に見ると、①通って去る、②寄らずに行く、通過する、という意味が記載され、本質的なものに深く触れずに、どんどん進んで行き、度合を超す意に由来するとある。過ぎる、過行くといえば、寄らずに行く、と理解されることが通常なのである。それ故、「鮎くれ」るために立ち寄っていながら、「よらで」と言い、「過行」と言うのは、措辞の面から見て無理があるように思われる。しかも、下五は、通常ならば、この「よらで過行」人に充てると思われるのだが、どういうわけか「夜半の門」という文字が充てられている。私の修辞法から言えば、中七は「よらで立ち去る」となり、下五は「夜半の友」とでもいうことになるはずである。しかし、句としてみれば、下五が「夜半の門」となってはじめて坐りがよくなり、このような友人と主人のやり取りの光景は門の前で展開され、門が見ていたのだ、と納得させられるわけである。この句には、鮎の数尾を分けてくれた友人、家の中に入って休んでいったらどうか、と門前で勧める主人、そういう主人の勧めを断って立ち去る友人、その応対を見ている夜半の門、という物語性が認められるけれども、詩情としてはどうということもないように感じるのである。

学者、研究者、俳人は気にかけていないようだが、作者の蕪村は「よらで過行」に不満あるいは未練を持っていたらしい。その証拠として、翌年、明和六（一七六九）年、蕪村五十四歳の新春に、

高麗船（こまぶね）のよらで過行（すぎゆく）霞かな

の句がある。この句では、高麗の船が、どこの港に寄港するわけでもなく、海遠く、霞とともに去って行く光景を描いており、「よらで過行」の措辞にまったく無理がない。しかも、字面から見ると、異国情緒にあふれた、幻想的で詩情豊かな佳句のようにみえる。実際は、高麗船は朝鮮半島の王朝の船だから、それほど絢爛、豪華でも、異国情緒にあふれていないかもしれないのだが、字面が読者に与える錯覚のために、佳句と評価されてきたとも見られるかもしれない。字面による錯覚で読者に訴えることも技法の一と言えるだろう。ただ、この句は「鮎くれて」の句のような物語が潜んでいるわけでもなく、余情が心に迫るというわけでもない。それ故、この句は幻想的な風景の魅力があるだけの、空疎な句と評価すべきかもしれない。

これより以前、「鮎くれて」の作のあった、明和五（一七六八）年、蕪村五十三歳のときに、

元船（げんせん）に秋は来にけり蕃椒（たうがらし）

の句がある。蕃椒の渡来は慶長年間だから、元の船とは関係ないが、元は中国全土を征服して成立

した王朝だから、元の船は、それこそ豪華、絢爛、異国情緒にあふれていたかもしれない。だが、高麗船のようなイメージを与えることはない。この元船には高麗船のような魅力がないことは、言葉のふしぎと言えばそれまでだが、「高麗船」の句は「霞」との取り合わせの趣向においてすぐれているとも言えるだろう。余談になったが、ここで蕪村は「よらで過行」の正しい措辞を示したと見てよい。

＊

これより後年、天明二（一七八二）年、蕪村六十七歳のときに、

よらで過る藤沢寺のもみぢ哉

の句がある。「よらで過行」ではないが、同じような表現に蕪村は未練を持っていたと思われる。未練を持っていたと同時に、「鮎くれて」の句の措辞に納得していなかったのかもしれない。ただ、この句も十七文字に表れた動作を語っているだけで、内容はかなり空疎と言ってよい。

＊

あるいは安永七（一七七八）年、蕪村六十三歳の句か、とされる句に、

摂待へよらで過行狂女哉

の句がある。「摂待」とは、『日本国語大辞典・第二版』には、接待と同じ、として、「①客をあしらいもてなすこと。もてなし。接遇。②行脚僧、旅僧を布施する法の一つ。門前・往来に、清水または湯茶を出しておいて、通行の修行僧にふるまったり、宿泊させたりすること。また、寺で貧しい人や参詣人に無料で食物を与えること。門茶」と語義を示している。この句にいうのは②の最後の意味であろう。

摂待にあずかることなく通り過ぎて行く気の触れた女性の憐れを描いた作だが、ここで「よらで過行」の中七が言葉の意味そのままに使われており、かつ、「過行」人が誰かを下五で受ける、もっとも素直な措辞になっている。この句ではじめて「よらで過行」が整った措辞の句になった感がある。ただ、この句は「鮎くれて」のように物語が潜んでいるわけでもないし、余情に富んでいるわけでもない。気の触れた女性の憐れだけが心に残る句である。

なお、この句の語り手はもちろん狂女ではない。高麗船が霞にまぎれて消えてゆくのを誰も見ていないのと同じく、路上の誰が見たわけでもない。これらはすべて作者の虚構である。また、「鮎

くれて」の句も同じく作者の虚構と考えられるであろう。

*

なお、私は「よらで過行」という表現を蕪村が発想した所以について私見を記しておきたい。蕉門十哲の一人、杉山杉風に、

手を懸けて折らで過行く木槿かな

の句があることを、私はどこかで、蕪村に関係する書物を読んでいたさいに、教えられた憶えがある。この「折らで過行く」が蕪村の記憶にあったので、「よらで過行」という中七を思いつき、あるとき、「鮎」の兼題を与えられて、「鮎くれて」の上五を思いつき、「よらで過行」の中七を結び付けることに思い至ったのではないか、と私は考えている。しかも、「鮎くれて」の句では、中七が措辞不充分と考えて、その後も、この中七を用いて安定した措辞になるように、句作を行ったのではないか、と私は想像している。

*

畏友安東次男の『与謝蕪村』に「鮎くれて」の句の鑑賞が載っている。安東は「一見、淡泊な友情あるいは隣人の情を、一竿に托してさらりと言捨てただけの句のようだが、「よらで過行」と云い「夜半の門」と云い、言外の余情が活々と伝ってくる佳句である。しかしそれだけのことならとり立てていう事もないが、この句、蕪村の離俗観の要を示しているところに、いっそうの面白さがある」と書き起こしている。彼の説くところによれば、蕪村の離俗観は芭蕉のいう「軽み」であり、「浅き砂川を見るごとき」ものといい、「「鮎くれて」の句の姿、心は、そのままこの「浅き砂川を見る」態のものである。夜涼の闇から浅く浮出てくる何ものかの気配がある。それは、いまにも手が届きそうで、そのじつけっして手の届かないところに設定された、したたかな実感の世界であって、作者の句案の眼目ははじめからそこに据えられていた、と感じさせるものである」という。その上で、安東は、「浅き砂川を見る」態の離俗論の解釈を子細に説明し、

川狩や帰去来といふ声す也

の句を引用、「帰ろうという声を聞いた蕪村は、それを夜も更けたからとか、不漁であるからとか受取ってはいない。またの機会の川狩に楽みをのこす天来の声として聞いている。同様に「鮎くれて」の句の「よらで過行」も、釣人の夜半の帰心を読んでいるのではない。語らいを後日にとって

おく楽みを追っている。淵明の「帰去来」は「将蕪（まさにあれなんとす）」の田園へ向けてであるが、蕪村のそれは、今日で終るわけではない生活の中へである。もう帰ろうという川狩の声も、鮎をここへ置いてゆくよという釣人の声も、今日一日の闇に沈んでゆくものではなく、明日の、そのまた明日の生活のしたたかな実感の声として響く。そこに事物を浅しと眺める蕪村の認識はひらめく。

この句の鑑賞としてはこれまで読んできたものとは異なる鑑賞だが、「語らいを後日にとっておく」楽しみというのは、この句の物語から当然導き出されることであって、安東次男の説とはいえ、これでこの句が名句と言われる所以が解明されたとは思われない。つまり、座敷に上がって話していかないか、と勧める主人に鮎釣りに行ってきた友人が、もう夜も遅いから、また日を改めてお邪魔しよう、とか、二、三日中にまた出かけて来るから、と言って、主人の勧めを振り切って立ち去った、という想像をめぐらすことは、この句を読んだ者にとってごく自然といってよいと思われる。また、安東もこの句の措辞に無理があるのではないか、という疑問は持たなかったようである。

この句に、物語性の興趣を別にして、どこに名句たる所以があるか、また、この句の措辞に無理があるのではないか、ということを安東と話し合う機会がなかったことがじつに心残りである。

そこで、考え直してみると、一つには、これはこの家の主人の迷惑にならないように立ち去った友人の節度を心得た、篤い友情の物語とみるべきであり、この友情を淡々たる、とか、あっさりした友情と考えることは誤りと考える。

次に、この友情のエピソードが展開されるのは、この家の門前であり、この友情のエピソードを見届けていたのがこの家の門である、という設定によって、この物語の空間が規定されることになる。言いかえれば、門の目で見た光景をこの句は語っているので、下五が「夜半の門」ときわめて坐りよく収められたことになる。つまり、「夜半の友」でなく、「夜半の門」と表現された、この視点の斬新さこそが、読者がこの句に魅力を感じる所以なのであり、この句が秀句であるとすれば、上五、中七の友情の劇と、この劇の演じられる時刻と場所、すなわち時間、空間を規定した下五という構成によるのではないか、と私は考える。

措辞に無理があっても、俳句の十七文字の制約によりやむを得ないと学者、研究者等は考えて来たのであり、私だけが気がかりに感じる事柄のようである。たとえば、牡丹の句について考えたさいに、

方百里雨雲よせぬぼたむ哉

の句は、雨雲が「よせてこず」とも「よせつけず」とも受け取れるが、安東次男は「「ぬ」の字に、蕪村は、一句の客観的情景をこえて、牡丹の意志、ひいてはそれに托した彼自身の拒絶の意志を通わせたのではあるまいか」と記した上で、「「雨雲よせぬ」は、やはり「雨雲をよせつけない」意と

介するしかあるまいが、その「ぬ」の字にこめられた蕪村のはげしい意志は、単に凛然(りんぜん)とした牡丹の姿だけからは想像できないものがあるようだ」と書いている。「雨雲をよせつけない」という趣旨を「雨雲よせぬ」と言い切ることには、私にはずいぶん措辞の無理を感じるのだが、安東は、作者の措辞に問題があるなどとは、つゆほども感じていないようである。このような無理があっても、俳諧に親しい人々の間では、許容の範囲内なのであろう。そうとすれば、蕪村が、「鮎くれて」の句の後に、再三「よらで過行」を読みこんだ句を遺したのは、蕪村がこの中七の表現を好んだから、ということになるのであろう。それやこれや、思いを巡らせると、やはり、この句は秀句と見るべきかもしれない。

「葱買て」の句について

安永六（一七七七）年、蕪村六十二歳のときの作に、

葱買て枯木の中を帰りけり

の句がある。「自筆句帳」にも「句集」にも収められている句である。季題「葱」による句と思われる。

『蕪村句集講義』に、この句について高浜虚子が、「作者は造物者の如く全智全能で、空中にでも居て、其の人物の過去の行為をも能く知てゐるものとして差支へないと思ひます。又発句も詩たる以上は絵画同様、単に空間を現すものとすべき理由なく、却て空間をも時間をも現はすものとするが穏当なるわけでありますれば、此の句を絵画的の客観の景色に見て、其の内の人物の過去の行為を時間的に現はしたるものとして更に差支へないことゝ信じます」と発言した旨が記されている。

はじめに虚子の言うとおり、この句は画家蕪村が描いてみせた情景であって、誰が何処からこのような情景を見ていたかは問うところではない。これは写生、写実の句でないという虚子の指摘が正しいことを心得ておかなければならない。

次に、この句には、虚子が指摘したとおり、過去の時間が内在している。この光景の中の人物は、市で葱のいくらかを買って、いま、家路につき、町外れの枯木立に差しかかったのである。この人物の住居は枯木立を抜けたさらに先の辺鄙な場所のささやかな陋屋に違いない。時刻は遅い午後である。葱は夕餉(ゆうげ)のために買い求めたものと思われるからである。この句にはこのような未来の時間までが内在している。この句にはじつに豊かな時間が流れている。このように豊かな時間が内在していること、言いかえれば、一種の物語性を持っていることが、この句の魅力をなしていると言っても差し支えない。

この情景の中の人物はたぶん男性であろう。この男性は葱しか携えていない。葱だけの夕餉はいかにも貧しい。彼はおそらく独り暮らしである。『日本国語大辞典・第二版』には、葱汁、葱雑炊という言葉が掲載されている。葱汁は葱を具材にした味噌汁であり、葱雑炊は雑炊の具材に葱を用いた雑炊であるが、おそらく、貧しい彼はこの葱を具材として米に麦、粟、稗などをまじえた雑炊を夕食に仕立てるものと想像しても誤りではあるまい。この句から、葱は貧しい人々の食材であることが知られるであろう。男が買った葱も一束ではあるまい。ほんの数本にすぎないであろう。

＊

虚子は上記の発言に続いて、「此の句の軽々看過すべからざる点は、木葉悉く凋落して灰色の死せるが如き枯木の中に、緑色にして生き〳〵したる葱を点綴して一点の生気を与へたるところ」と語っている。この虚子の説を踏襲して、葱の緑と枯れ木の灰色の対照を唱える先学は少なくない。たとえば、『新潮日本古典集成』の『與謝蕪村集』において清水孝之は次のようにこの句の解釈と鑑賞を示している。

「一束の葱を買って帰ってくる。寒林に覆われた路にさしかかると、一際鮮やかなその緑色が目にしみ、ささやかなわが家の夕餉の愉しさも思われる。

流動感のある下五は軽快な足どりを思わせ、わが家へ急ぐ楽しさを歌う。家に待つのは妻子か雅友か。寒林の中の葱の色彩感は新鮮である。」

しかし、私はこの清水孝之の解釈に全面的に反対である。まず、葱の色彩について言えば、この情景の中で男の姿は小さい。まして男の提げている葱はごく小さい。それ故、この葱の色が灰色の枯木立の中で目立つことはありえない。

そもそも「ねぶか」という葱の異名については、関西では、葱は一般に根が深く土中にある、と言われる。そのために「ねぶか」と呼ばれるので、当然のことだが、土中にある白い部分の多い葱をいう。芭蕉に、知られた、「葱白く洗ひたてたる寒さかな」の句があるとおり、葱は、ことに、ねぶか、というばあいには、その色は白いに決まっている。

また、明和六（一七六九）年、蕪村五十四歳のときの作、つまり、この「葱買て」の句よりも八年も前の作であるが、

易水（えきすい）に葱（ねぶか）流るゝ寒（さむ）さ哉

の句がある。この句の解釈を参照すると、諸家口をそろえて、この葱は白い、あるいは灰色、と解している。

このように検討してみると、「葱買て」の句における葱の色が緑というのは、何としても無理としか思われない。

*

さらに、この男の夕餉は、はたして清水孝之の解するように、妻子や親友と共にする、楽しい夕餉であろうか。すでに指摘したとおり、男は町はずれの枯木立をぬけた、さらに辺鄙な場所に住んでいるのである。私は蕪村がこの句の翌年、安永七（一七七八）年に描いた「寒林孤亭図」を想起

する。この絵画には寒々とした枯木立が描かれている。その奥に東屋がポッンと立っている。この東屋に家族が住んでいる気配はない。男の独居のための東屋である。この句の「葱買て」帰る男の住まいはまさにこのような陋屋と考えるのが自然である。

いったい、男は葱しか買っていない。葱だけで家族や友人たちと団欒するような夕餉が用意できるのか。むしろ彼一人の孤独な侘しい夕餉を、たぶん、葱雑炊のたぐいの、貧しい夕餉を、黙々と食べるのだ、と私は考える。

いったい、「帰りけり」という、この句の下五は、清水孝之の言うような軽快な足どりを思わせるであろうか。「けり」は普通、詠嘆の助動詞と言われる。ここでも、ようやく帰り着いた、というふかぶかとした嘆息を聞くべきではないか。一日が終わりに近く、貧しいながら、葱雑炊の夕餉をとるのだ、という侘しい暮らしをこの句は感慨をこめて詠っているのである。

このような貧しい生へのいとおしみ、愛憐こそ、作者、蕪村が訴えた情であり、あわれであると私は考える。言うまでもなく、この句は抒情的でもなく、いわゆるロマンティックでもない。あからさまな生の実態の一端を抉りとった痛切な作と解さなくてはならない。

＊

葱は、この当時、貧しい人々の食材であったようである。その証拠として、全集に「年次未詳」

として載せられている次の句がある。

うら町に葱ねぎうる声や宵よひの月

この句について全集は、その頭注に次のとおりの解釈を示している。

「冬空に宵月の懸かるころ、裏町に葱売りの声が流れる。葱が伴う貧しい生活の匂い。」

この解釈は、葱と裏町、裏町に住む貧しい人々、という連想によって、葱と貧しい生活を結びつけている。この「葱売り」については、『七十一番職人歌合』の第四十番に「灯心売」と並んで掲載されている。この『歌合』は『新日本古典文学大系』に収められているが、その解説には、成立は明応九（一五〇〇）年とあるので、蕪村の時代よりも二百五十年以上も昔である。この年月は、蕪村の時代から現代までに近い。ところが、この『歌合』は延享元（一七四四）年に版本が発行されている、というから、蕪村の時代にもこの『歌合』を蕪村は目にすることができたことになる。

そこで、蕪村の時代に「葱売り」が実在したので、この句を詠んだのか、蕪村は、かつて「葱売り」が存在したことを知って、「葱売り」に感興を覚えて、この句を詠んだのか、が問題となる。ただ、いずれにしても、「葱売り」は裏町を売り歩くもの、と蕪村が理解していたことをこの句は示すものと考えられる。

そうであれば、「葱買て」の句においても、葱は男の貧しい暮らしの象徴として描き込まれたと考える私の解釈を、この句は補強するものと考えられるのではないか。

「几巾」の句について

明和六（一七六九）年、蕪村五十四歳のときの作に、知られた、

几(いか)巾(のぼり)きのふの空の有り所

の句がある。「自筆句帳」にも「句集」にも収められている句である。全集には出題に応じた句である旨の記述は見当たらないので、蕪村の発意による作と思われる。

全集の頭注は、「有り所」は、所在、と説明し、「今日も大空に凧が一つ高く舞っている。昨日も同じ所に上がっていたような気がする。永遠の時間の流れと無限の空間の広がり。思いは少年の日の記憶へとさかのぼってゆく」という解釈を示し、召波「かたつぶりけさとも同じあり所」（春泥句集）、と付記している。

『蕪村句集講義』では、虚子が、「きのふも凧があがつて居た所に今日もあがつてゐるといふだけ

の事であるが、其凧が沢山で無くたゞ一つ静かに大空に上つて居ることがわかる。些くとも其凧のそばには他の凧が無いことがわかる。又「きのふあつた所の空」といふが詞の順序なるを、特に「きのふの空のありどころ」と転倒していつた所が非常に巧妙で面白い」と言い、子規が、「此句を読んで一番に感じるのは、此句が蕪村の特色を最も美く現はしてゐることで、且つ天明の特色を最も善く現はしてゐることである、此こまかい著想も巧みないひ方も決して元禄には無いことで、全く天明の代表者といつて善い」と言っている。

虚子の解釈は言葉の表面をなぞっただけだし、子規がこの句を絶賛していることは理解できても、理由は説得力がないように思われる。なお、この句の作は天明期ではなく、明和六年であるが、蕪村を天明の俳人とみる立場からは、子規の発言が誤りとは言えない。「元禄」は言うまでもなく、芭蕉の時代を指す。

『日本古典文学大系』の『蕪村集・一茶集』における暉峻康隆の頭注は、「几巾」について「国字の凧に同じ。紙鳶とも書く。正月、男子のもてあそび」と解説し、「昨日も上がっていた空の同じ位置に、今日もまたただ一つの凧が上がっている。無限なる時間と空間の一点をしめる凧の哀感」という解釈を示している。

『新潮日本古典集成』の『與謝蕪村集』における清水孝之の頭注は、「青い空に染めぬかれたような凧、昨日も同じところに上がっていた凧、遠い昔から永遠に白く光っているような凧。少年の日への郷愁がつのる」という解釈を示し、「凢巾」について「国字「凧」に同じ。京で「いかのぼり」、田舎で「たこのぼり」（『類船集』）」と解説、「有り所」について「物のある所。蕉風時代から用例がある。近くは「茨野や乏しき梅のあり所」（移竹『乙御前』）と同じ使い方」と注している。

『完訳 日本の古典』の『蕪村集・一茶集』における栗山理一の注釈は、「春浅い大空に凧が一つ高く舞い上がっている。ああ、昨日と同じ空に上がっているなあ、という感慨を詠んだ句である。ひらひらと動揺する凧ではなく、じっと空の一点に貼りついたように動かぬ凧の姿である。ふと時間が停止し、空間が固定したような錯覚であり、逆にいえば、永遠な時間の流れと無限な空間のひろがりが感じられよう」と記されている。また、脚注に、「凢巾」について「紙鳶とも書く。たこ。ふつう正月の子供の遊びとされる」と説明し、「「ありどころ」という語法は、「橘や定家机のありどころ」（『炭俵』杉風）、「茨野や乏しき梅のあり所」（『乙御前』移竹）、「かたつぶりけさとも同じあり所」（『春泥句集』召波）などの例もあるが、蕪村句の新鮮さには及ばない」と記している。

このような学者の評釈に対し、驚くべきことに、水原秋櫻子の『蕪村秀句』も中村草田男の『蕪村集』もこの句を採り上げていない。したがって、鑑賞、評釈もしていない。現代俳人にはこの句は評価できないのであろうか。そう思うと慄然とするが、一方、萩原朔太郎は『郷愁の詩人 与謝蕪村』でこの句について、次のとおりの鑑賞を記している。

「北風の吹く冬の空に、凧が一つ揚（あが）っている。その同じ冬の空に、昨日もまた凧が揚っていた。

蕭条（しょうじょう）とした冬の季節。凍った鈍い日ざしの中を、悲しく叫んで吹きまくる風。硝子（ガラス）のように冷たい青空。その青空の上に浮（うか）んで、昨日も今日も、さびしい一つの凧が揚っている。飄々として唸りながら、無限に高く、穹窿（きゅうりゅう）の上で悲しみながら、いつも一つの遠い追憶が漂っている！

この句の持つ詩情の中には、蕪村の最も蕪村らしい郷愁とロマネスクが現われている。「きのふの空の有りどころ」という言葉の深い情感に、すべての詩的内容が含まれていることに注意せよ。「きのふの空」は既に「けふの空」ではない。しかもその違った空に、いつも一つの同じ凧が揚っている。即ち言えば、常に変化する空間、経過する時間の中で、ただ一つの凧（追憶へのイメージ）だけが、不断に悲しく寂しげに、穹窿の上に実在しているのである。こうした見方からして、この句は蕪村俳句のモチーヴを表出した哲学的標句として、芭蕉の有名な「古池や」と対立すべきものであろう。なお「きのふの空の有りどころ」という如き語法が、全く近代西洋の詩と共通するシンボリズムの技巧であって、過去の日本文学に例のない異色のものであることに注意せよ。蕪村の不思議は、外国と交通のない江戸時代の日本に生れて、今日の詩人と同じような欧風抒情詩の手法を持っていたということにある。」

きわめて独創的だが、卓抜、かなりに独断的な評釈と言うべきであろう。ただ、「常に変化する空間、経過する時間の中で、ただ一つの凧（追憶へのイメージ）だけが」実在している、という解釈が、「永遠の時間の流れと無限の空間の広がり」という全集の解釈に影響を与え、「無限なる時間と空間の一点をしめる凧の哀感」という『日本古典文学大系』の解釈にも影響を与え、「時間が停止し、空間が固定したような錯覚」という『完訳 日本の古典』の解釈にも影響を与えているように思われるし、「遠い追憶が漂っている」とか「追憶へのイメージ」という表現が、全集の頭注の「思いは少年の日の記憶へとさかのぼってゆく」という表現に影響を与えているし、『新潮日本古典集成』の清水孝之の「少年の日への郷愁がつのる」という解釈にも影響を与えていると思われる。

*

しかし、この凧が揚がっている空の空間と時間を論じることは、この句にはまったく関係ないし、まして、少年の日への追憶のイメージ、などということは、ひたすら萩原朔太郎の思い入れにすぎない。もちろん、私はこの句からこれだけ豊かなイメージを引き出した萩原朔太郎の天才に甚大な敬意を払っているが、なお、彼の解釈は間違っていると考え、したがって、彼の解釈に影響されたと思われる先人の解釈のすべてについて同意できない。

そこで、私自身の解釈の試みを以下に記すこととする。

凧は今日も昨日と同じ位置に揚がっている。同じ位置にあるということは同じ位置に静止しているということである。昨日も今日も同じ位置にじっと静止している凧は、明日も同じ位置に揚がっているであろう、ということを予感させる。明後日も同じ位置に揚がって、やはり、じっと静止しているであろう。

はじめに心得ておくべきことは、現実には、凧が同じ位置に昨日も今日も揚がっているということはふつうはあり得ない。凧の揚がり方は風に左右される。昨日の風と今日の風は同じではない。昨日の風と今日の風とは、勢いも異なり、方向も同じではない。それ故、昨日も今日も同じ位置に凧が揚がっているという風景は、心象の上であり得る風景であって、現実の写生ではないことを前提にしなければならない。

空に凧が揚がっていることは、空の下に町があり、市井の人々がいることもまた当然の前提である。そのような町のざわめきに超然として、空高く、凧は揚がっているのであるから、凧は、市井の人々を空の高みから俯瞰し、見下ろしているのである。

しかも、凧は地に繋がれた存在でしか、あり得ない。地に繋がれながら、地上の市井の人々のざわめきを見下ろし、俯瞰し、超然と、同じ位置にとどまり続ける。凧に連れや仲間はいない。ただ一個の、孤独な存在である。

凧は、孤独であり、孤高の存在である。したがって、この凧がただひとつ静止した状態で昨日も今日も、そして、たぶん明日も、揚がっている風景はじつに孤高で寂寥感に満ちている、と言わなければならない。

そう考えて来ると、これは、あるいは、作者の思い描いた自画像と解する余地があるかもしれない。いわば、名高い蕪村の離俗論にいう、俗を離れ、俗を用ゆ、を絵画的に描いたとさえ言えるかもしれない。そう解したときには、作者は、俗世間から遠く離れた空中にいて、俗世間を見下ろし、俯瞰し、睥睨しながら、なお、俗世間に繋がれている、そのような、俗から出て、俗に繋がれて生きる、辛く、侘しく、寂しい存在と、自己を規定しているのだ、と解釈することになる。しかし、このようにこの句を作者の自画像と見ることは、うがち過ぎという誹りを免れないかもしれない。そこまで言わずとも、この句に描かれた凧の辛く、侘しく、寂しい心情を察しなければ、この句を解したことにはならない、と私は考える。

いわゆる「浪漫的」な句について

潁原退蔵の『蕪村』は私がごく若いころに接して、蕪村の句について初めて教えられた著書であった。久しぶりに読み返して、著者が蕪村の句を「浪漫的」と評していることを知り、このような見方が妥当であるかどうか、考えてみることにした。

著者はこの著書の冒頭の「天明俳諧の性格」と題する評論において、「芭蕉の風雅は私意私情を去つて造化に帰ることをその要諦とした。即ち自然と同化する事であり、それは現実への最も深い観照に立つものと言ふ事が出来る。貞門・談林以来単にをかしみとのみされた俳諧の卑俗が、この深い観照によつてさびにまで止揚された」と説き、その上で、著者は次のとおり説いている。

「蕪村の離俗もまた畢竟彼の観照を純化する為の工夫に外ならないのであるが、彼はその為にまづ自己の内にある俗気を脱することを急務とした。それについて彼は「取句法」に

知俳諧之大道無他、嘯月賞花、使遊心於塵寰外、常友蕉翁・其嵐之流亜、専以脱俗気為最。

（俳諧の大道を知るは他なし、月に嘯き花を賞め、心を塵寰の外に遊ばしめ、常に蕉翁・其嵐の流亜を友

とし、専ら俗気を脱するを以て最となす。――読み下しは中村稔)

と説いて居る。こゝに注意すべきは、蕪村の示したこの根本的な工夫が、芭蕉の説く如く直接対象に向ふ態度に於いてでなく、むしろ対象に向ふ以前の修養として説かれて居ることである。蕪村の目にはまづ芭蕉があり、其角・嵐雪がある。それらの人々を友とし、それらの人々の作品を誦することによつて、最初に俳諧の美とその精神を学ばねばならぬ。心を塵寰の外に遊ばせるといふのも同じ趣意であつた。すでに風流の境として信頼すべき伝統が規定した世界に、まづその美的意識を養成し統一せねばならないのである。だから次に現実の対象に向つた時、それはもはや現実のまゝの姿では見られない。必ずそこに一の想化が行はれるであらう。即ちこの想化によつて俳諧はその俗を離れる事が出来るのである。離俗の工夫として更に蕪村が『芥子園画伝』の多く読書する事を引いたのは、俳諧のさうした想化が彼の絵画に於けると全く同一である事を示したものである。彼はまづ読書によつて美に対する高い鑑識眼を養ひ、その眼で現実を見、対象を捉へた。こゝに蕪村の浪漫精神が宿るのである。」

頴原退蔵のいう浪漫精神とは、西欧のロマンティシズムに由来しているものと思われるが、西欧のロマンティシズムと同義ではなく、彼の独自の俳諧の歴史認識による用語であろう。その上で、頴原退蔵ほどの碩学の文章であるが、右に引用した蕪村の文章から、「すでに風流の境として信頼すべき伝統が規定した世界に、まづその美的意識を養成し統一せねばならないのである」という解釈がどうして生じ得るのか、私には不可解である。上記の文章には美的意識などということはつゆほども述べられてはいない。それ故、私には続く「だから次に現実の対象に向つた時、それはもはや現実のまゝの姿では見られない。必ずそこに一の想化が行はれるであらう。即ちこの想化によつて俳諧はその俗を離れる事が出来るのである」という文章も不可解である。「想化」は理解が難しいが、理想化、空想花、夢想化といった現実離れの意と理解することとする。「想化」をそのように理解してもなお、この文章は私には不可解であるが、このような文章に続けて、頴原退蔵は次のとおり記している。

「蕪村の作品を単純な客観的写生の句と評するものはもはや無いであらう。

牡丹散つて打重りぬ二三片

楠の根を静かに濡らす時雨哉

等の如き、たゞ注意深い写生から生れたやうでありながら、「打重りぬ」、「静かに濡らす」といふ表現の中には、予め用意された美意識の閃きが見られる。それはこの場合観照の深さと同じものにはなつて居るが、蕪村としてはやはり一の想化に外ならないのであつた。」

私はこの文章もまったく理解できない。「予め用意された美意識の閃きが見られる」という「美意識」とはどんな美意識であるのか。私の無学を恥じるべきかもしれないが、このような文章を理解できる者が存在するとは私には信じられない。また、これが「観照の深さと同じ」とはどういう意味か、も私には分からない。ただ、「想化」とは理想化という意味であろう、とさしあたり、これらの「打重りぬ」「静かに濡らす」という表現は、現実を蕪村の美意識によって理想化した表現と見るというのが著者の考えであろう、と解することとする。

この牡丹の句は、蕪村の牡丹を詠った多くの句の中でも代表的な句として知られているし、楠の根を濡らす時雨の句も、蕪村の生涯の句作中でも屈指の作と思われるので、潁原退蔵のような解釈が本当に正しいのか、大いに検討する必要があると思われる。

私はこれらの句を、現実に目にした事実を、ことに通常の人が見逃しがちな事実を、蕪村の透徹した眼が捉えたものと解して、どんな不都合もないと考える。楠の根を濡らす時雨の句は、楠の根を静かに濡らして通り過ぎて行くひとときの時雨に、そして、その間の静謐な時間の流れに、作者が「詩」を見出した作であり、このような些末に、このような変哲もない日常の風景に「詩」を見出したことに、蕪村の稀有の才能があると考えている。比較して言えば、「打重りぬ二三片」の牡丹の句は、観照のふかさにおいて、楠の根を濡らす時雨の句とは比すべくもないと考えるが、散り落ちて重なるはずもない牡丹の花びらが二三片重なっているのを見出した驚きとその心のときめきを一句に仕立てたものと思われる。ただ、これら二句はいずれも写生ではあるまい。蕪村が心の中に思い描いた景色と思われる。そういう意味で空想の句かもしれない。それでも、このような景色を現実に（あるいは現実そのままに）蕪村の透徹した眼が見ていることと変わりはない。それ故、私にはどうしても潁原退蔵のこれらの二句の解釈が正しいとは思われない。

＊

この文章の続きは次のとおりである。

「方百里雨雲よせぬ牡丹かな

閻王の口や牡丹を吐かんとす

等に至つて、もはや彼の特色は十分に明かである。このやうに空想的な現実の美化は、芭蕉には殆ど見られないものであつた。」

このように潁原退蔵は記しているのだが、はたしてこれらの句は「空想的な現実」を「美化」した作というのが適切であろうか。「方百里」の句について言えば、この句は牡丹の凛然と立つ容姿を、大仰に百里四方の雨雲も寄せつけぬ、といった風情だ、と言っているにすぎない。このように形容したことの興趣があることは確かだけれども、そして、はりのある声調に魅力のある句には違いないが、潁原退蔵のいう「観照」のふかさといったものは認めにくい作と言うべきではないか。

また、「閻王の口」の句について言えば、譬喩の面白さがすべてという句であり、このような譬喩を句作に自在にちりばめた蕪村の才能には脱帽するけれども、この句にも「観照」のふかさを認めることは難しいと思われる。それ故、これらの句によって蕪村の俳句の特色を論じることは妥当ではあるまいと私は考える。

＊

潁原退蔵の文章は次のように続く。

「更に

指南車を胡地に引去る霞かな

易水に根深流るゝ寒さ哉

等が、現実のそのまゝの描写でないことは言ふまでもない。広漠たる平野に揺曳する霞、寒さうに流れて行く根深の白い色、それらの現実は支那の太古の生活や荊軻の悲壮な故事の中に美しく想化されて居る。それは明かに浪漫的な世界であつた。読書が離俗の工夫として有効にはたらくのは、むしろこのやうな浪漫的美の発見にあつたと言つて宜い。」

著者はさらにこの精神は蕪村に限らず、天明俳諧の特徴であったという。事を蕪村に限って言えば、このような「浪漫的」といわれる句の特徴はこれで十分に説明されているのであろうか。

潁原退蔵によれば、「浪漫的」な句とは、現実から離れた、非現実的、空想的、幻想的、夢幻的な句をいうようである。そのように見たばあい、「指南車」の句は、譬喩として興趣があるとしても、それ以上の興趣はないし、ふかい観照もない。ことに何故指南車が胡地に引き去られるのか、理由がなく、まことに恣意的である。そして、そのような無意味な風景に霞を重ねることにも無理があると思われる。空想の風景だから、浪漫的な句というのは納得できない。

「易水」の句のばあいは、事情が異なる。これは空想の作と言いきるのはどうか。思うに、おそらく作者は川に葱が流れゆく光景を見ていたか、あるいは、脳裏に描いていたのである。そして句として作るさいに、この川を易水に仮託したのである。もちろん、仮託したのは易水が荊軻の故事によって悲壮で切迫した心情に読者を誘うからである。この句においては、荊軻の故事と世俗的な葱とを「易水」を介して結び付けた興趣、取り合わせの趣向の面白さがあることは言うまでもないが、それだけではない。この句は、葱の白に凍みとおるような寒さを感じ、易水によってこの厳しい寒さに荊軻のはりつめた心境を重ね合わせて、厳しく苛酷な寒さを詠いあげた句と見るべきであると思われる。そして、その結果、世俗の生活に潜む痛切な思いに読者を導く、といった興趣を持った句であると私は考えている。それ故、この句はたんに空想、夢想の世界に遊ぶことで「浪漫的」な気分に誘う句とは言えない。むしろ日常の暮らしの辛さ、厳しさに読者の心を誘う句であると私は考える。

穎原退蔵の指摘するように、たしかに蕪村には現実から離れた、非現実的、空想的、幻想的、夢幻的な句が相当数存在することは間違いない。たとえば、

鳥羽殿へ五六騎いそぐ野分哉

高麗船のよらで過行霞かな

の如き句も、空想的、幻想的で、譬喩としての興趣に富んでいる作である。ことに「高麗船」の句には異国情緒が感じられ、かなりに興趣ふかい作と思われる。これらも頴原退蔵のいう「浪漫的」な句に該当すると思われるが、感興としては底の浅い作、観照がふかいとは言えない作としか思われない。そういう意味で、頴原退蔵のいう「浪漫」性は、蕪村の作のごく一部に認められる特徴ではあっても、蕪村の本質的な特質とは思われない。

ここまでに、私は、頴原退蔵のいう「浪漫的」な句が蕪村の一部の作に見られても、決して蕪村の句の特徴とは見られないことを記したつもりである。

*

頴原退蔵はまた、「天明俳諧の特異性とすべき浪漫的性格は、また一面から見れば芭蕉俳諧に於ける抒情性の新たな発想でもあつた。俳諧は和歌・連歌の伝統を承ける点で、本来抒情の文藝であるべきである。けれども芭蕉の枯淡なさびは、抒情の発想すらも耽美なもしくは感傷の言葉ではなくて、感覚化した象徴で語らしめようとした。老を歎ずるのに彼はたゞ白雲と飛鳥とを描くのみである」と記している。

このような芭蕉の句の抒情性の解釈には私としては異論があるが、芭蕉を論じるのはこの小考の本来の趣旨ではないので、ただ著者の考えを聞くだけとして、続きを読むと、「その形式的な踏襲はやがて抒情の枯渇となる。其角・沾徳の末流が再び談林的な理智の遊戯に走り、美濃流・伊勢風の田舎蕉門が凡俗な主観に溺れて居る時、新しい浪漫精神と共に清鮮な抒情の流れがそのはけ口を求めて居た。享保二十一年三月刊の『茶話稿』には次の如き一篇の韻文が見出される。

立君の詞　楼川

よるはありたや　雨夜はいやよ
ふれはふらるゝ　此ふり袖も
草の野上の　野の花すゝき
まねきよせたら　まくらにかそよ
かさにかくれて　ふたりて寝よふ
こされこされよ　月の出ぬまに

これは一見支考の所謂仮名詩に類して居るが、その趣は全く異るのである。市井の小唄めいた情趣を捉へて、典雅な調の中に歌ひあげて居る。誠に一篇の可憐な抒情曲であつた。しかもそれは歌謡の詞章として作られたものでなく、江戸俳人が試みた一種の俳諧詩ともいふべきものであつた。言はば俳諧はこゝに一の新しい抒情の形式を見出さうとして居るのである。かの蕪村の「北寿老仙をいたむ」や「春風馬堤曲」が、かうした江戸俳人の試作に胚胎して居ることは容易に考へられるであらう」という。

この楼川の俳諧詩を発見したことは潁原退蔵の功績に違いないが、この作品の評価については到底同意できない。この作品の情緒も措辞も典雅、可憐などということには何としても同意できない。ありきたりの恋情を平俗な詞で、七七調の音数律で述べただけであり、内容も表現もごく貧しい作品である。この作品が「北寿老仙をいたむ」や「春風馬堤曲」を胚胎したなどというのは、楼川の作を発見した者の身贔屓も甚だしいと思われる。余計な感想をあえて記すとすれば、たとえば、典雅、清新の詩というならば、後に島崎藤村が『若菜集』に収めた「潮音」を挙げてもよい。原作は行分けがあるが、行分けせずに一字空きで次に示す。

わきてながるゝ　やほじほの　そこにいざよふ　うみの琴　しらべもふかし　もゝかはの　よろづのなみを　よびあつめ　ときみちくれば　うらゝかに　とほくきこゆる　うみのしほのね

＊

私はこの楼川の俳諧詩は蕪村の作とはまったく関係ないと考えるが、潁原退蔵は次のとおり述べている。

「この新しい形式による発想は必ずしも俳諧とちがつたものではなかつた。近世の浪漫精神が蕪村や暁臺の俳諧に具現された時、新しい抒情もまた天明俳諧の特異な性格として見られるに至つたのである。」

潁原退蔵はこのように記して蕪村の次の二句と暁臺、白雄の各一句を挙げている。

ゆく春やおもたき琵琶(びは)の抱心(だきごころ)
愁(うれ)ひつゝ岡にのぼれば花いばら

そして潁原退蔵は「これらの句の若々しい柔かな感傷は、誠に清新な俳諧の抒情として生れて居る。それは芭蕉の俳諧には見られないものであつた」と結んでいる。

私にはこれらの句の源泉として楼川の作品を挙げるのが妥当とは思われない。蕪村が、その鋭い感受性、こまやかな透徹した観察眼、そして感受し、観察した事物や心の動きを、豊かな教養にもとづいて表現する、卓抜な表現力によって創造した世界の作と私は考える。「琵琶の抱心」の句について言えば、これも譬喩の巧みさに興趣のある作である。庶民にとって琵琶を抱くということは考えられないし、蕪村自身も琵琶を抱いたことはなかったかもしれない。そういう意味で、これも空想の句であろうと私は考えている。しかし、晩春のけだるく、物憂い気分を表現するときに、琵琶を抱く心地を重ね合わせるのは、譬喩として巧みであるという以上に、しっとりと心に沈む思いがある。この句は蕪村の鋭い感受性とすぐれた表現力による観照ふかい佳吟と言うべきである。潁原退蔵は「これらの句の若々しい柔かな感傷は、誠に清新な俳諧の抒情」と言うけれども、晩春のけだるい、物憂い情緒と言うべきではないか。潁原退蔵はこの句の興趣を誤解しているとしか思われない。

また、「愁ひつゝ」の句について言えば、ここには物語性がある。この句の背後に隠された物語を問いかけるかのような、ふかい奥行きがある。時間の流れが凝縮されている。この句には確実に良質の抒情がある。

この潁原退蔵の『蕪村』巻頭の「天明俳諧の性格」と題する論文はその末尾に次のとおり記している。

「天明俳諧の複雑な性格は、まづ俳諧自体の史的展開の必然性から考へらるべきものであつた。更にまた近世の文藝に新しく入り来つた浪漫的精神と、これに伴ふ抒情の新しい発想とを、その特異な性格としてあげねばならない。しかもそれらの性格を根本に於いて支へるものは、言ふまでもなく芭蕉復帰の精神である。だから総じて天明の俳人たちは、芭蕉によつて提示された詩の世界をまづ考へ、この世界への想化を俳諧に於いて楽しんだのである。美の規範に対する観念が趣味性として養はれ、その趣味性の統制を受ける所に俳諧が生れた。蕪村や暁臺にあつて、この統制は高度に純潔であつた。彼等は身を風雅の伝統に固く置いて、想を詩巻の中に潜め、心を深く物外に走する事が出来た。けれども一度さうした自在を失ふならば、風雅の世界への想化は固定して、こゝにマンネリズムを孕む危険が生じて来る。」

天明俳諧の特質とその特質の中に潜む堕落の危険とを指摘した、見事な立論である。しかし、私はこのような考えを蕪村に当てはめるのが妥当とは思わない。天明期の他の俳人は知らないが、蕪村に限って言えば、彼は常に詩の世界の「想化」、夢想化、空想花、理想化などを考えていたわけではない。一部の作品に空想、夢想による譬喩が認められるにすぎない。また、彼が詩巻の詩句を作中に引用するのは、詩想を表現するにあたり、譬喩を思いついたときであり、これも彼の身に付いた教養によるものであって、あらためて詩巻をひもとくまでもなかったはずである。「想を詩巻の中に潜め」たというのは誤りである。彼は常に現実の外界と向き合い、内心の動きと向き合っていた。一部の句に「詩巻」をふまえていたりすることはあっても、あくまで一部の作品にとどまるのであって、一部をもって蕪村の特徴と見ることは許されない。また、「美の規範に対する観念が趣味性として養はれ」たということも私には理解できない。蕪村は「美」を追求した詩人ではなかった、と私は考える。また、趣味で俳諧に親しんだとも考えない。

ただ、間違いないことは、蕪村は卓越した抒情詩の作者であった、という事実である。それはどういうことか、これから考えてみたい。

＊

さしあたり、彼の名高い「離俗論」について考えてみることにしたい。頴原退蔵も『蕪村』において、巻頭の「天明俳諧の性格」につづいて「離俗論」と題する論文を収めている。この論文の冒頭に次のとおり記している。

「蕪村はかつて門人召波から俳諧を問はれて、「俳諧は俗語を用て俗を離るゝを尚ぶ」と答へた。更に波が「彼もしらず、我もしらず、自然に化して俗を離るゝの捷径ありや」と問ふに及び、蕪村は「あり、詩を語るべし」と言ひ、又「画家に去俗論あり。曰、画去俗無他法、多読書即書巻之気上昇、市俗之気下降矣、学者其慎旃哉。それ画の俗を去だも筆を投じて書に読しむ。況詩と俳諧と何の遠しとする事あらんや」と、画家の論を引いて懇ろに示した。そこで波は即ち悟つたといふ。引く所は人も知る『芥子園画伝初集』の説である。即ち蕪村は画の論を以てそのまゝ詩に移し、また俳諧に移して説いたのである。蕪村が画に於いて学んだものは、言ふまでもなく南宋の風であつた。而して彼の離俗論の基く所がこゝにあつた事もまた言ふまでもない。」

ここで言われていることは、画は俗を去る、他に法はない、書を読めば書巻の気が上昇し、市俗の気が下降する、ということにあると思われる。そこで頴原退蔵はさらに、「画には古来必ず六法をいふ。その第一に貴ばれるものは気韻生動である」と記し、「それは画家の日常心と化した高邁な創作精神である。その精神から一の作品が生み出された時、そこには画技としては到底学び得られぬ高い風格の現れが感ぜられるであらう。それが即ち気韻生動である」と言う。この「気韻生動」を得るためには「まづ清らかな人格の所有者でなければならぬ。また高い教養を身につけて居なければならぬ。さうした精神上の修養は、もとより極めて困難なものにちがひない。特にこの修養に何よりも大きな妨げをなすものは、画家の胸中に存する市俗の気である。市俗の気とは得失を打する心である。得失を顧み巧拙を論じて居る間は、気凱の高致の如きは得て望むことが出来ない。だから画家に於いてまづ努むべきは、この俗気を去るの工夫であつた」と述べ、董其昌の文章を引用、「俗を去り気韻を学び得る為に、読書と旅行とを最良の方としたのは何故であるか。思ふに読書は古人の高邁な精神に触れ、旅行は自然の清純な景致に接することが出来て、その間おのづから卑小塵濁の気を除くことが最も多いからであらう」と記している。

その上で頴原退蔵は多くの史料を渉猟し、詳細、綿密、縦横無尽に、蕪村の「離俗論」を論じている。その論述の跡を辿ることは省いて、その結論とみられる記述を読むことにする。

「芭蕉の風雅観と蕪村の離俗論とは、いづれも同じく去私の精神に基きながらも、個人的教養と時代的情勢とに随つて、その説き方を異にせねばならなかつた。そこに彼等の俳諧の特殊な性格も決定されて居る。さうして俳諧の歴史に芭蕉と蕪村とが信ぜられるかぎり、その特殊な性格は常に深い省察の下に新しく生かされて行かねばならぬ。時代に応じ環境に随つて、ある時にはより芭蕉的性格に傾き、ある時はより蕪村的性格が見られるであらう。（中略）蕪村の離俗は、むしろ教養に重きをおくものであつた。もとよりその教養は知識として求められるのではない。言はば美への情熱を駆り立てるためのものであつた。すぐれた思想や作品に接することによつて、美に対する意識を高度に純化しようとするのである。そこに蕪村の浪漫的な世界がある。さうしてその世界に住しながら現実を見るのである。もしくは現実をさうした夢幻境へ誘ひこむのである。たゞ一度遊んだ山水が、また偶々手にした一冊の書物が、生涯に亘つて忘れ難いある清高な興奮を覚えさせる事さへある。万巻の書を読み万里の路を行くことが、いかに美の教養として効果的であるか、またいかに深い浪漫精神を養ふものであるかは明かである。」

蕪村の離俗論が去私の精神にもとづくものであり、市俗の利害得失の世界から離れることをいうことは潁原退蔵の指摘しているとおりであろう。ただ、書を読むことが美に対する意識を純化するためという考えには同意できない。書を読むのは詩心を養うためである。もっと言えば「詩」に親しみ、「詩」を見出すのに書を読むことが有効だと蕪村は考えていたものと私は信じている。いったい、蕪村はその作品において「美」を追求したわけではない。むしろ「詩」の世界を大いに拡張したのであった。この点に蕪村の俳句の抒情詩としての特徴がある、と私は考える。「楠の根」の時雨の句に見られるように、日常の些末にまで「詩」を見出し、俳句における「詩」の世界を大いに広げたのであった。

＊

その一例として次の句を挙げたい。

花を踏し草履も見えて朝寝かな

安永五（一七七六）年、蕪村六十一歳の作である。全集の頭注は次のとおりの解釈を載せている。「大阪の知人が木屋町（京の二条から五条までの高瀬川沿いの町。旅館・料亭が多い）に泊まっているのを訪ねたところ、御当人はまだ起きていない。沓脱ぎには桜の花びらのついた草履も見える。昨日は花を踏んでよっぽど歩き回ったのだろう。花疲れの朝寝とは、朝寝もまた風流、との挨拶。」その上で白居易「踏花同惜少年春」（和漢朗詠集・春夜）、王維「花落家僮未掃　鶯啼山客猶眠」（王維詩集巻4・田園楽）などを引用している。この解釈は蕪村の小摺物に次の説明があることが本文の注に示されているので、これを参照したものであろう。

「右の句は、四条わたりなる木屋町になにはの人の旅やどりして有ける（あり）を訪ひての口号なるを、おりふし梅女がもとよりのふみのはしに、初ざくらのほく（発句書）かいつけて、みやこの春色いかに見過し（みすぐ）

給ふやなど、ほのめききこえければ、其(その)かへりごとするとて、筆のつゐ(い)でに写してを(お)くりぬ」また、月渓筆画賛に「花鳥のために身をはふらかし、よろづにおこたりがち成(なる)ひとをあはれみたる、とはし書あり」と付記していると本文の注に見られる。

この句の頭注の解釈は句の言葉を追っているだけで、このような情景のどこに作者が「詩」を見ていたのかをまったく考えていない。このいささか艶にみえる句は、いわば宴(うたげ)のあとのむなしさ、もっと言えば、宴のあとの放恣、しどけない情景に作者は感慨を覚え、「詩」を見たのである。言うまでもなく、この句は美を求める心とはまるで関係ない。この句には花見の乱痴気騒ぎで夜更かしをして朝寝をきめこんでいる、たぶん、女性がいる、客がいる。客は彼女を訪ね、花を踏んだあとの残る草履に気づいて、さては昨夜夜更かしをしてまだ寝こんでいるのだと思って引き返すのである。このような劇を十七文字が語っている。ここにも物語性があり、十七文字にかなりの時間が凝縮されている。その時間の流れの中に、木屋町の宿の玄関の一瞬の情景が捉えられているのである。月渓筆画賛の、「身をはふらかし」とは、一身を放りだし、といった意味であろうし、「よろづにおこたりがち成」というのは、万事に怠けがちになる、といったほどの意であろうから、この光景を苦々しく見ていると言えるのかもしれないが、この句の抒情性は、宴のあとの空しさ、宴のあとの放恣、しどけない情景の空しさを、時間の流れの中で捉えたことにある。その上で、このような風景を目にし、あるいは脳裏に描いて、「詩」を感じ、句に仕立てた非凡さに驚異を感じざるを得ないのである。

＊

蕪村はよく見える眼を持っていた。安永六（一七七七）年、蕪村六十二歳のときに、

水にちりて花なくなりぬ岸の梅

の句がある。全集本文の注に次のとおり記載されている。

「〇『仮日記』（安永六）に「落花尚不離根、春色恋々如有情（落花して尚樹根を離れず、春色恋々情あるが如し――読み下しは中村稔）、さるが中に此ひと木は」と前書。〇霞夫宛に「此句、うち見ニはおもしろからぬ様ニ候。梅と云梅ニ落花いたさぬはなく候。されども、樹下ニ落花のちり鋪たる光景は、いまだ春色も過行ざる心地せられ候。恋々の情有之候。しかるに、此江頭の梅は、水ニ臨ミ、花が一片ちれば、其まゝ流水の奪て、流れ去〳〵て、一片の落花も木の下ニハ見えぬ、扨も他の梅とは替りて、あわれ成有さま、すご〳〵と江頭ニ立るたゝずまゐ、とくと御尋思候へば、うまみ出候。御噛〆可被成候」と付記。」

蕪村は、通常、梅の花は散り落ちても樹下に敷きつめて、いまだ春も行き過ぎない心地がするの

で、恋々たる風情があるのだが、この岸辺の梅は、花が散り落ちると流れに奪われて見えなくなることに「あわれ」がある、これをよく見てもらいたい、と弟子に教えたのである。この「あわれ」が私の言う「詩」である。ここには、流れに奪い去られて消え行く梅の花びらを見ている、かなりの時間があり、この光景を見とどける冷徹ともいうべき観察眼があり、この観察眼が「あわれ」を、すなわち「詩」を、発見し、句の抒情を生み出しているのである。

同じことが「楠の根」を濡らす時雨の句にも言えるはずであり、「花を踏し」朝寝の句についても言えるはずである。さらに「おもたき琵琶の抱心」の句も、「易水に根深流るゝ」の句も、晩春のけだるく物憂い気分や、厳しい寒さを、透徹した眼が捉えて得られた抒情であるように思われる。このような抒情は蕪村の透徹した眼によって発見される前には私たちは知らなかった。

*

ここで萩原朔太郎が『郷愁の詩人 与謝蕪村』の冒頭に収めた「蕪村の俳句について」という評論において、「蕪村の情操における特異性」とは、「第一に先ず、彼の詩境が他の一般俳句に比して、遥かに浪漫的の青春性に富んでいるという事実である。したがって彼の句には、どこか奈良朝時代の万葉歌境と共通するものがある」と述べていることに私は注目する。この文章に続けて、萩原朔太郎は次のとおり記している。

「例えば春の句で

遅き日のつもりて遠き昔かな
春雨や小磯(こいそ)の小貝ぬるるほど
行く春や逡巡(しゅんじゅん)として遅桜(おそざくら)
歩行歩行(ありきありき)もの思ふ春の行衛(ゆくえ)かな
菜の花や月は東に日は西に
春風や堤(つつみ)長うして家遠し
行く春やおもたき琵琶(びわ)の抱(だき)ごころ

等の句境は、万葉集の歌「うらうらと照れる春日に雲雀(ひばり)あがり心悲しも独し思へば」や「妹(いも)がため貝を拾ふと津の国の由良(ゆら)の岬(みさき)にこの日暮らしつ」などと同工異曲の詩趣であって、春怨思慕(しゅんえんしぼ)の若々しいセンチメントが、句の情操する根柢(こんてい)を流れている。さらにまた左の如き恋愛句において、こうした蕪村の青春的センチメントが、一層はっきりと特異に感じられるのである。

春雨や同車の君がささめ言(ごと)
白梅(しらうめ)や誰(た)が昔より垣の外(そと)
妹(いも)が垣根三味線草(さみせんぐさ)の花咲(さき)ぬ
恋さまざま願(ねがい)の糸も白きより

二人してむすべば濁る清水かな」

萩庭朔太郎のいう「浪漫的」とは「青春的センチメント」による句を意味するようである。しかし、蕪村の上掲の句の中で、「青春」の感傷を詠った句としては、「二人してむすべば」の句だけであると思われるが、この句も、青春期というよりももっと若い、少年少女の初々しさが匂い立つような作と解すべきではないか、と私は考えている。

その他の句については、まず、「遅き日の」から「おもたき琵琶の抱ごころ」までの句は「青春的センチメント」を詠った句と解すべき根拠はないのではないか。実際、これらの句に「青春的センチメント」を見る所以を萩原朔太郎はまったく述べていない。彼の独断としか考えられない。「同車の君」の句から「二人して」の句までの中で、「二人して」の句についてはすでに記したとおりであるが、「同車の君がささめ言」の句（この句の上五は正しくは「行くはるや」である）は、平安朝時代の牛車に同乗した女性がひそひそ話をする、という空想の情景を晩春の情趣に重ねたことに興趣のある句であって、恋愛の句とは言えないし、女性はかなりの年配と解すべきであると思われる。ただ夢見るような情景を描いた句であることは間違いないので、これを「ロマンチック」な句と見ることはできるかもしれない。しかし、この句をもって蕪村の句の特徴を「ロマンチック」と言い切ることは到底できない。これらの二句以外の句も青春期の恋と解する必要はない。すべて、壮年ないし老年の恋と解した方がはるかに陰翳に富んだ句と解されるであろう。実際、萩原朔太郎の挙げた句はすべて蕪村の五十歳代から六十歳代の作であり、青春期の作ではない。蕪村が最晩年にも若い芸妓と親しい関係にあった事実もあり、晩年まで女性に惹かれることは多かったと思われる。

それ故、萩原朔太郎が蕪村の句を「浪漫的」と言い、「青春的センチメント」と言うのは蕪村の作品の特徴として根拠がないと思われる。

＊

このことはまた、たとえば「遅き日の」の句についての鑑賞を「春の部」の冒頭に次のとおり記していることからも知られるであろう。

「蕪村の情緒。蕪村の詩境を端的に咏嘆していることで、特に彼の代表作と見るべきだろう。この句の咏嘆しているものは、時間の遠い彼岸における、心の故郷に対する追懐であり、春の長閑(のどか)な日和(ひより)の中で、夢見心地に聴く子守唄の思い出である。そしてこの「春日夢」こそ、蕪村その人の抒情詩であり、思慕のイデアが吹き鳴らす「詩人の笛」に外(ほか)ならないのだ。」

まことに萩原朔太郎ならではの独創的、天才的な解釈だが、ここでは「青春的センチメント」といったことはまるで忘れているようである。それはともかくとしても、このような解釈から著書を「郷愁の詩人」と題することにもなったものと思われるが、私はこのような解釈には同意できない。

この句は、日の暮れるのが遅い春の夕べ、ああ、こんな春の日がつみ重なり、すべてが過去になって、もはや帰るすべも取り戻すすべもないのだ、という思いを詠った句であり、過ぎ去った日々への哀惜の情を詠った句であると私は解する。ふかい嘆息を聞く思いがあり、蕪村の代表作と見ることでは、萩原朔太郎に同感だが、ここには過ぎ去った日々への悔恨、詠嘆がこめられており、豊かな時間の流れが潜んでいる。この句ほどに高度の抒情の結晶を見る作品はわが国詩歌の中でも稀である、と私は考えている。この句にこめられた過ぎ去った日々の追懐を子守唄まで引き戻すのは、やはり萩原朔太郎のつよい思い入れに過ぎると私は考える。この句も、蕪村のわが心の在り様を凝視する確かな眼差しの所産である、と私には思われる。言いかえれば、この句は透徹した蕪村の眼差しがわが心の在り様を時間の流れのなかで捉えた作であり、抒情の結晶として最高の傑作であるが、これを浪漫的とかロマンチックと考えるのは誤りと信じている。

この「春の部」には上記の句の評釈が多く収められており、萩原朔太郎が「浪漫的」とか「ロマンチック」と考えた所以を明らかにしているようである。上記の句の中に含まれていないが、「歩行歩行(ありきありき)」の句、「おもたき琵琶の抱ごころ」の句と、その類型を同じくする句として、

春の暮家路に遠き人斗(ばかり)

を挙げているので、その評釈をまず読むことにする。
「薄暮は迫り、春の日は花に暮れようとするけれども、行路の人は三々五々、各自に何かのロマンチックな悩みを抱いて、家路に帰ろうともしないのである。こうした春の日の光の下で、人間の心に湧いて来るこの不思議な悩み、あこがれ、寂しさ、捉えようもない孤独感は何だろうか。蕪村はこの悲哀を感ずることで、何人よりも深酷であり、他のすべての俳人らより、ずっと本質的に感じやすい詩人であった。したがってまた類型の句が沢山あるので、左にその代表的な句数篇を掲出する。」

このように書いて、「歩行歩行」の句、「おもたき琵琶の抱ごころ」の句などを挙げているのである。この「春の暮家路に遠き」の句の評釈も、いかにも萩原朔太郎らしい卓抜なものである。私にはこの句は、春の日を惜しんでなかなか家路につこうとしない人々ばかりだ、春の日を惜しむ心は誰にもふかく感じられているのだ、という感慨を述べた句であると思われ、萩原朔太郎のように思いを巡らすことは、彼の独断に過ぎるとは思いながらも、確かに蕪村の感受性の鋭さ、柔軟さを教えられることもまた事実である。蕪村は物事の本質に対する、すぐれた感受性の持ち主であった。

また、萩原朔太郎の独創的、天才的な評釈は、

白梅や誰がむかしより垣の外

についての次の評釈に見られるであろう。

「昔、恋多き少年の日に、白梅の咲く垣根の外で、誰れかが自分を待っているような感じがした。そして今でもなお、その同じ垣根の外で、昔ながらに自分を待っている恋人があり、誰れかがいるような気がするという意味である。この句の中心は「誰か」という言葉にあり、恋の相手を判然としないところにある。少年の日に感じたものは、春の若き悩みであったところの「恋を恋する」思いであった。そして今、既に歳月の過ぎた後の、同じ春の日に感ずるものは、その同じ昔ながらに、宇宙のどこかに実在しているかも知れないところの、自分の心の故郷(ふるさと)であり、見たこともないところの、久遠(くおん)の恋人への思慕である。そしてこの恋人は、過去にも実在した如く、現在にも実在し、時間と空間の彼岸において、永遠に悩ましく、恋しく、追懐深く慕われるのである。」

これは萩原朔太郎が、彼の詩に即して、彼の思い入れによって、この句を解しているという批判を免れないであろう。彼が蕪村の句を評して「浪漫的」とか「ロマンチック」というのは、こうした思い入れによると思われるのである。しかし、彼をしてそのように思い入れさせるものは、蕪村の句に見られる、豊かな感受性と溢れるような感情の流露である。そして、その底にあるのは物事の本質に迫る冷徹なレアリストの眼差しである。ここにも垣根の外の白梅という素材だけから、蕪村の豊かな透徹した精神が「誰がむかし」という情趣と時間の流れを呼びおこし、物語をつくりだし、読者を物語の世界に引き込むのである。こうしてここにもすぐれた抒情の結晶が認められるのだと私は考えている。

＊

以上に述べたとおり、蕪村の俳句の世界の特徴を「浪漫的」とか「ロマンチック」と見ることは誤りであり、「浪漫的」とか「ロマンチック」とか見られる句はあっても、それはごく一部の作品について言えるだけであり、蕪村の句の全体の特徴ではないと私は考える。蕪村の句には高度の抒情の結晶と見られる句が少なくないし、ことに「遅き日のつもりて遠き」の句はわが国の詩歌の中でも稀有の傑作と考える。これは、彼の透徹した客観的な精神、比類なく豊かな感受性、ふかい教養にうらづけられた卓越した表現力の所産であると考えている。これらがまた、それまで見逃されてきた自然その他の外界のさまざまな事象から、内心のささやかな動きにいたるまでの間に、新しい「詩」を見出し、俳句の場を拡張し、印象あざやかにして清新、心にしみいる多くの作品を生んだものと私は考えている。

後記

講談社版の『蕪村全集』は刊行当時から購めていたが、久しく手にすることがなかった。十年ほど前に初めて第一巻「発句」を、読むともなしに頁をめくっていて、非常に驚き、あらためて精読しようと思った。ようやく数年前からその時を得たので、『蕪村全集』の第一巻「発句」をはじめ、第五巻「書簡」などを通読し、その他、参考書、研究書なども参照しながら、蕪村の俳句について感じ、考えたことをとりまとめたのが本書である。

*

初めて第一巻「発句」を通読したときには、それまで春夏秋冬、季題により分類、配列された蕪村句集を読みなれていたので、この全集第一巻における制作年次による編年体に配列された蕪村全句集に私は新鮮な驚異と感動を覚えた。その一つは、明和四（一七六七）年、蕪村五十二歳の年の句はわずか三句、この年までの句は、わずか七十八句しか収められていないのに、明和五

（一七六八）年、蕪村五十三歳の年にほぼ三百二十句が詠まれ、さらに明和六（一七六九）年、蕪村五十四歳の年にも三百を超す数の句が詠まれており、蕪村の句作が明和五年を境に突然非常に多産になっていることであった。

*

しかも、明和五（一七六八）年、蕪村五十三歳の年の作には、次のような句が含まれている。

川狩や帰去来（きこらい）といふ声す也
古井戸や蚊に飛ぶ魚の音くらし
鮎くれてよらで過行（すぎゆく）夜半（よは）の門（かど）
行々（ゆきゆき）てこゝに行々（ゆきゆく）夏野哉
朝がほや一輪深き淵（ふち）の色
四五人に月落（おち）かゝるお（を）どり哉
負（まく）まじき角力（すまひ）を寝ものがたり哉
稲づまや浪（なみ）もてゆ（結）へる秋津しま（島）
いな妻や秋津しまね（島根）のかゝり舟

月天心貧しき町を通りけり
小鳥来る音うれしさよ板庇
鳥羽殿へ五六騎いそぐ野分哉
野分止んで戸に灯のもるゝ村はづれ
楠の根を静にぬらすしぐれ哉
乗物をしづかに居る落葉かな
こがらしや何に世わたる家五軒
売喰の調度のこりて冬ごもり
宿かさぬ燈影や雪の家つゞき
宿かせと刀投出す雪吹哉

この外、いくらも挙げることができるが、この程度にとどめることとし、翌明和六（一七六九）年、蕪村五十四歳の年の作には、次のような句がある。

高麗船のよらで過行霞かな
凧きのふの空の有り所

藪入の夢や小豆のにへる中

うぐひすのあちこちとするや小家がち

これきりに小道つきたり芹の中

春雨や小磯の小貝ぬるゝほど

春の水山なき国を流れけり

行春や撰者をうらむ歌の主

歩き〳〵物おもふ春のゆくへかな

春の夜や盥をこぼす町外れ

更衣野路の人はつかに白し

痩脛の毛に微風有更衣

不二ひとつうづみのこして若葉哉

牡丹散て打かさなりぬ二三片

五月雨や美豆の寝覚の小家がち

新田に家ひとつ建暑さ哉

壁隣ものごとつかす夜寒哉

西吹ヶば東にたまる落ば哉

易水に葱流るゝ寒哉
町はづれいでや頭巾は小風呂敷
桃源の路次の細さよ冬ごもり
埋火やつゐ(ひ)には煮ュる鍋の物
古池に草履沈みてみぞれかな
凩やひたとつまづくもどり馬
水鳥や枯木の中に駕二挺

このように、「月天心」「凧」「易水に葱流るゝ」などのような、蕪村の代表作として知られる傑作が、本格的に句作を始めた当初から詠まれていることに驚嘆したのであった。同時に、蕪村俳句の豊穣で多種多彩な世界が、たとえば「楠の根」の時雨のような自然観照の佳吟から、「凩やひたとつまづく」に見られるヒューマニスティックな観察による句、あるいは「歩き〳〵」春の行方を思う高雅な抒情や、「古池」の草履に降るみぞれの沈静な抒情、「四五人に月落かゝる」や「負まじき角力」といった人事の機微を詠った句、「朝がほや一輪深き」に見られる豊かな色彩感の句、「いな妻や秋津しまねのかゝり舟」や「春の水山なき国を流れけり」に見られる巨視的な視点による句など、これらは上掲の句のほんの数例にすぎないにしても、句作に本格的にとりくんだ当初から展開されていることに瞠目したのであった。言いかえれば、本格的に句作を始めた当初から蕪村は完成し、成熟した偉大な俳人であった。このことを私は思い知ったのであった。

＊

ただ、これ以前の句として私が眼にとめたのが、宝暦八（一七五八）年、蕪村四十三歳のときの作、

去られたる身を踏込で田植哉

の句であり、明和三（一七六六）年、蕪村五十一歳のときの作、

百姓の生キてはたらく暑かな
雷に小家はやかれて瓜の花

の句であり、また、宝暦十二（一七六二）年以前、蕪村四十七歳以前の作、

我足にかうべぬかるゝ案山子哉

の句であり、これらが明和六（一七六九）年の作、

新田に家ひとつ建暑さ哉

に連なっているという事実であった。これらの句に、私はそれまで知らなかった蕪村の容貌の一面を見る思いをもち、蕪村の「百姓」、農民に注いだ眼差しを追ってみたいと考えたのであった。

*

私はまた、宝暦元（一七五一）年、蕪村三十六歳のときの、

秋もはや其蜩の命かな

の句に惹かれた。全集に、この句の次に配列されている、

鴛（をしどり）に美をつくしてや冬木立

の句はかねて読んだ記憶があったが、これよりも、その次に配列されている、宝暦二（一七五二）年、蕪村三十七歳のときの句、

老武者（おいむしゃ）と大根（だいこ）あなどる若菜哉

も、無能無才と自嘲して自らを大根になぞらえた句ではないか、と思い、痛切な境涯句と感じた。また宝暦十（一七六〇）年、蕪村四十五歳のときに「雲裡房（うんりぼう）つくしへ旅だつとて、我に同行をすゝめけるに、えゆかざりければ」という詞書をもつ、

秋かぜのうごかしてゆく案山子（かがし）哉

には、案山子に託したわが身の境涯を詠っているように感じた。こうした自己の境涯を詠った句が明和五（一七六八）年の、

売喰(うりぐひ)の調度のこりて冬ごもり

の句に連なり、明和六(一七六九)年の、

冬ごもり妻にも子にもかくれん坊

の句に連なっていると思った。そして、こうした境涯詠もまた、私にとってはそれまで私が知らなかった蕪村の一面であるように感じ、生涯をとおして境涯詠を読んでみたいと志したのであった。

*

さらに、さきに引用した明和五(一七六八)年の句に、

こがらしや何に世わたる家五軒

の句があり、この句に気づいたとき、衝撃をうけた。私は、この句から当然のことだが、

さみだれや大河を前に家二軒

の句を思い出し、たぶん、正岡子規の影響ではないかと思われるが、この「大河を前に」の句を客観的な写生句と考えていた、私の誤りと愚かさを知り、このような家のある風景の句を蕪村の生涯にわたって読み直してみたいと考えたのであった。

このような動機で、百姓の句、境涯詠、家のある風景の句、案山子の句を読み、その感想を記したのが、本書の第一部をなしている。

＊

本書の第二部をなすのが「北寿老仙をいたむ」「春風馬堤曲」について私の感想を記した文章であり、前者は主として私がこの俳体詩をどうして評価するかを、後者は主として私がこの俳体詩をどうして評価しないかを、記した文章である。

＊

本書の第三部をなすのは、第一部の文章と違い、私が格別の関心をもった蕪村の句について感想を記した文章である。

まず、牡丹の句は、「牡丹散て打かさなりぬ二三片」がきわめてたかく評価されている句のように思われるのだが、興趣がないわけではないとしても、必ずしも心を揺すぶられるような句ではないと思われるので、一連の牡丹の句について私なりの鑑賞を試みたものである。

次に、鮓の句は、安永六（一七七七）年、蕪村六十二歳のときに、知られた「鮒ずしや彦根の城に雲かゝる」の句があるが、私にはこの句の興趣を理解できないので、蕪村の鮓の句のすべてを読み直してみたいという動機で執筆したものである。

「鮎くれて」は初めて全集の第一巻を通読したときに目を留めた句であり、「去られたる身を踏込で田植哉」と同じく、小説の一挿話を十七字に凝縮したような物語性がある句と思い、蕪村の多くの句には時間の流れがあると思い、後にこのことは中村草田男が指摘していることを知った、私としては懐かしい句である。私は、この句の「よらで過行」という措辞に無理を感じていたので、そのこだわりから、感想を記したものである。

「葱買て」の句は、安永八（一七七九）年、蕪村六十四歳のときに「貧居八詠」があるとおり、貧困窮乏の暮らしに馴れた蕪村が、このような光景を脳裏に描いたのは何故か、という謎解きに挑むような気持ちで解釈を試みたものである。

「凧（いかのぼり）」の句は、もっとも私の心に迫る句としてかねてから親しい句であるので、私なりの鑑賞を記してみたものである。

「浪漫的」な句については、蕪村の句は「浪漫的」と評されることが多いので、「浪漫的」とはどういう意味か、そのように評される句を私はどのように考えるか、自らの立ち位置をさぐる目的で執筆した文章であるが、その目的を達成しているかどうかは、覚束ないように感じている。

＊

本書に収めた文章を執筆した動機や目的はここに記したとおりだが、どうしても書き添えておきたいことは、これらの文章を執筆している間、始終、安東次男を思い、彼の存命中であれば、教えを乞うことができたのに、と切実に思い続けていたことである。私は安東の晩年、もっとも親しい友人の一人であった。私は、彼が威張るのに辟易しながらも、胸襟を開いて話し合える関係であった。しかし、彼の存命中、私は蕪村にほとんど関心を持っていなかったので、蕪村について話し合う機会を持たなかった。そのような機会があれば、彼に教えを乞い、意見を異にしたときは率直に討議することによって、おおいに啓発されたに違いない。確かに安東は江戸俳諧について深く広い造詣、知識を持っていたし、鋭い理解力を持っていた。私は蕪村全集の一部を読んだだけで、連句は全く知らないし、蕪村以外の天明の俳人たちも、芭蕉をはじめとする元禄の俳人たちも、ほとんど知るところがない。このような私が蕪村について粗末な著書を公刊することについて、安東が存命であれば、いろいろ難癖をつけながらも、私を励ましてくれたものと信じている。

＊

本書が刊行されるに至ったのは、もっぱら青土社社長の清水一人さんの好意によるものである。本書を刊行してくださるものと期待して私は執筆を続けてきたし、執筆することだけが私が生きている証しと思ってきた。あらためて清水一人さんに心からお礼を申し上げたい。また、刊行の実務を担当してくださった青土社編集部の足立朋也さんにも非常なご面倒、ご苦労をおかけした。心からの感謝の気持ちを申し上げたい。

二〇二三年八月

中村　稔

与謝蕪村考

2023年10月10日　第1刷印刷
2023年10月20日　第1刷発行

著者――中村 稔

発行人――清水一人
発行所――青土社
東京都千代田区神田神保町1-29 市瀬ビル　〒101-0051
電話　03-3291-9831（編集）、03-3294-7829（営業）
振替　00190-7-192955

印刷・製本――双文社印刷

装幀――水戸部 功

ISBN978-4-7917-7587-3　　Printed in Japan